Ralf Kurz

Nicht noch einmal

Ralf Kurz

Den geborenen Pfälzer, Jahrgang 1961, verschlug es nach dem Abitur nach Freiburg, wo es ihm so gut gefiel, dass er die Stadt zu seiner Wahlheimat erkor. Er erlernte den Kaufmannsberuf, spielte jedoch nebenbei viele Jahre als Gitarrist und Bassist in Rock- und Bluesbands, bevor er mit dem Schreiben begann.
Seine ersten beiden Romane »Sdaiv – die Entführung der Fußball-Nationalmannschaft« (Krimi, 2005) und »Die Ziege im Anzug« (Liebeskomödie, 2008) sowie einige Kurzgeschichten in verschiedenen Anthologien veröffentlichte er unter seinem Pseudonym FREEMAN. Im Jahr 2008 erschien unter seinem eigenen Namen der große, historische Porträtroman »Der Diplomat« über den Staatsmann und Minister Johann Christian von Hofenfels (1744 – 1787). Mittlerweile ist Kurz zum Krimigenre zurückgekehrt.

Bereits im Wellhöfer Verlag erschienen:
Die Honigspur – Kommissar Bussards erster Fall
Im Schatten der Wahrheit – Kommissar Bussards zweiter Fall
Tödlicher Triumph – Kommissar Bussards dritter Fall
Kopf oder Zahl – Kommissar Bussards vierter Fall

Wellhöfer Verlag
Ulrich Wellhöfer
Weinbergstraße 26
68259 Mannheim
Tel. 0621/7188167

info@wellhoefer-verlag.de
www.wellhoefer-verlag.de

Titelgestaltung: Uwe Schnieders, Fa. Pixelhall, Mühlhausen
Satz: FFW Verlagsdienstleistungen, Mannheim
www.ffw-verlagsdienstleistungen.de

ISBN 978-3-95428-178-7

Ralf Kurz

Nicht noch einmal

wellhöfer VERLAG

Für Friedhelm

Sie verlangen dir alles ab, Blut, Schweiß und
Tränen, doch niemand sagt dir,
dass du dich nicht verlieben darfst.

Ihr Anblick traf ihn wie die Druckwelle einer Detonation und katapultierte sein Bewusstsein zurück in eine Zeit, die er längst vergessen zu haben glaubte. Wie war es möglich, dass sie nun hier auftauchte?

Im Schatten einer alten Kastanie zog er sich zurück, bis der knorrige Stamm ihn fast vollständig verbarg. Ohne zu bemerken, dass er den Atem anhielt, verfolgte er jeden ihrer Schritte. Sie sah nicht in seine Richtung, doch die Frage, was geschehen würde, wenn ihre Blicke sich trafen, trieb kalten Schweiß auf seine Stirn. Er schluckte und sog keuchend kühle Abendluft in seine Lungen. Die Peripherie seines Blickfeldes löste sich auf und im Fokus blieb nur noch sie übrig, gerade, aufrecht und mit sicherem Schritt einen Fuß vor den anderen setzend.

Die Kastanie hatte sie längst passiert. Er beobachtete, wie sie sich langsam von ihm entfernte, doch ihre Augen hatten sich in sein Gedächtnis gebrannt. Sie hatten sie verraten, auch wenn sie ihr Äußeres den Gegebenheiten angepasst hatte. Ihren Blick konnte sie nicht verändern und er würde sie immer erkennen, selbst unter Tausenden.

Als sie die Querstraße erreichte, bog sie ab. Er sah sie nicht mehr, doch er spürte ihre Anwesenheit immer noch. Ihre Gegenwart hatte ihn vollständig eingehüllt und drohte, ihn zu ersticken. Seine Welt war so plötzlich aus den Fugen geraten, dass er glaubte, im luftleeren Raum zu schweben. Nichts war mehr wie zuvor. Er hatte sie gesehen, leibhaftig, und nun würden die Dinge einen anderen Lauf nehmen. Obwohl sie längst aus seinem Blickfeld entschwunden war, schickte er ihr ein heiseres Flüstern hinterher: »Du gehörst mir!«

Zwei Monate später

1

»Sag mal, wie war eigentlich dein Tangokurs?«

»Ernüchternd.«

Susanne Bauer, EDV-Spezialistin der Ermittlungsgruppe Gewaltverbrechen bei der Freiburger Kripo, und Anja Hill, die für dieselbe Abteilung im Außendienst arbeitete, trockneten ihre Körper mit großen Frotteehandtüchern ab. Die beiden Frauen hatten ein schweißtreibendes Nahkampftraining hinter sich, bei dem sie nicht gerade zimperlich agiert hatten. Für Susanne stand dabei der sportliche Aspekt im Vordergrund. Die abwechslungsreichen Übungen beanspruchten Körper und Geist gleichermaßen. Kraft und Ausdauer wurden ebenso geschult wie Beweglichkeit, Schnelligkeit, Koordination und Reaktionsvermögen. Als Ausgleich zu ihrem Schreibtischjob war das Training bei der Polizei mehr als willkommen, auch wenn sie noch nie in die Verlegenheit gekommen war, ihre Kenntnisse und Fertigkeiten in einem Ernstfall anwenden zu müssen. Anja hingegen, die mit ihrem Partner immer an der vordersten Front stand, hatte schon häufiger Armhebel und Haltegriffe gebrauchen müssen, um renitente Verhaftete an der Flucht oder an gewaltsamem Widerstand zu hindern.

»Keine schnuckeligen Typen dabei? Keine Latin Lover?«

»Komm, hör bloß auf!« Anja warf ihr Badetuch auf die Bank, öffnete ihre Sporttasche und nahm frische Unterwäsche heraus. »Ich habe mich angemeldet, weil ich tanzen will, aber die Hälfte der Männer kann den rechten Fuß nicht vom linken unterscheiden.«

»Die müssen das Tanzen auch erst mal lernen, deshalb gehen sie ja zu einem Kurs.«

»Und bis sie es können, solltest du als Frau bei einem Anfängerkurs am besten Sicherheitsschuhe mit Stahlkappen tragen.« Die Kriminalkommissarin verzog missmutig das Gesicht. »Ich habe mit vier verschiedenen Männern getanzt, aber nicht einer von denen hatte etwas, das man auch nur ansatzweise Rhythmusgefühl hätte nennen können. Dass Führen beim Tanzen Männersache ist, hat vermutlich auch noch keiner gehört.«

»Freiburg liegt in Südbaden und nicht in Südamerika. Vielleicht solltest du nicht zu viel erwarten.« Susanne schlüpfte in ihre Jeans und zog den Reißverschluss zu. »Außerdem glaube ich, dass die meisten Männer gar nicht tanzen lernen, sondern nur anbaggern wollen. Schließlich kriegt in einem Single-Tanzkurs jeder Typ eine Frau ab, ganz egal, wie er aussieht oder wie er drauf ist.«

»Oh ja!« Anja nickte zustimmend. »Alle zehn, fünfzehn Minuten gibt's Partnerwechsel und einmal bin ich an einen Typen namens Carlo geraten. Der glaubt bestimmt, dass ihm jede Frau zu Füßen liegt, wenn er sie nur ansieht und im Hintergrund Tango läuft. Wahrscheinlich hält er sich für Gottes Geschenk an die Frauen, aber wenn einer nicht bis drei zählen kann, übersteigt ein Viervierteltakt schon seinen Horizont.«

Carlo, groß und übergewichtig, hatte schon beim ersten Tanz mit Anja nach einem plumpen *Sind wir uns nicht schon einmal begegnet?* von der erotischen Komponente des Tangos gefaselt. Was er damit bezweckte, hatte er kaum verhehlen können oder vielleicht nicht einmal wollen. Anja hatte seine Anzüglichkeiten ignoriert und darauf geachtet, ihre Zehen nicht unter seinen Füßen zu platzieren. Als gutaussehende, attraktive Frau, die großen Wert auf ihre Erscheinung legte, war sie es gewohnt, dass Männer ständig mit ihr in Kontakt kommen wollten. Sie war nicht prüde und einem Flirt selten abgeneigt, vorausgesetzt, der Flirtpartner verfügte über ein gewisses Niveau. Carlo allerdings hatte in dieser Hinsicht nichts zu bieten gehabt. Im Grunde genommen war das auch nicht tragisch gewesen. Nicht jeder Mann konnte ein Prinz sein und es gab nun einmal viele Frösche, die Frösche blieben, selbst wenn man sie noch so oft küsste. Anjas Ärger über die erste Stunde des Tanzkurses rührte jedoch daher, dass sie noch am gleichen Abend eine Freundschaftsanfrage von Carlo via Facebook erhalten hatte. Offensichtlich hatte Steffi, die Freundin, mit der Anja den Kurs besuchte und die ebenfalls mit Carlo getanzt hatte, ihm mehr Informationen verraten als Anja lieb gewesen war. Die Kommissarin hatte die Anfrage zwar abgelehnt, doch sie fürchtete, Carlo könnte sein Glück bei ihr in der nächsten Stunde erneut versuchen.

Über Männer im Allgemeinen und danach auch im Besonderen redend zogen die beiden Frauen sich an, föhnten ihre Haare und schminkten sich, was bei Anja wesentlich länger dauerte als bei Susanne. Auch die EDV-Spezialistin war eine ebenso kluge wie gutaussehende Frau, die wie ihre Kollegin eine schlanke, sportliche Figur ihr Eigen nannte. Damit erschöpften sich jedoch die Gemeinsamkeiten. Anja, brünett mit braunen Augen, ging nie ohne Make-up, das zwar dezent sein durfte, aber perfekt sein musste, aus dem Haus. Susanne hingegen begnügte sich meist mit etwas Wimperntusche und sparsam aufgetragenem Lippenstift in nicht zu kräftigen Farben. Im Alltag bevorzugte sie ein lässiges Outfit und trug meist Sportschuhe, während Anja auf flache Pumps umgestiegen war. Im Wirtschaftsdezernat, in dem sie bis zu ihrer Versetzung gearbeitet hatte, waren High Heels für sie ein Muss gewesen, doch bei der Ermittlungsgruppe Gewaltverbrechen hatten sich diese Schuhe als unpraktisch erwiesen. Turnschuhe waren für sie jedoch keine Option und so hatte sie mit sich selbst einen akzeptablen Kompromiss geschlossen.

Als die beiden Frauen das Gebäude verließen, bemerkte keine den grünen Geländewagen, der ein Stück versetzt auf der anderen Straßenseite parkte. Auch das Klicken einer Fotokamera hörten sie nicht.

<><><>

Mit drei Taschen beladen stand Anja vor ihrer Haustür. Als sie ihre Sporttasche abstellen wollte, um den Schlüsselbund aus ihrer Schultertasche zu fischen, wurde die Tür von innen geöffnet.

»Guten Abend.« Anja nickte Yavuz Özgan grüßend, aber reserviert zu. Sie mochte ihren Vermieter nicht besonders, der keine Gelegenheit ausließ, anzügliche Bemerkungen zu machen.

»Ah, Frau Hill, so ein Zufall.« Özgan grinste die Kommissarin an und einmal mehr dachte Anja, dass Zahnpflege weit weniger verbreitet war, als man aus der Werbung hätte schließen können. Özgans gelbliche Zähne rührten wahrscheinlich von seinem enormen Zigarettenkonsum her und der Geruch des Mannes, der zehn Jahre älter aussah als er war, verriet, dass er kürzlich Knoblauch gegessen, aber vermutlich seit Tagen nicht mehr geduscht hatte. »Na, sind Sie wieder ganz alleine heute Abend?«

Anja antwortete nicht. Sie griff nach ihrer Sporttasche und wartete, dass Özgan zur Seite treten würde, um ihr Platz zu machen. Bei der Wohnungsbesichtigung ein halbes Jahr zuvor war er ihr nicht so unsympathisch erschienen, doch sie hatte ihm auch wenig Beachtung geschenkt. Die Wohnung hatte ihr auf Anhieb gefallen und für Freiburger Verhältnisse waren die drei Zimmer, Küche, Bad und Balkon wirklich günstig. Anja hatte sofort zugesagt und sich darüber gefreut, dass Özgan ihr gleich einen vorgefertigten Mietvertrag unter die Nase gehalten hatte. Warum er gerade sie den anderen Bewerbern vorgezogen hatte, wusste sie nicht, aber sie hatte auch nicht danach gefragt.

»Würden Sie bitte einen Schritt zur Seite gehen?«

Özgans Grinsen wurde noch breiter, während sein Blick in Anjas Ausschnitt hängen blieb. Er trat einen halben Schritt zurück und nickte. Der Platz zwischen seinem nach Zigarettenrauch, Knoblauch und Schweiß stinkenden Körper und der Wand des Hausflurs war so gering, dass sich Anja zur Seite drehen musste, um eine Berührung mit dem Hauseigentümer zu vermeiden. Als sie auf gleicher Höhe mit ihm war, trat Özgan plötzlich auf Anja zu. Die Kommissarin wich instinktiv aus, doch sofort spürte sie die Wand in ihrem Rücken.

»Du musst doch nicht alleine bleiben.« Özgan kam noch näher und plötzlich spürte Anja seine Hände auf ihren Brüsten, während sein Körper den ihren gegen die Wand drückte. »Ich komme zu dir rauf und dann ...«

Abscheu und Ekel währten nur einen kurzen Augenblick, dann setzten Anjas antrainierte Reflexe ein. Sie ließ ihre Taschen fallen, griff mit ihrer Rechten nach Özgans rechter Hand, drückte mit ihrem Handballen auf seinen Handrücken und umfasste seine Handkante mit ihren Fingern. Mit einer schnellen, schwungvollen Bewegung riss sie seine Hand von ihrer Brust, während sie gleichzeitig ihr Handgelenk nach unten bog und Druck auf Özgans Handrücken ausübte. Von ihrer unerwarteten Gegenwehr überrascht stieß Özgan ein wütendes Knurren aus. Sein Handgelenk war verdreht und er musste sich zur Seite und nach unten beugen. Bevor Anja mit ihrer linken Hand den Griff sichern konnte, riss sich Özgan jedoch los, was sein Gelenk mit einem scharfen Schmerz quittierte.

»Du elende Schlampe!« Er wollte nach ihrem Hals greifen, doch Anja reagierte blitzartig. Die Enge des Hausflurs ließ ihr zwar wenig Möglichkeiten zur Gegenwehr, doch als sie mit ihrer linken Hand Özgans Hände zur Seite stieß, sich um neunzig Grad nach links drehte, ihr Gewicht auf den vorderen Fuß verlagerte und ihren rechten Ellenbogen mit einem kurzen, harten Schlag gegen den Hals ihres Angreifers stieß, traf sie einen neuralgischen Punkt. Özgan taumelte rückwärts, bis die gegenüberliegende Wand seine Bewegung stoppte. Mit beiden Händen fasste er an seine Kehle, während er mühsam nach Atem rang und röchelnd in die Knie ging.

»Was ist hier los?«

Anja wandte den Kopf, bereit, sich gegen den nächsten Angreifer zu verteidigen, doch der Anblick des Mannes, der plötzlich im Türrahmen stand, hatte den Alarmzustand ihres Körpers wie auf Knopfdruck ausgeschaltet. »Carlo? Was machst du denn hier?«

»Ich rette dich.«

»Nicht nötig.« Die Kommissarin blickte auf den am Boden knienden Mann, der noch immer röchelnd nach Luft schnappte. Sie beugte sich vor und aus ihrer Stimme sprachen Wut und Verachtung: »Wenn Sie noch einmal versuchen, mich anzugrabschen, wird es richtig wehtun. Und was dann noch von Ihnen übrig ist, lasse ich in einer Zelle auf unserer Dienststelle verrotten. Haben Sie mich verstanden?«

Die linke Hand in einer halb flehenden und halb abwehrenden Geste erhoben nickte Özgan lediglich. Zum Sprechen war er noch nicht fähig.

»Er hat dich angegrabscht?«

»Ja, Carlo, aber wie du siehst, ist ihm das nicht gut bekommen.« Anja bückte sich und griff nach ihren Taschen. »Mist! Ich habe mir einen Nagel abgebrochen.«

Sie sah zuerst auf das zersplitterte Ende ihres Fingernagels und dann auf Özgans Hände. Über den Rücken seiner rechten Hand zog sich ein roter Streifen, aus dem ein einzelner Blutstropfen hervorquoll.

»Lass mal, ich helfe dir.« Carlo wollte den Griff von Anjas Sporttasche packen, doch die Kommissarin schüttelte den Kopf.

»Ich schaff das auch alleine.«

»Aber wenn ich dich zu deiner Wohnung bringe, kann ich doch eine Tasche nehmen.«

»Danke, Carlo, aber nein danke.«

»Wirklich nicht?«

»Nein, wirklich nicht.«

Carlo betrachtete die Kommissarin unschlüssig, dann deutete er mit einem Kopfnicken auf Özgan, der langsam wieder auf die Beine kam. »Und was machst du mit ihm? Verhaftest du ihn jetzt?«

»Wozu?« Anja hob ihre Taschen an. »Eine Anzeige wegen sexueller Belästigung bedeutet vor allem Schreibkram für den Kollegen, der die Anzeige aufnimmt. Viel mehr als einen blauen Brief von der Staatsanwaltschaft wird er ohnehin nicht bekommen. Außerdem hat er seine Lektion gelernt, nicht wahr, Herr Özgan?«

»Ja, Entschuldigung.« Özgans Stimme war heiser und er musste sich zuerst räuspern, bevor er weitersprechen konnte. »Es tut mir leid, ehrlich, ich schwöre.«

Den Kopf zwischen die Schultern gezogen sah er Anja unterwürfig an, dann drehte er sich um, ging den Flur entlang und verschwand in seiner Wohnung.

»Soll ich nicht doch mitkommen, nur für alle Fälle?«

»Nein, Carlo. Danke, dass du mich retten wolltest.« Anja schenkte ihm ein halbes Lächeln, auch wenn ihr nicht danach zumute war. »Geh jetzt bitte und zieh die Haustür hinter dir ins Schloss.«

»Sehen wir uns wenigstens am Dienstag beim Tango?«

»Ja.«

»Okay.« Er beugte sich vor, um Anja einen Kuss auf die Wange zu geben, doch die Kommissarin zog ihren Kopf zurück.

»Hör auf, Carlo! Mir ist jetzt wirklich nicht danach. Mein Bedarf an männlicher Nähe ist für heute gedeckt. Also, mach's gut, bis Dienstag.«

»Okay, bis Dienstag.« Er nickte ihr lächelnd zu, drehte sich um, verließ den Hausflur und zog die Tür hinter sich ins Schloss.

Die Kommissarin atmete einmal tief durch, dann stieg sie die Treppe zum Obergeschoss hinauf. Ihre Wut über den dreisten Angriff war noch nicht verraucht und sie konnte kaum fassen, dass Özgan tatsächlich ohne Vorwarnung nach ihren Brüsten gegrabscht hatte. Es war der widerlichste Annäherungsversuch gewesen, den sie jemals erlebt hatte. Hin und wieder hatte sie schon einmal eine Männerhand auf ihrem Hintern gespürt, die sie dort nicht hatte haben wollen – zumindest in den meisten Fällen – doch noch nie hatte sie körperliche Gewalt einsetzen müssen, um sich vor Zudringlichkeiten zu schützen. Özgan hielt sie wohl für sexuelles Freiwild, weil sie eine alleinstehende Frau war, und Anja hoffte, dass er seine Lektion wirklich gelernt hatte. Ganz sicher war sie jedoch nicht. Die Vorstellung aber, im Treppenhaus künftig wachsam sein zu müssen, behagte ihr überhaupt nicht.

Als sie ihre Wohnung betrat und die Tür hinter sich ins Schloss drückte, fühlte sie sich beschmutzt, obwohl seit der letzten Dusche kaum mehr als eine Stunde vergangen war. Anja hatte das Gefühl, als hätte ihre Bluse Özgans Gestank aufgesogen, jene widerwärtige Mischung aus Zigarettenqualm, Knoblauch und saurem, altem Schweiß. Noch bevor sie ihre Einkäufe in die Küche brachte, zog sie die Bluse aus, ließ im Badezimmer Wasser ins Waschbecken einlaufen und weichte das Kleidungsstück ein, denn die Vorstellung, die Bluse zu ihren anderen Sachen in den Wäschekorb zu stecken, war unerträglich. Vielleicht würde sie die Bluse sogar entsorgen, weil sie sie immer an den Vorfall erinnern würde. Eigentlich hätte sie ein Glücksgefühl, wenn nicht sogar einen Triumph verspüren müssen, weil sie ihren Angreifer in Sekundenschnelle erfolgreich überwältigt hatte, doch noch immer überwogen Wut und Abscheu.

Unter dem Spiegelschrank steckte eine Nagelfeile in einem Becher auf der Ablage. Der abgebrochene Fingernagel war ärgerlich, aber kaum der Rede wert. Einen bleibenden Schaden würde er nicht hinterlassen. Anja griff nach der Feile, als sie plötzlich mitten in der Bewegung verharrte. Die Frage war ihr wie aus dem Nichts in den Sinn gekommen und sie sprach sie laut aus, obwohl niemand sie hören konnte.

»Wieso weiß Carlo, wo ich wohne?«

2

Bussard schloss die Augen, auch wenn es ihm schwerfiel, denn das, was er sah, faszinierte ihn auf eine Weise, die er lange nicht mehr erlebt hatte. Mit geschlossenen Lidern drang die Stimme noch tiefer in ihn ein. Sie brachte eine Saite in seinem Inneren zum Schwingen und er lächelte selig vor sich hin. Er fühlte sich wie ein Glas, das langsam mit warmem, goldenem Honig gefüllt wurde, dessen intensives Aroma und unvergleichliche Süße ein Wohlbehagen hervorrief, das schon fast an einen Rausch grenzte. Die Empfindung breitete sich langsam, aber mächtig und trotzdem überraschend in ihm aus, hüllte ihn ein und trug ihn wie auf Engelsflügeln schwerelos davon. Kein Gedanke störte das Glücksgefühl, das er wiedergefunden hatte, ohne zu wissen, wie lange er es schon vermisste. Als der letzte Ton verklungen war und der Applaus einsetzte, öffnete Bussard seine Augen. Auch er begann zu klatschen, nur mechanisch zuerst, weil er noch immer von der Darbietung gefangen war, dann aber mit zunehmender Lautstärke und Intensität.

»Sie hat echt eine tolle Stimme.«

Die Sängerin auf der Bühne verbeugte sich und Bussard dachte, dass sich eigentlich das Publikum vor ihr verneigen sollte.

»So toll würde ich auch gerne singen können.«

Zwei Reihen blendend weißer Zähne funkelten im Scheinwerferlicht, als die Sängerin strahlend die Ovationen der Zuhörer entgegennahm. Mit einem lautlosen *Danke* verbeugte sie sich ein weiteres Mal.

»Papa?«

Wow, dachte er, wow, wow, wow!

»Hey, Papa!«

»Oh, sorry.« Bussard sah zur Seite und lächelte seine Tochter schief an. »Was sagtest du gerade?«

»Ich habe gesagt, ich würde auch gerne so toll singen können.«

»Ja, ich auch.« Noch immer applaudierend erhob er sich von seinem Stuhl, was die Sängerin mit einem Blick und einem dankenden Kopfnicken quittierte. Sofort taten es ihm viele andere Zuhörer gleich, bis schließlich das ganze Publikum stehende Ovationen spendete.

»Isa Jones!« Der Ansager, der durch das Programm führte, deutete auf die Sängerin und sofort brauste der Applaus noch einmal auf.

Es war eine großartige Idee gewesen, das Konzert im Paulussaal zu besuchen. Miriam, Bussards vierzehnjährige Tochter, die zwei Jahre älter war als ihre Schwester Tabea, hatte davon berichtet, dass in der Schule im Musikunterricht die Geschichte der Popmusik auf dem Lehrplan stand. Die Wurzeln dieser Gattung reichten zurück bis zu den Baumwollplantagen im Süden der USA, wo Sklavenarbeiter vor zweihundert Jahren die Unerträglichkeit ihres Daseins durch Gesänge zu mildern versucht hatten. Aus den Liedern der Sklaven hatten sich im Lauf der Zeit Blues und Gospel entwickelt, die das Fundament für Jazz und Rock´n´Roll bildeten, aus denen schließlich die Beatmusik und danach alle weiteren Spielarten der populären Musik entstanden waren. Ohne die Gesänge der einstigen Negersklaven, hatte Miriam ihrem Vater erklärt, gäbe es heute weder Hiphop noch Heavy Metal. Bussard, der selbst Kontrabass in einer Bluesband spielte, hatte wissend genickt und vorgeschlagen, ein Gospelkonzert zu besuchen, bei dem man den Wurzeln der Popmusik vermutlich noch am nächsten kam. Miriam hatte sofort zugestimmt und nun applaudierten Vater und Tochter dem Gospelchor mit seiner Solosängerin Isa Jones.

Nach der Zugabe drängte Bussard zum Aufbruch. »Es ist schon zehn Uhr vorbei und du musst morgen früh zur Schule.«

»Aber ich will noch ein Autogramm, bitte, Papa.«

»Na gut.« Mit der Hand verwuschelte Bussard liebevoll die Haare seiner Tochter. »Dann lass uns mal sehen, dass wir sie noch erwischen.«

Gegen den Strom der Konzertbesucher, die den Saal verließen, drängten Vater und Tochter zur Bühne. Bussard fragte nach den Umkleiden und zehn Minuten später entdeckten sie die Sängerin auf dem Flur. »Frau Jones, dürfen wir Sie um ein Autogramm bitten?«

Isa Jones, die nun statt der Robe Jeans und einen Strickpullover trug, lächelte die beiden an. »Ein Autogramm von mir?«

»Ja, bitte!« Miriam streckte der Frau ihre Konzertkarte und einen Kugelschreiber entgegen und die Sängerin erfüllte den Wunsch gerne.

»Können wir auch ein Foto machen?«

»Klar!«

Miriam gab ihrem Vater ihr Handy und stellte sich neben die Sängerin. An der Seite der wesentlich größeren, üppigen Frau, deren Haut die Farbe von Milchkaffee hatte, wirkte der schlanke Teenager noch schmaler, als er ohnehin schon war, während beide um die Wette strahlten. Bussard schoss zwei Fotos und gab seiner Tochter das Handy zurück.

»Hat Ihnen unser Konzert gefallen?«

»Absolut!« Bussard nickte lächelnd. »Es war großartig und ich muss gestehen, dass Sie mich wirklich beeindruckt haben. Ich hätte Ihnen noch stundenlang zuhören können.«

»Danke, das freut mich.«

»Mir hat es auch gefallen.« Miriam verstaute die Konzertkarte mit dem Autogramm in ihrer Handtasche. »Wie lange singen Sie schon?«

Die Sängerin lachte auf. »Seit ich denken kann. Ich habe schon immer gerne gesungen und die Gospelmusik liegt mir am meisten.« Sie beugte sich vor und zwinkerte Miriam zu. »Aber wenn ich Opernarien singen müsste, würden die Leute wahrscheinlich davonlaufen.«

»Das müssen wir jetzt leider auch.« Bussard legte seine Hand auf die Schulter seiner Tochter. »Morgen früh ist Schule und Miriam muss ins Bett.«

»Och, Papa, können wir nicht noch ein bisschen bleiben?«

»Nein, wirklich nicht. Wir müssen jetzt los.«

»Okay, aber vorher will ich noch ein Foto von euch machen.«

»Von wem?«

»Von dir und Frau Jones.«

»Also gut.« Bussard stellte sich neben die Sängerin. »Sofern Sie einverstanden sind.«

»Aber sicher. Jede Frau lässt sich gerne mit einem attraktiven Mann fotografieren.«

Bussard nahm das Kompliment lächelnd zur Kenntnis, während Miriam ihr Handy in Position brachte.

»Du musst die Kamera etwas höher halten, dann kriegst du schönere Bilder.« Isa Jones nickte Miriam zu. »Und wir beide sehen etwas vorteilhafter aus.«

Miriam hob ihr Handy an. »Okay, und näher zusammen. Kannst du sie nicht in den Arm nehmen, Papa?«

Vom Wunsch seiner Tochter überrascht wandte sich Bussard an die Sängerin. »Darf ich?«

Als Antwort spürte er, wie sie ihren Arm um seine Hüfte legte. Schmunzelnd legte er seinen Arm um ihre Schultern, während sie sich ein wenig fester an ihn drückte. Beide strahlten in die Kamera, während Miriam den Auslöser drückte. Bei der zweiten Aufnahme gab die Sängerin dem verdutzten Vater einen Kuss auf die Wange.

»Danke!« Miriam steckte ihr Handy ein und reichte der Sängerin die Hand. »Auf Wiedersehen, Frau Jones.«

»Tschüss, Miriam.« Wieder zeigte die Frau, deren afrikanische Vorfahren man nicht nur an der Farbe ihrer Haut, sondern auch an den typisch krausen Haaren und den großen dunklen Augen erkennen konnte, zwei Reihen blendend weißer Zähne. »Vielleicht sehe ich Sie ja mal wieder bei einem unserer nächsten Konzerte.«

»Ja, vielleicht.« Bussard ließ sie los und erwiderte das Lächeln, dann wandte er sich an seine Tochter. »Okay, Abmarsch. Wir wollen deine Mutter nicht verärgern.«

<><><>

Yavuz Özgan wusste nicht, was er geträumt hatte, doch er erwachte schlagartig. Irgendetwas hatte ihn geweckt, etwas, das nicht so war, wie es hätte sein sollen. Mit offenen Augen starrte er in die Dunkelheit, die kein Geheimnis preisgab. Er lauschte, doch außer seinem eigenen Atem hörte er absolut nichts. Stirnrunzelnd schüttelte er den Kopf, dann beugte er sich zur Seite und tastete nach der Nachttischlampe. Als er sie einschaltete, blendete ihn das Licht einen Moment lang, bis sich seine Augen an die Helligkeit gewöhnt hatten. Das Schlafzimmer sah aus wie immer. Alles stand an seinem Platz, nichts fehlte und nichts war zu viel, und dennoch hatte Özgan das unbestimmte Gefühl, dass etwas nicht so war wie sonst, ohne dass er dieses Etwas hätte benennen können. Der Wecker neben der Nachttischlampe zeigte, dass es kurz vor vier Uhr morgens war. Özgan sah sich noch einmal im Zimmer um, doch er fand noch immer keinen Hinweis darauf, was ihn mitten in der Nacht geweckt hatte. Er schluckte und spürte den Schmerz in seinem Hals. Die Schlampe, die über ihm wohnte, hatte ihm im Hausflur den Ellenbogen gegen den Kehlkopf geschlagen und vermutlich würde er die Nachwirkungen noch den ganzen Tag spüren. Sie hatte Glück gehabt, dass dieser Typ plötzlich aufgetaucht war, denn sonst hätte sie etwas erleben können. Eine solche Demütigung ließ er sich nicht gefallen, schon gar nicht von einer Frau. Er hätte ihr gezeigt, wo der Hammer hing, und sie hätte es nicht noch einmal gewagt, die Hand gegen ihn zu erheben. Mit einem verächtlichen Lächeln schaltete Özgan das Licht aus. Irgendwann würde ihm die Schlampe wieder über den Weg laufen und das nächste Mal würde sie ihn nicht unvorbereitet treffen. Er würde ihr zeigen, wer der Mann und wer die Frau war und welche Rolle dem einen und der anderen zukam. Eine ordentliche Tracht Prügel würde ihr den ihr zukommenden Platz weisen und dann würde er die verdammte Nutte so lange durchficken, bis sie um Gnade winselte. Beim Gedanken, was er mit seiner Mieterin anstellen würde, spürte Özgan die einsetzende Erektion, die seine Aufmerksamkeit auf jenen Bereich seines Körpers lenkte, wo eine volle Blase nach Entleerung verlangte. Missmutig schloss Özgan die Augen und brummte. Er hatte keine Lust aufzustehen, doch er wusste, dass er nicht wieder würde einschlafen können, wenn er nicht aufs Klo ging. Einen unverständlichen Fluch murmelnd schaltete er die Lampe wieder ein. Er schlug die Decke zurück, schwang die Beine aus dem Bett und stand auf. Schlurfend und etwas wackelig, weil sein Kreislauf noch nicht in Schwung war, verließ er das Schlafzimmer. Im Flur wandte er sich nach links und drehte ruckartig den Kopf, als eine Stimme hinter ihm ihn unvermittelt ansprach. Die halblaute Frage war das Letzte, was Yavuz Özgan in seinem Leben hörte.

»Willst du noch zu Allah beten, bevor du stirbst?«

3

»Hey, du hast ja gute Laune!«

»Sieht man mir das an?«

»Allerdings. Das ist jedenfalls nicht dein übliches Morgengesicht.«

Bussard warf Susanne einen überraschten Blick zu, der sein Lächeln für einen Augenblick verschwinden ließ, doch Sekunden später hoben sich seine Mundwinkel wieder. »Gestern Abend war ich mit Miriam bei einem Gospelkonzert und ich habe eine beeindruckend gute Sängerin gehört.«

Das war allerdings nur eine Hälfte der Wahrheit. Der Kriminalhauptkommissar, der die Ermittlungsgruppe Gewaltverbrechen leitete, verschwieg die andere Hälfte. Nach dem Konzert hatte er Miriam nach Hause zu ihrer Mutter gebracht. Bussard war seit einem Jahr geschieden. Das Verhältnis zu seiner Exfrau, die mittlerweile mit einem anderen Mann liiert war, konnte man als kühl oder geschäftsmäßig bezeichnen. Es war nicht wirklich schlecht, aber sie waren auch keine Freunde mehr. Helen war nicht mehr Teil seines Lebens und er wollte auch nicht mehr Teil ihres Lebens sein. Das Einzige, das sie noch verband, waren die beiden gemeinsamen Töchter Miriam und Tabea. Obwohl sein Job als Kriminalbeamter selten geregelte Arbeitszeiten kannte, verbrachte Bussard möglichst viel Zeit mit seinen Kindern. Dass Helen dies gut und richtig fand, erleichterte die Sache sehr. Auch wenn er im Grunde nichts mehr mit ihr zu tun haben wollte, war er dennoch froh, dass sie den Kontakt zwischen ihm und den gemeinsamen Töchtern befürwortete. Nur allzu oft wurden Scheidungskinder als Druckmittel missbraucht, was den getrennten

Partnern wenig nützte, den Kindern aber immer viel schadete. Nachdem er Miriam bei Helen abgeliefert hatte, war Bussard nach Hause gefahren. Er bewohnte eine kleine Zwei-Zimmer-Wohnung im Stadtteil Haslach, von wo aus es nicht allzu weit bis zum Präsidium war. Vor dem Zubettgehen hatte er noch eine Weile auf der Fensterbank gesessen, eine Selbstgedrehte geraucht und verträumt in den Nachthimmel geblickt. Die Gospelsängerin hatte ihn auf mehr als nur eine Weise beeindruckt, doch Bussard hatte jeden Gedanken unterdrückt, der in diese Richtung führte. Bis zu dem Augenblick, als seine Kollegin Susanne ihn angesprochen hatte, war sich der Kommissar nicht einmal bewusst gewesen, dass Isa Jones für das Lächeln verantwortlich war, das selbst am Morgen nach dem Konzert noch anhielt.

Susanne Bauer, die seit zehn Jahren als EDV-Spezialistin für die Abteilung arbeitete, hatte sofort herausgehört, dass die beeindruckend gute Sängerin Wirkung bei ihrem Chef hinterlassen hatte, doch sie kannte Bussard lange und gut genug, um zu wissen, dass der direkte Weg selten zum Ziel führte, wenn man etwas Persönliches von dem Kommissar erfahren wollte. »Und wie geht es deinen Kindern?«

»Ganz gut, danke der Nachfrage.«

»Miriam ist jetzt vierzehn?«

»Ja, und Tabea ist zwölf.«

»Es ist ungewöhnlich, dass eine Vierzehnjährige mit ihrem Vater zu einem Gospelkonzert geht.«

Bussard goss sich eine Tasse Kaffee ein und gab Zucker hinzu. »Miriam nimmt in der Schule zurzeit die Geschichte der populären Musik durch und da bot sich ein Gospelkonzert gerade an. Back to the roots.«

»Und dir hat das Konzert offensichtlich auch gefallen.«

»Ja, aber wieso offensichtlich?«

»Ein Blick sagt mehr als tausend Worte.«

Sie hatten ein freundschaftliches Verhältnis zueinander und Susanne schätzte ihren Vorgesetzten. Er war korrekt und fair und konnte auch mal ein Auge zudrücken, wenn jemand im Team Mist gebaut hatte, doch hin und wieder neigte er auch zu Einzelgängen, was nicht immer von Vorteil war. Sein im Grunde heiteres Wesen verbarg sich meist hinter seiner oft mürrischen Art und viele hielten ihn für kauzig. Susanne war eine der wenigen, denen er in seltenen Fällen einen Blick hinter die Kulissen gestattete.

»Wenn diese Sängerin der Grund für deine gute Laune ist, dann ist das doch schön. Du solltest endlich mal wieder mit einer Frau ausgehen, das täte dir gut.«

Bussard wollte instinktiv widersprechen, denn er konnte es nicht leiden, wenn ihm jemand sagte, was anscheinend gut für ihn war, doch seine spontane Antwort überraschte ihn selbst. »Ja, vielleicht hast du recht, vielleicht sollte ich das wirklich.«

»Na also! Immerhin bist du schon seit mehr als einem Jahr solo und …«

Susannes Erwiderung wurde unterbrochen, als die Tür geöffnet wurde. Julian Stemmer und Anja Hill, die beide zur Ermittlungsgruppe Gewaltverbrechen gehörten, betraten nacheinander das Büro und begrüßten die Anwesenden. Sekunden später erschien Sasha Wegner, das letzte Teammitglied. In seiner Hand hielt er einen beschrifteten Notizzettel. »Morgen, Leute. Wir haben einen Leichenfund.«

Als er die Adresse vorlas, zuckte Anja zusammen. »Bist du sicher?«

»Ja, warum?« Wegner sah noch einmal auf die Notiz. »Das ist die Adresse, die die Bereitschaft mir genannt hat. Kennst du dort jemanden?«

Anja antwortete nicht, aber alle im Raum spürten, dass die Nachricht die Kommissarin getroffen hatte. »Wer ist der Tote?«

»Ein gewisser Yavuz Özgan. Kennst du ihn?«

Anja sah von einem zum anderen. Ihr sorgfältig geschminktes Gesicht war blass geworden und alle warteten darauf, dass sie antwortete. Die Kommissarin musste zuerst schlucken, bevor sie sprechen konnte. »Das ist meine Adresse. Yavuz Özgan ist mein Vermieter.«

<><><>

Anja fühlte sich nicht wohl, als sie mit Bussard zum Tatort fuhr. Die Auseinandersetzung mit Özgan vom Vorabend verschwieg sie, denn die Kommissarin wusste genau, was es bedeutete, wenn sie erklärte, dass sie sich gegen ihren Vermieter durch Anwendung körperlicher Gewalt zur Wehr gesetzt hatte. Zuerst wollte sie die Todesursache und die Tatumstände in Erfahrung bringen, bevor sie sich selbst als potenziell Verdächtige präsentierte.

Vor dem Haus stand ein Einsatzfahrzeug der Kollegen mit eingeschalteten Blaulichtern hinter einem Fahrzeug der Rechtsmedizin. Bussard parkte seinen BMW dahinter und die beiden Kommissare stiegen aus.

»Du wohnst hier im Haus und kennst den Toten.«

Anja nickte stumm.

»Okay, dann wirst du hier die ersten Ermittlungen am Tatort leiten.«

»Ich?«

»Ja, du, wer sonst?«

Die Kommissarin setzte zum Sprechen an, zögerte einen Moment und überlegte es sich doch anders.

»Spricht etwas dagegen?«

»Nein, Bussard, alles okay.«

»Dann los!«

Sie betraten das Haus, wo sie im Flur von einem uniformierten Kollegen begrüßt wurden. Die Tür zu Özgans Wohnung stand offen und den beiden Beamten schlug ein muffiger Geruch entgegen. Neben der Leiche kniete ein Mann, dessen weißer Lockenkopf bei der Kripo berühmt war.

»Morgen, Professor.« Bussard klopfte mit den Fingerknöcheln gegen den Türrahmen, um ihr Eintreten anzukündigen. »Wieso sind Sie schon am Tatort?«

Professor Münchrath, der Leiter der Rechtsmedizin, wandte den Kopf. »Guten Morgen, Herr Bussard, guten Morgen, Frau Hill. Noch einen Augenblick, bitte.«

Mit den Fingerspitzen tastete der Pathologe nach den Halswirbeln im Genick des Mannes, der mit Unterhose und T-Shirt bekleidet auf dem Fußboden lag, dann nickte Münchrath und stand schließlich auf. »Um Ihre Frage zu beantworten: Rufus hat mich angerufen, deshalb war ich so zeitig hier.«

»Wer ist Rufus?«

»Rufus Linsenmaier ist einer meiner ehemaligen Studenten, der heute als Notarzt in der Uni-Klinik arbeitet. Man hatte ihn zur Erstversorgung gerufen, doch er kam bereits zu spät.« Münchrath streifte seine Latexhandschuhe ab, nahm eine Plastiktüte aus seinem Koffer und stopfte die Handschuhe hinein. »Da Rufus eine nicht natürliche Todesursache diagnostiziert hat, hat er mich angerufen.«

Bussard betrachtete den Leichnam des etwa vierzigjährigen Mannes. Özgan war untersetzt und es sah nicht so aus, als hätte er Sport getrieben oder schwere körperliche Arbeit geleistet, die seine Muskeln gestählt hätten. Sein schwarzes Haar war zerzaust und ein dichter schwarzer Bart bedeckte die untere Hälfte seines Gesichts. Er lag auf dem Rücken und seine leeren Augen starrten an die Decke.

»Haben Sie die Leiche bewegt?«

Der Rechtsmediziner warf dem Kripobeamten einen tadelnden Blick zu. »Ich könnte Ihre Frage als Beleidigung auffassen.«

»Sorry, Professor.« Bussard hob entschuldigend die Hand.

Mit einer Kopfbewegung deutete Münchrath auf den Toten. »Ich habe sein T-Shirt bewegt, um die Lebertemperatur zu messen, doch ich habe es nach bestem Wissen und Gewissen wieder in seine Ausgangslage gebracht.«

»Und was hat Ihnen die Lebertemperatur verraten?«

»Ich schätze, dass der Tod zwischen drei und fünf Uhr heute Morgen eingetreten ist.«

»Und die Todesursache?«

»Das ist schon schwieriger.« Der Pathologe wiegte unschlüssig den Kopf hin und her. »Ich bin sicher, dass sich die Todesursache im Hals finden lässt. Trotzdem muss ich ihn zuerst obduzieren, um Genaueres sagen zu können.«

»Wie meinen Sie das?«

Münchrath hob seine Tasche vom Fußboden auf und verstaute die Plastiktüte darin. »Der Kehlkopf zeigt eine Verletzung, die todesursächlich sein könnte. Punktblutungen in den Augen deuten auf einen Erstickungstod hin. Allerdings weisen die Halswirbel C5 und C6 Frakturen auf, die eine Atemlähmung nach sich ziehen können. Tod durch Genickbruch, wie man umgangssprachlich sagt, ist also ebenso möglich. Im Augenblick möchte ich mich deshalb noch nicht festlegen.«

Anja sah auf den Toten hinab. Für die Verletzung am Kehlkopf hatte sie eine Erklärung, aber sie war sicher, dass sie nicht für Özgans Genickbruch verantwortlich war. Nach der Auseinandersetzung im Hausflur war Özgan auf seinen eigenen Beinen in seine Wohnung zurückgekehrt. Sie hatte ihn geschlagen, aber nicht ermordet.

»Was ist?« Bussard betrachtete seine Kollegin, die abwesend wirkte. »Wenn dir sein Tod nahe geht …«

»Nein, schon gut.« Die Kommissarin schüttelte den Kopf und wandte sich an den Rechtsmediziner. »Könnte es ein Unfall gewesen sein?«

»Ein Unfall?«

»Ja, vielleicht ist er gestürzt und hat sich dabei das Genick gebrochen.«

»Nein, sicherlich nicht, Frau Hill. Ein Genickbruch infolge eines Sturzes kommt weitaus weniger häufig vor als man gemeinhin annimmt.«

»Also schließen Sie einen Unfall definitiv aus?«

Der Pathologe schloss seine Tasche und sah die Kommissarin skeptisch an. »Definitiv ausschließen kann ich einen Unfall derzeit nicht. Es ist denkbar, dass sich der Tote eine Fraktur der Halswirbel zugezogen hat, einen Anriss sozusagen. Das Ereignis könnte ein, zwei Tage zurückliegen. Vielleicht ist er heute Nacht gestürzt, weil er schlaftrunken war, und dieser Sturz könnte dann dazu geführt haben, dass die Wirbel vollends brachen. Das alles ist jedoch reine Spekulation. Ich muss den Leichnam zuerst obduzieren, um die genaue Todesursache festzustellen. Meiner Erfahrung nach ist ein Fremdverschulden jedoch am wahrscheinlichsten.«

Münchrath nickte den Kommissaren zu und verließ die Wohnung. Er war kaum aus der Tür, als Bertold Smirna, der Leiter der Abteilung Kriminaltechnische Untersuchung, und sein Kollege Klaus Mallmann eintrafen.

»Morgen.« Bussard begrüßte Smirna und Mallmann mit einem Handschlag. »Ihr könnt gleich anfangen.«

Die Kriminaltechniker zogen ihre Overalls an, während Anja noch immer unschlüssig im Türrahmen stand. Die Wohnung konnten sie erst in Augenschein nehmen, wenn die KTU ihre Arbeit abgeschlossen und alle Spuren gesichert hatte. Kopfschüttelnd sah die Kommissarin auf den Toten. Es war ein unwirkliches Gefühl, Özgan auf dem Boden liegen zu sehen, denn der Tod zeigte sich von seiner hässlichen Seite. Ihr ehemaliger Vermieter lag in einer Lache aus Urin und Exkrementen, weil mit dem Eintritt des Todes die Schließmuskeln versagt hatten. Blase und Darm hatten sich ein letztes Mal entleert. Auch wenn Anja am Vortag Wut und Abscheu empfunden hatte, fühlte sie nun keine Genugtuung. Özgan war allem Anschein nach ermordet worden. Es hatte kein schreckliches Blutbad gegeben, dessen Anblick den Betrachter schockiert hätte. Der Täter hatte das Opfer auch nicht erschossen, erschlagen oder vergiftet. Er hatte ihm einfach den Hals umgedreht wie einem Huhn und den leblosen Körper in seinem eigenen Unrat liegen gelassen. Auf Anja wirkte die Szene, als habe der Täter sein Opfer weggeworfen, ohne einen weiteren Gedanken daran zu verschwenden.

»Los, Anja, an die Arbeit!«

Die Kommissarin löste sich von dem würdelosen Anblick. Bussard hatte ihr aufgetragen, die Ermittlungen am Tatort zu leiten und deshalb wandte sie sich an den uniformierten Kollegen, der an der Haustür stand. »Wer hat die Leiche gefunden?«

»Die Schwägerin des Toten. Sie hat uns verständigt.«

»Wo ist die Frau?«

»Draußen bei der Kollegin im Einsatzwagen.«

Anja dankte mit einem Kopfnicken und verließ das Haus. Im Einsatzwagen, der mit offener Seitentür am Straßenrand parkte, saß eine junge Frau, die ein sandfarbenes Kopftuch trug. Mit einem Taschentuch trocknete sie sich die Augen, während die uniformierte Kollegin beruhigend auf sie einsprach. Anja stieg in den

Wagen und stellte sich vor. »Mein Name ist Hill, Kripo Freiburg. Sie haben den Toten gefunden?«

Die Frau nickte stumm.

»Sie sind die Schwägerin des Toten. Sagen Sie mir bitte Ihren Namen.«

»Sanya Özgan.«

»Yavuz Özgan war der Bruder Ihres Mannes?«

»Ja.«

»Erzählen Sie mir, wie Sie ihn gefunden haben.«

»Er lag einfach da, auf dem Boden, tot.«

»Wie sind Sie in die Wohnung gekommen?«

»Ich habe einen Schlüssel.«

»Was wollten Sie von Ihrem Schwager?«

Sanya Özgan sah die Kommissarin erschrocken an. »Ich? Nichts!«

»Aber warum waren Sie heute Morgen in seiner Wohnung?«

Die Zeugin zog den Kopf ein wenig zwischen die Schultern. Es war eine unbewusste Bewegung, die der Kommissarin nicht entging.

»Ich komme zum Putzen, jeden Mittwoch.«

»Wie war Ihr Verhältnis zu Ihrem Schwager?«

Sanya Özgan sank noch tiefer in sich zusammen, während ihre Augen sich weiteten. Eine Antwort auf Anjas Frage blieb sie schuldig.

»Warum antworten Sie nicht?«

»Ich komme zum Putzen. Yavuz ist der Bruder meines Mannes.«

Anja spürte, dass die Frau etwas verheimlichte. Vielleicht hatte sie ein Verhältnis mit ihrem Schwager gehabt, ein Stelldichein jeden Mittwoch, auch wenn sich das die Kommissarin nicht bildlich vorstellen wollte. Der nach Zigaretten, Knoblauch und Schweiß stinkende Özgan war wohl kaum einer Frau begehrenswert erschienen. Anstatt nachzubohren, wechselte

Anja jedoch das Thema. »Hatte Ihr Schwager Feinde?«

»Wie, Feinde?«

»Er wurde vermutlich ermordet, also gibt es auch einen Mörder. Wer könnte das sein?«

»Ich weiß es nicht.«

»Hatte er Streit mit jemandem?«

»Ich weiß nichts.«

»Wissen Sie wirklich nichts oder wollen Sie nur nichts sagen?«

»Ich weiß nichts.«

»Und was ist mit Ihrem Mann?«

»Mein Mann?«

»Ja, Ihr Mann. Der Tote ist sein Bruder.«

Von den Fragen der Kommissarin in die Enge getrieben rutschte Sanya Özgan auf ihrem Sitz immer weiter nach hinten, bis die Lehne ihrem Rückzug Einhalt gebot. Ihre Stimme war kaum mehr als ein Flüstern. »Er weiß nichts.«

»Er weiß nichts von Ihnen und Yavuz?«

Die junge Frau blickte die beiden Beamtinnen abwechselnd an und ihr Blick hatte etwas Flehendes angenommen. »Bitte, er weiß nichts.«

<><><>

Die Kollegen der KTU hatten ihre Arbeit beendet und den Tatort für die Kommissare freigegeben. Auf der Suche nach Hinweisen auf Täter und Motiv durchforsteten die Ermittler die Wohnung. Im Flur gab es Anzeichen für einen Kampf, der nach Einschätzung der Kriminaltechniker jedoch nicht lange gedauert hatte und ziemlich einseitig verlaufen sein musste. Der Läufer auf dem Fußboden war verrutscht und zwei Jacken, die wahrscheinlich an der Garderobe gehangen hatten, lagen neben dem Opfer. Zutritt zur Wohnung hatte sich der Täter im Esszimmer verschafft. Der Spurenlage nach war ein Flügel des Doppelfensters bei geöffnetem Rollladen gekippt gewesen. Der Täter hatte durch die Öffnung gefasst, das zweite Fenster entriegelt und von außen aufgestoßen. Verstreute Blumenerde und ein zerbrochener Blumentopf auf dem Fußboden, der zuvor auf der Fensterbank gestanden hatte, waren für die Kriminalbeamten eindeutige Indizien.

»Ich habe mich schon mal bei den Nachbarn umgehört, aber wie üblich hat niemand etwas bemerkt.« Bussard nahm ein gerahmtes Foto in die Hand, das auf einem Beistelltisch im Wohnzimmer stand. Es zeigte eine Gruppe von Menschen unterschiedlichen Alters, die vermutlich alle zu einer Familie gehörten. Die Gebäude im Hintergrund legten den Schluss nahe, dass das Foto in der Türkei aufgenommen worden war.

Anja warf einen Blick auf das Foto und deutete auf den Mann am rechten Rand. »Das ist Yavuz Özgan und der Typ daneben könnte sein Bruder sein. Zumindest sieht er ihm ziemlich ähnlich. Die Frau neben dem Bruder ist Sanya Özgan.«

»Die Schwägerin des Opfers, die den Leichenfund gemeldet hat?«

»Ja, ich habe vorhin mit ihr gesprochen. Da ist irgendetwas im Busch. Ich glaube, sie hatte ein Verhältnis mit ihrem Schwager.«

Bussard stellte das Foto auf den Tisch zurück. »Hat sie das Verhältnis zugegeben?«

»Nein.«

»Aber du hörst dich an, als seist du davon überzeugt.«

Die Kommissarin sah sich im Wohnzimmer um, das für ihren Geschmack viel zu voll und viel zu bunt war.

»Ich bin mir ziemlich sicher, dass zwischen den beiden etwas gelaufen ist.«

»Und was macht dich so sicher?«

»Weibliche Intuition.«

Bussard widersprach nicht. Er war seit mehr als fünfundzwanzig Jahren Ermittler und wusste nur zu gut, dass Intuition wichtig war, wenn man in diesem Job erfolgreich sein wollte. Manchmal musste man seiner Nase folgen, selbst wenn die Beweise in eine ganz andere Richtung deuteten. Dieses Intuitive nahm er nicht nur für sich selbst in Anspruch, sondern gestand es auch seinen Mitarbeitern zu. Dass sich manchmal jemand irrte, lag in der Natur der Sache, doch schon oft hatte ein Bauchgefühl in dem einen oder anderen Fall zu entscheidenden Erkenntnissen verholfen oder sogar überraschende Ergebnisse geliefert. »Wir müssen ohnehin mit dem Bruder sprechen. Er ist der nächste Angehörige. Mal sehen, was er dazu sagt.«

»Und wenn er nichts davon weiß?«

»Dann ändert das wenig. Die meisten Morde sind Beziehungstaten und in vielen Fällen kommt der Täter aus der eigenen Familie. Warum fragst du?«

Anja erinnerte sich an die weit geöffneten Augen und das unbewusste Zurückweichen der Zeugin bei der Befragung im Einsatzfahrzeug. »Ich glaube, sie hat Angst.«

»Angst, dass ihr Mann von dem Verhältnis erfahren könnte?«

»Ja.«

Bussard zuckte mit den Achseln. »Im Augenblick wissen wir noch nichts, also müssen wir uns um ungelegte Eier auch nicht den Kopf zerbrechen. Unser erstes Interesse gilt dem Tatort. Es gibt eine Spur, die uns von hier zum Täter führt. Wir müssen sie nur finden.«

Aus einer Schreibtischschublade fischte Anja einen Ordner mit Kontoauszügen. Als sie ihn aufschlug, stieß sie einen leisen Pfiff aus. »Özgan hat fast achtzigtausend Euro auf seinem Girokonto.«

»Weißt du, was er beruflich gemacht hat?«

»Nein, er war mein Vermieter, aber mehr weiß ich nicht über ihn.« Anja war froh, dass sie Latexhandschuhe trug, denn sie hätte nicht mit etwas in Berührung kommen wollen, das Özgan angefasst hatte. Ihr Unwohlsein bei der Durchsuchung der Wohnung resultierte jedoch hauptsächlich aus der Tatsache, dass sie ihrem Partner, der gleichzeitig ihr Vorgesetzter war, nichts von Özgans Übergriff im Hausflur erzählt hatte. Die sexuelle Belästigung war ihr zwar nicht peinlich, vor allem, weil sie sich erfolgreich dagegen gewehrt hatte, aber trotzdem wollte sie mit niemandem darüber sprechen, schon gar nicht mit einem männlichen Kollegen. Dass Özgan nun einem Verbrechen zum Opfer gefallen war, änderte jedoch den Sachverhalt erheblich, denn jeder, der einen Streit, vor allem mit einer körperlichen Auseinandersetzung, mit einem späteren Mordopfer vor den Ermittlern verschwieg, machte sich dadurch automatisch verdächtig. Natürlich hatte sie Özgan nicht ermordet, aber im Zuge der Ermittlungen würde der Vorfall aktenkundig werden. Auch wenn sie weder Schuld trug noch einen Schaden zu beklagen hatte, wären spöttische Bemerkungen und derbe Witze im Präsidium die Folge. Anja war sich des Dilemmas durchaus bewusst, aber sie hatte keinen Grund anzunehmen, dass irgendjemand jemals etwas von der unschönen Szene am Vortag erfahren würde.

Im Wohnzimmerschrank entdeckte Bussard einen unbeschrifteten Briefumschlag, in dem siebentausend Euro in großen Scheinen steckten. Er schloss den Umschlag wieder und warf ihn auf den Tisch. »Geldsorgen scheint unser Opfer nicht gehabt zu haben. Nimm alles mit, was mit Özgans Finanzen zu tun hat und finde heraus, woher das Geld stammt.«

»Okay.«

Bussard sah sich noch einmal im Wohnzimmer um. »Und? Wie ist dein erster Eindruck?«

»Es war definitiv kein Unfall.« Anja deutete mit der Hand in Richtung Esszimmer. »Der Täter ist durch das Fenster in die Wohnung eingestiegen. Wenn der Tod, wie Münchrath sagte, zwischen drei und fünf Uhr eingetreten ist, hat Özgan zu der Zeit vermutlich geschlafen. Er trug nur Unterhose und T-Shirt. Vielleicht hat ihn der Blumentopf geweckt, der von der Fensterbank gefallen ist. Özgan wollte nachsehen, was passiert war, und dabei hat ihn der Täter im Flur überrascht. Es gab einen kurzen Kampf, bei dem Özgan sich das Genick gebrochen hat.«

»Oder der Täter ihm das Genick gebrochen hat.«

Anja sah sich noch einmal im Wohnzimmer um. »Nach einem Einbruchdiebstahl sieht es hier allerdings nicht aus. Die Wohnung wurde nicht durchsucht und der Täter hat das Geld aus dem Wohnzimmerschrank nicht mitgenommen. Fernseher und Stereoanlage sind ebenfalls noch da. Nur der Computer fehlt.«

»Den hat Smirna eingepackt. Susanne wird ihn auswerten. Sonst noch etwas?«

Die Kommissarin zuckte mit den Achseln. »Mehr kann ich im Augenblick noch nicht sagen. Da in der Wohnung anscheinend nichts gestohlen wurde, war es die Absicht des Täters, Özgan zu ermorden. Es war etwas Persönliches, vielleicht auch etwas Geschäftliches. Das wissen wir erst, wenn ich Özgans Finanzen unter die Lupe genommen habe. Eine Zufallstat war es auf jeden Fall nicht.«

»Zieh keine voreiligen Schlüsse, Anja.« Bussard zog seine Latexhandschuhe aus und stopfte sie in die Tasche seiner Lederjacke. »Ein Einbrecher könnte von Özgan überrascht worden sein. Es kommt zum Kampf, Özgan stirbt und der Täter flieht in Panik, ohne etwas mitzunehmen. In diesem Fall wäre Özgan ein zufälliges Opfer. Oder aber es war keine Zufallstat und Özgan wurde gezielt ermordet. Der Täter könnte etwas mitgenommen haben, von dem er genau wusste, wo es sich befand. Er brauchte die Wohnung nicht zu durchsuchen.«

»Aber die Theorie mit dem Einbrecher, der von Özgan überrascht wurde, ist doch ziemlich unwahrscheinlich, oder?«

»Die Frage ist, wie man *ziemlich* definiert.« Mit einem Kopfnicken deutete Bussard in Richtung Esszimmer. »Ein offenes Fenster ist allerdings immer eine Einladung.«

<><><>

Selbst aus der Entfernung betrachtet war ihre Schönheit unvergleichlich. Sie trug kein Kopftuch, das ihre wundervollen braunen Haare beleidigt hätte. Damals war sie den Regeln ihrer Religion gefolgt und hatte ihren natürlichen Kopfschmuck verborgen. Er hatte nie verstanden, worin der Sinn lag. Eine Burka verbarg eine Frau nahezu vollständig, aber ein Kopftuch? Ihre braunen Haare belehrten ihn jetzt eines Besseren. Jeder Mann würde sich nach ihr umdrehen und ihr begehrliche Blicke nachwerfen. Wenn sie ihre Schönheit zur Schau stellte, begab sie sich damit jedoch auch in Gefahr. Ein Mann, der sie nicht besitzen wollte, konnte nur ein Eunuch sein.

Er fragte sich, wie sich ihre Haare wohl anfühlten. Sie glänzten in der späten Abendsonne und waren sicherlich weicher als Seide. Eine Weile musste er sich noch gedulden, doch allzu lange würde es nicht mehr dauern. Bald, sehr bald schon, würden ihre Haare wie warmes, duftendes Öl zwischen seinen Fingern fließen. Er würde sein Gesicht darin vergraben und ihren Geruch in sich aufnehmen, der ihn berauschen würde wie Haschisch oder Opium.

Aus einem der Fotos hatte er einen Ausschnitt vergrößert und ihn im A4-Format ausgedruckt. Eigentlich hatte er ihn zu den anderen Aufnahmen an die Wand pinnen wollen, genau in die Mitte, doch es war undenkbar, dass er auch nur ein einzelnes ihrer Haare durch eine Nadel verletzte, selbst auf einem Foto. Den Stich hätte er bis in sein tiefstes Inneres gespürt.

Er brauchte einen Bilderrahmen.

4

Die Aussage von Sanya Özgan musste schriftlich festgehalten und von der Zeugin unterschrieben werden. Bussard hatte deshalb entschieden, dass Anja zum Präsidium zurückfuhr, um die Vernehmung zu leiten, da die Kommissarin bereits mit der Frau gesprochen hatte. Vielleicht würde die Ermittlerin noch etwas Genaueres über das vermutete Verhältnis zwischen Schwager und Schwägerin in Erfahrung bringen. Bussard selbst forderte Julian Stemmer an, das jüngste Mitglied in seinem Team, mit dem er vom Tatort aus zur Wohnung von Sanya Özgan fuhr, um mit dem Bruder des Opfers zu sprechen.

Die Familie bewohnte eine kleine Wohnung im Stadtteil Weingarten, der trotz seines sympathischen Namens die niedrigste Lebensqualität in der Stadt bot. In den Wohnsilos herrschte eine hohe Bevölkerungsdichte und kinderreiche Familien, die oft einen Migrationshintergrund aufwiesen, lebten vielköpfig auf engem Raum. Die Kriminalitätsrate lag deutlich über dem Durchschnitt der Stadt, wofür zumeist jugendliche Straftäter verantwortlich waren. Drogendelikte, Sachbeschädigungen, Einbruchdiebstähle und Körperverletzungen gingen häufig auf das Konto Heranwachsender, die ohne Schulabschluss und deshalb auch ohne berufliche Perspektive von Sozialleistungen lebten. Bussard kannte den Stadtteil gut, denn schon vor seiner Zeit als Leiter der Ermittlungsgruppe Gewaltverbrechen hatte er im Drogendezernat häufig mit Straftätern aus Weingarten zu tun gehabt.

Die beiden Beamten fanden die Haustür offen vor und entdeckten im zweiten Obergeschoss ein Klingelschild mit dem Namen Özgan. Nach dem ersten Läuten wurde die Tür von einem etwa sechsjährigen Mädchen geöffnet.

»Hallo, ist dein Vater zu Hause?«

Das Mädchen nickte wortlos, drehte sich um und lief in die Wohnung. Wenige Augenblicke später erschien ein Mann, den der Kommissar auf etwa Mitte bis Ende dreißig schätzte. Er hatte dichte schwarze, kurz geschnittene Haare und einen dichten schwarzen Vollbart.

»Herr Özgan?«

»Ja?«

»Mein Name ist Bussard, Kripo Freiburg, und das ist mein Kollege Stemmer. Wir müssen Ihnen leider eine traurige Nachricht überbringen. Dürfen wir reinkommen?«

Özgan sah die beiden Beamten nacheinander an. »Sie meinen, weil Yavuz tot ist?«

Der Kommissar war überrascht, dass Özgan schon vom Tod seines Bruders erfahren hatte. »Ja, aber woher wissen Sie davon?«

»Sanya hat angerufen. Sie hat es mir gesagt.«

Bussard nickte ernst. »Mein Beileid zum Tod Ihres Bruders, Herr Özgan. Wir müssen herausfinden, wer für seinen Tod verantwortlich ist und deshalb müssen wir mit Ihnen sprechen. Können wir das in Ihrer Wohnung machen?«

»Nein. Wir haben Trauer.«

»Das verstehe ich, Herr Özgan, aber es ist wichtig, dass Sie uns von Ihrem Bruder berichten. Wir müssen …«

»Die Familie trauert um Yavuz. Gehen Sie jetzt.« Özgan wollte die Tür schließen, doch Bussard drückte mit der Hand dagegen.

»Einen Augenblick noch. Hier, nehmen Sie meine Karte.« Der Kommissar zog eine Visitenkarte aus der

Innentasche seiner Lederjacke. »Suchen Sie mich morgen früh im Präsidium auf. Wir brauchen Ihre Aussage.«

Özgan zögerte, doch schließlich nahm er die Karte entgegen.

»Um neun Uhr. Sagen Sie an der Pforte, dass Sie zu mir wollen. Man wird Sie dann in mein Büro schicken.«

Bussard gab die Tür frei, die Sekunden später ins Schloss gedrückt wurde. Stemmer verzog das Gesicht und deutete mit einem Kopfnicken auf die Tür. »Das hätten wir uns sparen können.«

»Wieso?«

»Weil wir nichts erfahren haben. Der Türke wusste schon Bescheid.«

»Hör mal zu, Julian.« Bussard sah seinen Kollegen durchdringend an und in seiner Stimme schwang eine Spur Schärfe mit. »Yavuz Özgan war deutscher Staatsbürger, auch wenn er einen türkischen Namen trug. Vermutlich ist sein Bruder ebenfalls Deutscher. Bei unserem Job ist es aber scheißegal, welche Nationalität ein Opfer hat. Ein Mensch ist ein Mensch.«

Mit einer abwehrenden Geste trat Stemmer einen halben Schritt zurück. »Sorry, so war das nicht gemeint.«

»Es klang aber so.« Bussard wartete einen Moment, um seinen Tadel nachwirken zu lassen, dann fuhr er in sachlichem Tonfall fort: »Außerdem irrst du dich. Wir haben etwas erfahren.«

»Echt? Was denn?«

»Yavuz Özgan war kein armer Mann. Er besaß ein gut gefülltes Bankkonto und ein eigenes Haus. Sein Bruder jedoch wohnt hier in Weingarten in einer billigen Sozialwohnung. Da beide aus dem gleichen Elternhaus stammen, müssen ihre Lebenswege sehr unterschiedlich verlaufen sein.«

»Und wie hilft uns das jetzt weiter?«

»Wir werden sehen.«

<><><>

»Sind Sie deutsche Staatsbürgerin?«

»Nein, türkisch.«

»Und Ihr Mann?«

»Hamid ist deutsch, die Kinder auch.« Sanya Özgan saß auf der vordersten Kante des Stuhls, den Anja ihr angeboten hatte, und es schien, als wollte die junge Frau jeden Augenblick aufspringen, weil sie etwas Verbotenes tat. Das beherrschende Gefühl war nicht die Trauer um ihren getöteten Schwager, sondern Angst, die sich vor allem in ihrem unsteten Blick offenbarte. Der beigefarbene Mantel, den sie bis zum Hals zugeknöpft hatte, reichte fast bis zu ihren Knöcheln. Man hätte behaupten können, dass Kopftuch und Mantel gut zueinander passten, doch Anja sah etwas anderes. Für die Kommissarin war die Kleidung der jungen Frau ein stummes Zeugnis der Lebensumstände, denen Frau Özgan unterworfen war. Kopftuch und Mantel waren das Gegenteil von Style und Mode, Individualität und Lebensfreude, obwohl die Türkin kaum älter als zwanzig Jahre zu sein schien. Die Kleidung ließ die junge Frau bis zur Unkenntlichkeit verblassen und Anja war sicher, dass genau diese Absicht dahintersteckte.

»Wie viele Kinder haben Sie?«

»Drei. Die Mädchen sind sechs und zwei, Halil ist vier.«

Der Kommissarin entging nicht, dass die Mutter lediglich ihren Sohn beim Namen genannt hatte. Dass die älteste Tochter bereits sechs war, überraschte Anja jedoch. »Und wie alt sind Sie?«

»Zweiundzwanzig.«

»Zweiundzwanzig? Und Sie haben schon eine sechsjährige Tochter?«

»Ja.«

»Wie lange sind Sie schon verheiratet?«

»Sieben Jahre.«

»Und wie alt ist Ihr Mann?«

»Hamid ist achtunddreißig.«

Anja rechnete nach und sah die junge Türkin mit großen Augen an. »Dann war er einunddreißig und Sie fünfzehn, als Sie geheiratet haben?«

»Ja.«

»Kannten Sie sich schon vor der Hochzeit?«

»Nein.«

Der Begriff *Zwangsheirat* hing wie eine schwarze Wolke im Raum. Anja dachte darüber nach, ob sie ihn aussprechen sollte, doch schließlich entschied sie sich dagegen. Selbst ohne nachzufragen wusste sie, dass die Ehe zwischen Hamid und Sanya Özgan nicht im siebten Himmel geschlossen worden war. Eine Bestätigung ihrer Annahme konnte sie auch auf andere Weise erhalten. »Lebten Sie vor Ihrer Hochzeit bereits in Deutschland?«

»Nein, in der Türkei. Dort haben wir auch geheiratet.«

»Und Ihr Mann?«

»Hamid ist in Freiburg geboren.«

»So wie sein Bruder?«

»Ja.«

»Ihr Mann ist in die Türkei gereist, um Sie zu heiraten?«

»Ja.«

»Und bei Ihrer Hochzeit haben Sie seinen Bruder Yavuz kennengelernt?«

»Ja.«

»Erzählen Sie mir von ihm.«

Die junge Frau schüttelte den Kopf, dann schlug sie die Augen nieder. Dass sie nicht über ihren Schwager sprechen wollte, war offensichtlich, doch Anja benötigte Informationen über das Opfer. Sie war sicher, dass Sanya und Yavuz Özgan ein Verhältnis miteinander gehabt hatten, doch sie brauchte entweder einen Beweis oder eine Aussage der jungen Frau. Bussard hatte einmal erklärt, dass der direkte Weg nicht immer der schnellste sei, um an ein Ziel zu gelangen, und die Kommissarin beschloss, einen Umweg zu nehmen.

»Ich mache uns Tee.« Sie erhob sich, schaltete die Videokamera aus und verließ das Vernehmungszimmer. In der abteilungseigenen Küche setzte sie den Wasserkocher in Gang, dann ging sie in ihr Büro und rief Bertold Smirna an. Der Leiter der KTU bestätigte, was die Kommissarin vermutet hatte. Yavuz Özgans Bett hatte eindeutige Spuren von sexuellen Aktivitäten aufgewiesen.

Fünf Minuten später kehrte die Kommissarin in den Vernehmungsraum zurück. Sie stellte ein Tablett auf den Tisch, goss zwei Tassen Tee ein und deutete auf die Zuckerdose. »In der Türkei trinkt man den Tee gerne süß. Bedienen Sie sich.«

Während die junge Frau ihren Tee süßte, schaltete die Kommissarin die Videokamera wieder ein und setzte sich an den Tisch, um eine leichte Plauderei zu beginnen. »Deutschland ist ein Land der Kaffeetrinker. Ständig und überall sieht man Menschen mit Kaffeebechern und an jeder Ecke gibt es Coffee to go.«

Die junge Türkin nickte. »Ja, das stimmt.«

»Meine Großeltern stammen aus England. Von ihnen habe ich meine Vorliebe für Tee geerbt. Schmeckt er Ihnen?«

»Ja, er ist sehr gut, danke.«

»Darjeeling, erste Ernte. Bei Tee bin ich wählerisch und ich trinke nun mal gerne guten Tee.«

Anja wartete auf eine Erwiderung, doch Sanya Özgan nippte lediglich stumm an ihrer Tasse und so setzte die Kommissarin die zwanglose Unterhaltung fort: »In England achtet man sehr genau darauf, wie lange der Tee ziehen muss oder darf, je nachdem. Das Wasser muss exakt die richtige Temperatur haben und die Teemenge muss ganz genau auf die Wassermenge abgestimmt sein. Das ist schon eine eigene Philosophie, doch soweit ich weiß, bereitet man den Tee bei Ihnen ganz anders zu, nicht wahr?«

»Ja, wir machen starken Tee, geben ein wenig in die Tasse und heißes Wasser dazu – und immer mit Zucker.«

Anja nickte und lächelte die junge Frau an. »Jedes Land hat seine eigenen Bräuche. Manche sind für andere schwer zu verstehen, aber es gibt auch Dinge, die in jedem Land gleich sind, ganz egal, welche Sprache gesprochen oder welcher Gott angebetet wird.«

»Ich bin Muslima.«

»Das dachte ich mir schon, aber zu allererst sind Sie eine Frau. Sie sind auch eine Ehefrau und Mutter dreier Kinder. Sie haben zwei Töchter und einen Sohn. Wie war doch gleich sein Name?«

»Halil.«

»Genau, Halil. Sein Vater ist bestimmt stolz auf ihn.«

»Ja, Hamid ist sehr stolz.«

Anja betrachtete ihre Gesprächspartnerin aufmerksam und bemerkte, dass die junge Frau nicht mehr so ängstlich wirkte wie zuvor. Fast jede Mutter sprach gerne über die eigenen Kinder und das Thema war unverfänglich genug, um ein Vertrauensverhältnis aufzubauen.

»Es muss schön sein, Kinder zu haben.« Die Kommissarin trank einen Schluck Tee, während sie auf die Frage wartete, zu der sie das Stichwort geliefert hatte.

»Haben Sie keine Kinder?«

Anja seufzte. »Nein, leider nicht. Das ist wirklich schade.«

»Haben Sie einen Mann?«

»Nein, ich bin nicht verheiratet.«

»Warum nicht? Sie sind doch eine schöne Frau und schon so alt.«

Die Feststellung war nicht beleidigend gemeint. Mit neunundzwanzig Jahren war Anja bei Weitem keine alte Frau, doch Sanya Özgan, die mit fünfzehn Jahren verheiratet worden war, hatte einen anderen Blickwinkel. Sie empfand Mitgefühl für die wesentlich ältere Frau, die unglücklicherweise weder Ehemann noch Kinder hatte.

Die Kommissarin zuckte mit den Achseln. »Es ist nie ein Mann gekommen, der mich heiraten wollte.«

»Das ist traurig.« Die Türkin fasste nach der Hand der Deutschen und drückte sie liebevoll. »Vielleicht schenkt Ihnen Allah noch einen Mann und Kinder. Sie müssen dafür beten.«

Anja zog ihre Hand nicht zurück. Sie hatte das Gespräch über das heikle Thema mit der leichten Plauderei vorbereitet und jetzt musste sie die junge Frau behutsam führen. »Wir müssen miteinander sprechen, Sanya, von Frau zu Frau.«

»Über Kinderkriegen?«

»Nein, über Yavuz.«

Der angstvolle Blick kehrte sofort in Sanya Özgans Augen zurück. Sie zog ihre Hand weg und sah schluckend zur Videokamera. Anja stand auf, schaltete die Kamera aus und kehrte zum Tisch zurück. Im Überwachungsraum lief ein Tonband, das jedes Wort aufzeichnete. Bildmaterial war deshalb nicht notwendig.

»Es ist wichtig, Sanya.« Sie fasste nach der Hand der Türkin, zog sie ein wenig in ihre Richtung und drückte sie sanft. »Yavuz ist tot und wir müssen herausfinden, weshalb er getötet wurde.«

Die junge Frau wollte ihre Hand zurückziehen, doch Anja hielt sie fest. »Bitte, Sanya, sprechen Sie mit mir.«

Eine einzelne Träne lief über die Wange der Türkin. »Ich muss Respekt haben. Yavuz war der Bruder meines Mannes.«

»Und Sie haben ihn geliebt.«

»Nein!«

Die Schärfe und die Heftigkeit, mit der Sanya Özgan das Wort ausgesprochen hatte, verblüfften die Kommissarin. »Sie haben ihn nicht geliebt?«

»Nein, warum fragen Sie das?«

»Aber wenn Sie ihn nicht geliebt haben, was war dann zwischen Ihnen?«

»Ich habe geputzt.«

Weitere Tränen folgten der ersten und die Kommissarin wusste noch nicht, wohin das Gespräch führen würde. Sie war jedoch sicher, dass es ein Familiengeheimnis gab, das sie nun behutsam lüften musste. »Wir haben das Bett von Yavuz untersucht. Es gibt eindeutige Spuren einer Frau.«

Sanya Özgan begann zu schluchzen. Anja drückte ihre Hand und sprach leise weiter: »Es sind Ihre Spuren, nicht wahr?«

»Ja, aber ich habe das nicht gewollt.«

Anja ließ die Hand der Türkin los, stand auf, nahm ihren Stuhl und stellte ihn neben den der weinenden Frau. Sie setzte sich, nahm Sanya Özgan in den Arm und hielt sie fest. »Yavuz hat Sie dazu gezwungen?«

»Ja.« Die tränenerstickte Stimme war nicht mehr als ein Flüstern. Anja ließ der jungen Frau Zeit, deren Körper unter der Last, die sie mit sich herumtrug, in sich zusammensank. Weinkrämpfe ließen sie erbeben, doch als Anja sie ermutigte, sich alles von der Seele zu reden, begann Sanya zu erzählen. Nach den ersten zögerlichen Sätzen brach der Damm und die Worte sprudelten aus der jungen Frau heraus. Sie wechselte vom Deutschen ins Türkische und wieder zurück und die Kommissarin musste der orientalischen Sprache nicht mächtig sein, um zu verstehen, dass Sanya Özgan ihrem toten Schwager die schlimmsten Schimpfworte ins Jenseits nachschickte.

<><><>

Ulf Neudörfer, der Chef der Freiburger Kripo, hatte die Beamten der Ermittlungsgruppe Gewaltverbrechen in den Besprechungsraum beordert, um sich über das Tötungsdelikt Yavuz Özgan informieren zu lassen. Neben Bussard und dessen Kollegen nahmen auch Bertold Smirna von der KTU und Oberstaatsanwältin Sabrina Lautenschläger an der Besprechung teil. Einen Überblick über die Situation in der Wohnung des Getöteten lieferte Anja, deren Bericht von Smirna mit kriminaltechnischen Details ergänzt wurde. Als sicher galt, dass sich der Täter durch das Fenster im Esszimmer Zugang zur Wohnung verschafft und dass es im Flur einen kurzen Kampf zwischen Täter und Opfer gegeben hatte. Der Bericht aus der Pathologie lag zwar noch nicht vor, doch die Ermittler gingen davon aus, dass Özgan an einem durch Fremdeinwirkung verursachten Genickbruch gestorben war. Die Befragung der Nachbarn hatte keine weiteren Erkenntnisse geliefert und deshalb gab es hinsichtlich des Täters noch keinerlei Anhaltspunkte.

»Die Victimologie ist ziemlich undurchsichtig.« Susanne Bauer hatte ihr Notebook aufgeklappt und referierte einige Daten, die sie über den Getöteten gesammelt hatte. »Yavuz Özgan, geboren am 28. April 1977 in Freiburg und deutscher Staatsbürger, war der Sohn türkischer Einwanderer. Er hatte weder einen Schulabschluss noch eine Berufsausbildung. Transferleistungen wie ALG II oder Ähnliches hat er allerdings auch nie bezogen. Wie er sich zwischen seinem achtzehnten und achtundzwanzigsten Lebensjahr finanziert hat, ist unbekannt. Zehn Jahre lang hat er keine Einkommenssteuererklärung abgegeben. Im Jahr 2005 hat er eine Firma angemeldet: Import von Orientteppichen. Die Geschäfte schienen gut zu laufen, denn sein Einkommen stieg Jahr für Jahr kontinuierlich. Zuletzt, das heißt im Jahr 2013, versteuerte er einen Gewinn von fast 200.000 Euro. Das Haus, in dem er lebte, gehörte ihm selbst und ist, so weit ich bisher herausgefunden habe, schuldenfrei. Özgan war nicht verheiratet und hat keine Kinder. Sein Bruder Hamid lebt mit seiner Frau Sanya und drei Kindern ebenfalls in Freiburg.«

Die Oberstaatsanwältin, die man zwei Jahre zuvor befördert hatte, nachdem ihr Vorgänger von seiner Vergangenheit eingeholt worden war, sah die EDV-Spezialistin fragend an. »Wieso sagten Sie, die Victimologie sei undurchsichtig?«

»Seine Firmenadresse ist mit seiner Privatadresse identisch.« Susanne, die wusste, dass Anja im Haus des Mordopfers wohnte, wandte sich an ihre Kollegin. »Habt ihr in der Wohnung irgendwelche Firmenunterlagen sichergestellt?«

»Nein.«

»Oder habt ihr ein Teppichlager gesehen?«

»Nein, auch nicht.«

»Eben!« Wie zur Bestätigung klopfte Susanne mit dem Zeigefinger auf ihr Notebook. »Özgan hat kein Ladengeschäft und kein Lager, jedenfalls nicht offiziell, aber er importiert Orientteppiche und verdient dabei nicht schlecht. Falls es sich also nicht um fliegende

Teppiche handelt, müssen sie ja wohl irgendwo herumliegen.«

»Das sieht sehr nach einer Scheinfirma aus.« Die Oberstaatsanwältin nickte der Kommissarin zu. »Sie sind doch vom Fach, Frau Hill. Sprechen Sie mit Özgans Steuerberater. Falls er sich querstellt, besorge ich Ihnen einen richterlichen Beschluss zur Einsichtnahme in Özgans Geschäftsunterlagen. Ich bin gespannt, was Sie finden werden.«

»Den Beschluss können Sie gleich beantragen.« Anja verzog ihr Gesicht zu einem verächtlichen Lächeln. »Steuerberater sind wie Anwälte und bevor einer von denen freiwillig mit Informationen herausrückt, schneit es in der Hölle.«

Neudörfer, dessen lockiges Haar von Jahr zu Jahr mehr ergraute, wechselte das Thema: »Frau Hill, Sie haben doch bereits eine Zeugin vernommen. Gibt es Erkenntnisse?«

»Ja, die gibt es. Wie Sie wissen, wohne ich selbst im Haus des Mordopfers.« Einen Augenblick lang dachte Anja daran, von der Auseinandersetzung im Hausflur zu berichten, entschied sich dann aber doch dagegen, um keine schlafenden Hunde zu wecken. »Ich wusste allerdings nicht, womit Özgan sein Geld verdiente. Dass er keiner geregelten Arbeit nachging, hatte ich mir schon gedacht, aber er war nicht gerade der Typ Mann, mit dem ich mich unterhalten wollte. Er war mein Vermieter und zudem eine ziemlich ungepflegte Erscheinung, was meines Erachtens nicht zu einem erfolgreichen Teppichhändler passt. Hinter seiner Wohnungstür gingen jedoch Dinge vonstatten, die ich gerne früher gewusst hätte.«

»Wie meinen Sie das?«

»Özgan war ein ziemlich mieses Schwein und deshalb wundert es mich auch nicht, dass ihm jemand den Hals umgedreht hat.« Ebenso wie zwei Tage zuvor empfand

Anja Ekel und Abscheu vor Özgan, als sie von der Zeugenvernehmung berichtete. »Sanya Özgan, die Schwägerin, die den Leichenfund gemeldet hat, wurde mit fünfzehn Jahren in der Türkei verheiratet und anschließend nach Deutschland gebracht. Es war eine arrangierte Heirat und ihren Mann hatte sie zuvor noch nie gesehen. Sie ist eine aufgeweckte, intelligente und offensichtlich sprachbegabte junge Frau, die bereits drei Kinder hat. Ihr Deutsch ist ziemlich gut, was angesichts ihrer Lebensumstände ungewöhnlich ist. Mit unserer Sprache hat sie jedoch auch unsere Lebensweise kennengelernt und wie jede Frau wünscht sie sich ein klein wenig Luxus, vor allem, weil sie in sehr bescheidenen wirtschaftlichen Verhältnissen haust. Ihr Schwager Yavuz hat ihr ein Smartphone geschenkt, was Sanya vor ihrem Ehemann geheimhalten musste. Hamid, so hat sie mir berichtet, hätte ihr das niemals erlaubt. Ein einfaches Handy sei okay, aber kein Smartphone, denn seiner Meinung nach sei das Internet ein Werk des Teufels und für Frauen ungeeignet oder sogar gefährlich. Sanya hütete ihren Schatz, ohne dass ihr Mann etwas von dem Smartphone erfuhr, und sie hat sofort zugestimmt, bei ihrem Schwager zu putzen, als er ihr das anbot. Die paar Euro, die Yavuz dafür zahlte, erhielt Hamid. Sanyas Gewinn dabei war, jede Woche zumindest einmal aus dem Haus zu kommen, ohne dabei der Kontrolle durch ihren Mann ausgesetzt zu sein. Dass das Smartphone ein Danaergeschenk war, erfuhr Sanya allerdings erst später, als Yavuz damit gedroht hatte, sie bei Hamid zu verpfeifen. Für sein Schweigen forderte er eine Gegenleistung, die Sanya jeden Mittwoch erbringen musste.«

»Dann hast du mit deiner Vermutung richtig gelegen.«

Bussards Schlussfolgerung ließ Anja nicht gelten und sie schüttelte vehement den Kopf. »Nein, die beiden hatten kein Verhältnis. Yavuz hat Sanya zum Sex gezwungen, jeden Mittwoch, monatelang.«

Im juristischen Sinne handelte es sich um sexuelle Nötigung, doch für Anja war Yavuz Özgan ein Vergewaltiger. Auch wenn er bereits tot war, stieg ihre Verachtung permanent und sie hoffte beinahe, dass es ihr und ihren Kollegen nicht gelingen würde, den Täter zu fassen. Mit dem geschenkten Smartphone hatte Özgan seine Schwägerin in eine Falle gelockt, um Sanya anschließend zu missbrauchen. Etwas Widerlicheres war der Kommissarin während ihrer Dienstzeit bei der Kripo noch nicht untergekommen.

»Gibt es Beweise für die Aussage der Schwägerin?«

Die Oberstaatsanwältin wartete auf die Antwort der Ermittlerin und schließlich schüttelte Anja den Kopf. »Für die Vergewaltigung gibt es bestimmt keine Zeugen. Im Prinzip steht Aussage gegen Aussage, aber da Yavuz Özgan tot ist …«

Es war nicht nötig, den Satz zu beenden, denn der Tatbestand der sexuellen Nötigung würde sich in diesem Fall nicht mehr beweisen lassen. Gerechtigkeit würde der Mutter von drei Kindern nicht widerfahren und Anja wusste schon, was die Vertreterin der Anklage als Nächstes vorbringen würde.

»Damit hat Sanya Özgan ein Motiv.«

»Theoretisch haben Sie recht, Frau Lautenschläger, aber praktisch ist Sanya Özgan zu klein und zu schmächtig, um einem Mann wie Yavuz Özgan das Genick zu brechen.«

Die Oberstaatsanwältin war noch nicht überzeugt. »Sie kennt sich in der Wohnung aus und hat ihr Opfer nachts überrascht.«

»Sie war es nicht.« Bussard, der neben Anja saß, teilte die Einschätzung seiner Kollegin. »Um einem ausgewachsenen Mann das Genick zu brechen, benötigt man

Kraft und das Wissen, wie man vorgehen muss. Es hört sich einfacher an als es ist, glauben Sie mir. Wenn Sanya Özgan ihren Schwager hätte töten wollen, dann hätte sie ihn erstochen.«

»Woher wollen Sie das wissen?«

»Erfahrung, Menschenkenntnis, Ermittlerinstinkt, nennen Sie es, wie Sie wollen. Sanya Özgan hat zweifellos ein Motiv, aber sie ist nicht nachts bei ihrem Schwager eingestiegen, um ihn zu ermorden.«

»Sind Sie sicher?«

»Sie hat einen Schlüssel. Warum hätte sie durchs Fenster steigen sollen?«

»Um eine falsche Spur zu legen.«

»Natürlich müssen wir in alle Richtungen ermitteln.« Bussard nickte bedächtig, aber es wirkte, als würde er den Kopf schütteln. »Manche Richtungen sind aber weniger wahrscheinlich als andere. Sanya Özgan läuft uns nicht davon. Zuerst aber gibt es drei andere Aspekte, denen wir uns widmen müssen. Erstens: Özgans Einkommensverhältnisse, die zumindest zwielichtig sind. Auf der Liste möglicher Mordmotive steht Geld seit jeher weit oben. Zweitens: Özgans Charakter. Wenn er so ein mieses Schwein war, wie Anja behauptet, gibt es sicherlich noch andere, die ihm gerne den Hals umgedreht hätten. Und drittens: Sanya Özgans Ehemann Hamid, der Bruder des Toten, der möglicherweise seine Frau gerächt hat.«

Anja war ziemlich sicher, dass die junge Türkin während der Vernehmung zum ersten Mal in ihrem Leben über den Missbrauch durch ihren Schwager gesprochen hatte. »Sanya sagt, ihr Mann wisse nichts von der Vergewaltigung.«

»Natürlich sagt sie das, Anja.« Bussard warf seiner Kollegin einen skeptischen Blick zu. »Aber entspricht das auch der Wahrheit?«

5

Es war ein magischer Moment gewesen, als er sie zum ersten Mal gesehen hatte. Niemals zuvor hatte er es für möglich gehalten, dass eine Frau sein Leben derart verändern könnte. Durch seine Adern floss Eiswasser. Jeder wusste das. Er hatte alles weggesteckt, kommentarlos und ohne mit der Wimper zu zucken. Anders hätte er auch nicht überlebt, doch dann war sie plötzlich aufgetaucht. In einer Welt, in der sich Abgrund an Abgrund reihte und in der nur ein einziges – das eigene – Leben zählte, war sie ihm wie eine überirdische Erscheinung vorgekommen. Sie hatte alles ins Gegenteil verkehrt und die Welt um ihn herum ad absurdum geführt. Sein Urteilsvermögen, auf das er sich immer hatte verlassen können, war schlagartig nicht mehr existent gewesen. Er hatte keine Antwort gefunden, als er sich gefragt hatte, was Traum und was Wirklichkeit gewesen war. Ihr Blick hatte ihn festgehalten, während ihre Stimme ihn entführt hatte. Ihr Lächeln, ihr unvergleichliches, engelsgleiches Lächeln, *hatte selbst dem allgegenwärtigen Tod jede Bedeutung gestohlen.*

Er fürchtete den Schmerz, der die Erinnerung an sie in ein glühendes Eisen verwandelte, und gleichzeitig liebte er ihn. Die Qual war die Gewissheit, dass er nicht mehr träumte. Er hatte geschlafen, vielleicht Tage, vielleicht Jahre. Jetzt aber waren Schmerz und Qual zurückgekehrt, doch diesmal würde er keinen Fehler machen, nicht noch einmal. Er konnte sie kein zweites Mal verlieren. Diesmal war er vorbereitet.

<><><>

Die Festplatte des Rechners lieferte eine Menge Informationen, die in die unterschiedlichsten Richtungen deuteten. Adress- und Telefonlisten, die private E-Mail-Korrespondenz sowie eine Datei, die Namen mit Geldbeträgen in Verbindung brachte, wollte Susanne selbst auswerten, während sie alles, was mit Özgans Firma zu tun hatte, auf einen USB-Stick kopierte, den sie Anja zusammen mit einer Haftnotiz übergab. »Hier ist der Name des Steuerberaters und seine Adresse.«

»Mit ihm werde ich erst sprechen, wenn der richterliche Beschluss vorliegt.« Anja steckte den Stick in ihre Hosentasche. »Was ist mit Özgans privatem Umfeld, soziale Netzwerke und so weiter?«

»So weit ich bisher gesehen habe, gibt es keine Hinweise darauf, dass er auf Facebook, Twitter und Co. aktiv war.«

»Überhaupt keine Hinweise?«

»Nein, nicht jeder hat einen Facebook-Account.« Die nüchterne Feststellung war mehr als eine sachdienliche Information. Susanne hatte Anja schon einige Male darauf hingewiesen, dass der Austausch privater Informationen auf Facebook und Twitter ganz und gar nicht vertraulich vonstatten ging. Was für die EDV-Spezialistin hinsichtlich Datensicherheit ein rotes Tuch war, nutzte die Ermittlerin täglich, um sich mit ihren Freunden auszutauschen. Für die *Facebook Generation* war ein Leben ohne soziale Netzwerke nicht mehr vorstellbar.

»Willst du mir jetzt wieder einen Vortrag halten?«

Anja hatte den versteckten Tadel deutlich wahrgenommen, doch Susanne schüttelte den Kopf. »Wozu? Ich habe dir schon oft genug gesagt, dass du mit deinen *Posts* vorsichtiger sein sollst.«

»Ja, ja, Big Brother und so.«

»Hast du denn aus dem Hollinger-Fall nichts gelernt?« Susannes Frage bezog sich auf die Aktivitäten der *National Security Agency* und deren Einmischung bei der Aufklärung des Mordes an einem Freiburger Mathematikprofessor. Der erste Fall, bei dem Anja mit Bussard zusammen ermittelt hatte, war von einem lokalen Strafdelikt zu einer internationalen Affäre mutiert, als die NSA auf den Plan getreten war und die Telefone der deutschen Ermittler abgehört sowie deren E-Mails gelesen hatte.

»Ich weiß, dass du das Ganze anders siehst, aber ich bin immer noch davon überzeugt, dass es weder die NSA noch die Mafia interessiert, ob ich schwarze oder rote Schuhe zum Tanzkurs anziehe.«

»Es geht nicht immer nur um NSA oder Mafia. Jeder, der ein wenig Ahnung davon hat, kann deinen Account hacken und so alles Mögliche über dich herausfinden.«

»Und was hat er davon, wenn er weiß, welche Farbe meine Schuhe haben?«

Susanne seufzte und lehnte sich zurück. Sie kannte ihre Kollegin seit einem Jahr und hatte sich mit ihr angefreundet. Anja, die zuvor im Wirtschaftsdezernat gearbeitet hatte, war auch bei der Ermittlungsgruppe Gewaltverbrechen erfolgreich. Sie war zuverlässig und gewissenhaft und machte einen wirklich guten Job. Dass die intelligente Frau jedoch hinsichtlich ihres Umgangs mit den sozialen Netzwerken nahezu unbelehrbar war, konnte die EDV-Spezialistin nicht verstehen. Umgekehrt jedoch brachte Anja auch wenig Verständnis für Susannes Warnungen auf. In jeder einzelnen Sekunde wurden auf der ganzen Welt digitale Informationen ausgetauscht und 99,9% davon waren belanglos. Niemand, nicht einmal die NSA, konnte ein Interesse daran haben, alle Fotos von Katzenbabys in Wäschekörben, Caipirinhas in Strandbars und High Heels in Schaufenstern von Schuhgeschäften zu speichern.

»Wie sieht's aus, Mädels?« Bussard, der nach der Besprechung noch einige Worte mit Smirna über die Tatortspuren gewechselt hatte, sah die beiden Frauen erwartungsvoll an.

»Ich habe auf Özgans Rechner eine interessante Liste entdeckt.« Susanne deutete auf den Monitor, der mit dem sichergestellten PC des Mordopfers verbunden war. »Es gibt insgesamt acht Namen, denen Geldbeträge zugeordnet sind.«

»Wie hoch sind die Beträge?«

»Zwischen zweitausend und zwanzigtausend Euro.«

»Irgendein Hinweis, worum es sich dabei handelt?«

»Nein, es gibt nur drei Spalten: Datum, Name und Betrag, sonst nichts.«

»Okay, druck die Liste aus und gib sie Sasha. Er soll die Namen überprüfen, Adressen, Vorstrafen und so weiter.« Bussard sah auf seine Armbanduhr. »Anja und ich fahren jetzt in die Pathologie. Wenn wir zurück sind, will ich wissen, wer die Leute auf dieser Liste sind.«

<><><>

Die Fahrt vom Präsidium in der Heinrich-von-Stephan-Straße zum Rechtsmedizinischen Institut der Freiburger Albert-Ludwigs-Universität dauerte zehn Minuten. Die beiden Kommissare wechselten kein Wort, denn Anja war die ganze Zeit über mit ihrem Smartphone beschäftigt. Die SMS, die sie von ihrer Freundin Steffi erhalten hatte, gefiel ihr überhaupt nicht, denn Steffi, die Carlo total süß fand, hatte ihn als neuen Facebook-Freund gelistet. Auf diesem Weg war Carlo auch an das Profil von Anja gekommen, die seine Freundschaftsanfrage jedoch abgelehnt hatte. Carlo entsprach nicht ihrem Männergeschmack, was Steffi nicht verstehen konnte. Die Freundin versicherte allerdings ausdrücklich, Anjas Adresse nicht an Carlo weitergegeben zu haben.

Bussard parkte seinen BMW und stellte den Motor ab. Während er den Verschluss des Sicherheitsgurtes aufschnappen ließ und die Fahrertür öffnete, tippte Anja noch immer auf ihrem Smartphone herum.

»Sag Bescheid, wenn du fertig bist.«

Anja sah vom Display ihres Handys auf. »Ich habe doch nur eine SMS beantwortet.«

»Unsere Ermittlungen betreffend?«

Anja antwortete nicht. Sie wusste nicht einmal, was sie hätte sagen sollen, denn Carlo war schließlich Zeuge der Auseinandersetzung zwischen ihr und Özgan gewesen. Dass jemand ihren ehemaligen Vermieter in der Nacht darauf ermordet hatte, war lediglich ein Zufall. Es gab keinen Grund, die Sache an die große Glocke zu hängen. Sie stieg aus dem Wagen und folgte Bussard in die Pathologie.

»Ah, die Kommissare. Treten Sie näher.« Professor Münchrath, der an einem Arbeitstisch saß und Eintragungen in eine Akte vornahm, winkte die Beamten zu sich heran, während aus einem Ghettoblaster Bluesmusik tönte. Früher hatte der Pathologe klassische Musik während der Arbeit gehört, doch nach eigener Aussage konnte er bei Blues entspannter Leichen sezieren und nach Todesursachen forschen. Bussard, der selbst ein Anhänger dieser Musikrichtung war, konnte das gut verstehen, doch Anja hatte noch immer Schwierigkeiten mit der Vorstellung, dass jemand ganz entspannt tote Körper aufschneiden und verwesende Organe entnehmen konnte.

»Nun, Professor, haben Sie die Todesursache schon geklärt?«

»In der Tat, Herr Bussard. Yavuz Özgan starb, wie ich bereits am Tatort vermutete, durch Frakturen der

Halswirbel C5 und C6 und die dadurch verursachte Atemlähmung.« Münchrath erhob sich von seinem Stuhl und ging zum ersten der drei Obduktionstische, auf dem das Todesopfer lag. Vom Bauchnabel abwärts bedeckte ein grünes Tuch den Körper des nackten Mannes, was Anja ebenso dankbar zur Kenntnis nahm wie die Tatsache, dass der Y-Schnitt bereits vernäht war und sie nicht in die offene Bauchhöhle blicken musste. »Die Fraktur der beiden Halswirbel wurde nicht durch einen Sturz verursacht. Die Knochen weisen auch keine Vorschädigung auf. Anhand der Bruchlinie lässt sich sagen, dass der Kopf des Mannes mit Gewalt zur Seite gedrückt und dann ruckartig nach hinten gedreht wurde, was schließlich zur Fraktur der beiden Wirbel führte.«

Bussard, der sich den Vorgang bildlich vorstellte, zog den logischen Schluss. »Jemand hat ihm also das Genick gebrochen?«

»Ja, so ist es.«

»Absichtlich?«

Der Pathologe, dessen voller weißer Lockenkopf im Neonlicht der Deckenlampen zu leuchten schien, schenkte den beiden Kommissaren ein nachsichtiges Lächeln. »Das herauszufinden ist Ihre Aufgabe, Herr Bussard. Ich bewerte nicht, sondern stelle lediglich fest.«

»Aber Sie gehen von Fremdeinwirkung aus?«

»Ja, zweifellos.«

Eine Weile betrachtete Bussard das wächserne Gesicht des Toten mit dem dichten schwarzen Bart und ließ seinen Blick schließlich langsam über den Leichnam schweifen. »Er sieht zwar nicht besonders sportlich aus, aber er dürfte doch genügend Kraft gehabt haben, um sich zu wehren. Die Kollegen der KTU haben festgestellt, dass es einen Kampf gegeben hat, aber ich sehe keine

Spuren davon, keine Abwehrverletzungen, keine aufgeschlagene Lippe oder irgendwelche blaue Flecken, abgesehen von dem kleinen Kratzer auf dem Handrücken.«

»Der kleine Kratzer stammt definitiv nicht vom letzten Kampf des Opfers.« Münchrath fasste nach der Hand des Toten und hob sie an. »Die Wunde ist verschorft, das heißt, dass sich Özgan die Verletzung mehrere Stunden vor seinem Tod zugezogen hat.«

Er legte die Hand wieder neben den Körper und wies auf den Hals des Toten, wo ein dünner Schnitt ebenfalls vernäht war. »Eine weitere Verletzung ist nicht so offensichtlich. Der Kehlkopf weist eine Schwellung auf, die vermutlich von einem Schlag gegen den Hals herrührt. Auch sie ist nicht kurz vor dem Tod eingetreten, sondern könnte zeitlich mit der Verletzung an der Hand zusammenfallen.«

Der Kommissar sah den Pathologen erwartungsvoll an. »Ein Kratzer an der Hand und ein Schlag gegen den Kehlkopf. Das sieht doch nach einem Kampf aus.«

»Möglicherweise.«

»Wie viel Zeit lag zwischen diesem Kampf und dem Mord?«

Münchrath wiegte unschlüssig den Kopf. »Das ist wirklich schwer zu sagen. Der Todeszeitpunkt liegt zwischen 3:30 Uhr und 4:30 Uhr heute Morgen. Dem Zustand der Verschorfung nach hat sich Özgan den Kratzer gestern am späten Nachmittag oder frühen Abend zugezogen, also etwa sechs bis zehn Stunden vor seinem Tod. Die Schwellung am Kehlkopf passt zeitlich ebenfalls in diesen Rahmen.«

»Wie hart war der Schlag?«

»Sie meinen, welche Wirkung er nach sich zog?«

»Ja.«

»Das Opfer spürte einen plötzlichen, heftigen Schmerz und die Atmung setzte kurzzeitig aus.«

»Kurzzeitig?«

»Zwei, drei Augenblicke, nichts Bedrohliches, aber ausreichend, um den Mann vorübergehend außer Gefecht zu setzen. Im Lauf des Abends litt Özgan sicherlich unter Schluckbeschwerden.«

»Was ist mit seinen Händen?«

»Wie meinen Sie das?«

»Wenn Özgan gestern Nachmittag oder Abend in einen Kampf verwickelt war, muss man doch noch weitere Spuren davon finden. Ich sehe aber keine aufgeschlagenen Fingerknöchel.«

Münchrath schüttelte den Kopf. »An den Händen zeigt sich keinerlei Befund. Falls der Mann in einen Boxkampf verwickelt gewesen wäre, hätte er lediglich eingesteckt, aber nicht ausgeteilt. Das ist jedoch nahezu ausgeschlossen. Es gibt, vom Kehlkopf abgesehen, überhaupt keine Hinweise, dass er geschlagen wurde, weder im Gesicht noch am Körper. Den Kratzer und die Kehlkopfverletzung könnte er sich durchaus auch bei einem Unfall zugezogen haben, zumindest theoretisch.«

Bussard zog die Augenbrauen zusammen. Normalerweise drückte sich Münchrath immer klar und unmissverständlich aus, doch hinsichtlich des Kampfes schien der Mediziner selbst nicht zu wissen, was vorgefallen war. »Was denn nun, Kampf oder Unfall?«

»Vielleicht gibt es noch eine dritte Möglichkeit.« Münchrath ging zu seinem Arbeitstisch zurück und holte eine Petrischale, in der ein Objektträger lag. »Das habe ich in der Wunde auf dem Handrücken entdeckt.«

Der Kommissar betrachtete das winzige Partikel. »Was ist das?«

»Das müssen Ihre Experten der KTU herausfinden. Meiner ersten Einschätzung nach handelt es sich um Nagellack. Falls ich mich nicht irre, könnte jemand Özgan gekratzt haben. Dabei ist ein Splitter ausgehärteten Nagellacks in die Wunde eingetreten. Das ist aber wie gesagt nur eine Vermutung. Gewissheit wird Ihnen Smirna verschaffen.«

<><><>

Die beiden Kommissare fuhren zum Präsidium zurück, um den Nagellacksplitter den Kollegen der KTU zu übergeben. Bussard steuerte seinen BMW durch den nachmittäglichen Verkehr, während er sich die Obduktionsergebnisse durch den Kopf gehen ließ. »Ein Schlag gegen den Kehlkopf und ein Kratzer auf dem Handrücken mit Spuren von Nagellack. Was sagt uns das?«

Die Antwort auf die Frage war offensichtlich, doch Anja wusste immer noch nicht, ob sie ihrem Kollegen von dem Vorfall erzählen sollte. Es war ihr eigener Nagellack, den Münchrath in der Wunde des Toten gefunden hatte, doch da sie Özgan nicht ermordet hatte, gab es auch keinen Zusammenhang zwischen dem Kratzer auf dem Handrücken und dem gebrochenen Genick. »Das kann alles und nichts bedeuten. Vielleicht ist Özgan zudringlich geworden und die Frau hat sich gewehrt. Vielleicht war es auch ein Transvestit. Vielleicht ist Özgan gestürzt und eine Frau wollte ihm aufhelfen, wobei sie ihn versehentlich gekratzt hat, aber das spielt alles keine Rolle.«

»Wieso spielt das alles keine Rolle?«

»Es liegen zehn Stunden zwischen dem Kratzer und dem Mord. Wie soll da ein Zusammenhang bestehen?«

»Vielleicht stammt der Nagellack von Sanya Özgan.«

»Aber sie ist doch viel zu klein und schmächtig, um ihrem Schwager das Genick zu brechen.«

Bussard nahm Anjas Widerstand wahr. Seine Partnerin wollte einen Zusammenhang zwischen Özgans Verletzung vom Nachmittag oder frühen Abend und dessen Ermordung in der Nacht partout nicht sehen. »Du willst nicht, dass Sanya Özgan mit dem Mord in Verbindung steht.«

»Wie kommst du darauf?«

Auf der Friedrichstraße ordnete sich Bussard auf der Linksabbiegerspur ein, die zum Bahnhof führte, und blieb vor der roten Ampel stehen. »Du hast sie vernommen. Sie wurde von ihrem Schwager missbraucht. Sie ist ein Opfer und du solidarisierst dich mit ihr, weil sie dir leid tut.«

»Soll das heißen, ich wäre unprofessionell?«

Der Kommissar betrachtete seine Partnerin von der Seite. »Gibt es eine andere Erklärung?«

»Du predigst doch selbst immer, dass man sich bei einer Ermittlung nicht zu früh auf einen Täter festlegen soll. Wir haben eine Liste mit Namen und Geldbeträgen. Bevor die KTU den Splitter nicht untersucht hat, ziehe ich Geld als Mordmotiv dem Nagellack eindeutig vor.«

Die Ampel wurde grün. Bussard legte den ersten Gang ein und fuhr los. »Du hast recht. Vielleicht bedeutet der Nagellack überhaupt nichts, aber davon will ich mich zuerst selbst überzeugen.«

»Und das heißt?«

»Wir haben bereits einen Verdächtigen, dem wir auf den Zahn fühlen werden. Ich bin gespannt, ob er wirklich von nichts weiß.«

<><><>

Im Präsidium reichte Bussard den Nagellacksplitter an Smirna weiter, um ihn kriminaltechnisch untersuchen zu lassen, dann schickte der Kommissar zwei Beamte in den Stadtteil Weingarten. Eine halbe Stunde später kehrten die Kollegen zurück. Sie hatten Hamid

Özgan zur Vernehmung abgeholt, womit der Bruder des Mordopfers ganz und gar nicht einverstanden gewesen war. Er hatte Widerstand geleistet und die Beamten hatten dem Renitenten Handschellen anlegen müssen. Als Bussard das Vernehmungszimmer betrat, beschwerte sich Özgan lautstark über die seiner Meinung nach rassistische Polizei und das islamfeindliche Verhalten der Beamten. Man verwehre einem gläubigen Moslem das angemessene Trauern um den getöteten Bruder, verweigere die Herausgabe des Leichnams und entehre die Familie, die keine würdevolle Bestattung ausrichten könne. Außerdem behandle man ihn wie einen Verbrecher, obwohl er sich noch niemals etwas zuschulden habe kommen lassen. Die Özgans, die jedem mit Respekt begegneten, seien nun vor aller Welt bloßgestellt.

Bussard wartete geduldig, bis der Wortschwall abgeebbt war. Özgan hatte Dampf abgelassen und so sein impulsives Wesen offenbart. Bei den Ermittlern galt es als Binsenweisheit, dass leidenschaftliche Menschen eher zu spontanen Handlungen neigten als besonnene Gemüter. Ein aufgebrachter, wütender Mensch dachte nicht lange über seine Antworten nach und nahm sich selten die Zeit, sich eine Lüge auszudenken.

»Sie denken, alle Ausländer sind Verbrecher, aber ich bin kein Ausländer. Ich bin Deutscher!«

»Ich weiß.« Bussard, der die Videokamera eingeschaltet hatte, setzte sich dem Verdächtigen gegenüber an den Tisch.

»Und warum habe ich dann Handschellen?«

»Meine Kollegen haben Sie zur Vernehmung gebeten, aber Sie haben Widerstand geleistet. Werden Sie sich jetzt ruhig verhalten?«

Özgan nickte widerwillig und der Kommissar nahm dem Verdächtigen die Handfesseln ab.

»Ich will mit Ihnen über Ihren Bruder sprechen.«

Özgan rieb sich die Handgelenke und sah Bussard mit wütendem Blick an. »Sie haben gesagt, ich soll morgen früh kommen.«

»Es hat sich eine neue Beweislage ergeben, die eine sofortige Vernehmung erforderlich macht.« Der Kommissar schlug einen Aktendeckel auf, überflog das oberste Blatt und schloss den Deckel wieder. Wegner hatte in der Zwischenzeit Informationen über die Personen eingeholt, deren Namen die Beamten auf dem Rechner des Mordopfers entdeckt hatten. Zwei von ihnen waren polizeibekannt und vorbestraft. »Womit hat Ihr Bruder sein Geld verdient?«

»Yavuz war Teppichhändler.«

»Teppichhändler? Interessant. Wo ist sein Geschäft?«

»Was für ein Geschäft?«

»Sein Teppichgeschäft.«

»Keine Ahnung.«

»Sie wissen nicht, wo sein Geschäft ist?«

»Nein.«

Bussard wusste sofort, dass Özgan gelogen hatte, doch er nickte nur, als habe er dem Verdächtigen die Lüge abgekauft. »Wie war Ihr Verhältnis zu Ihrem Bruder? Haben Sie sich gut verstanden?«

Özgan lehnte sich zurück. Die Angriffslust verschwand aus seinem Blick und seine Stimme wurde leiser. »Ja, ich habe meinen Bruder geliebt.«

»Hat Ihr Bruder Sie auch geliebt?«

»Natürlich. Wir sind eine Familie.«

»Haben Sie sich gegenseitig unterstützt?«

»Wie meinen Sie *unterstützt*?«

»Wenn zum Beispiel einer in Not geraten ist, hat ihm der andere dann geholfen?«

»Natürlich. Ich habe doch gesagt, dass wir eine Familie sind. Jeder hilft jedem.«

Wieder nickte Bussard und schlug die Akte ein zweites Mal auf. Drei Sekunden später schloss er den Aktendeckel wieder. Özgan hatte nicht genug Zeit gehabt, die aus seinem Blickwinkel auf dem Kopf stehende Schrift zu entziffern und eine Spur Verunsicherung zeigte sich in seinem Gesicht.

»Womit verdienen Sie Ihr Geld?«

»Ich?«

»Ja, Sie. Was machen Sie beruflich?« Bussard kannte die Antwort auf die Frage bereits, doch er hatte sie absichtlich gestellt, um eine Reaktion zu provozieren.

Özgans Blick verfinsterte sich und sein Ton wurde herausfordernd. »Was geht Sie das an?«

Der Kommissar zuckte mit den Achseln und es schien, als würde es ihn nicht interessieren, ob Özgan ihm Rede und Antwort stand. Er nahm die Akte, erhob sich und ging zur Tür. »Ich werde anhand Ihrer Sozialversicherungsnummer herausfinden, womit Sie Ihren Lebensunterhalt verdienen. Sie warten so lange.«

»Wie lange?«

»Es wird zwei, drei Stunden dauern, bis ich die Informationen von der ARGE habe. Sie können mir die Frage auch ganz einfach beantworten. Das spart Zeit und Sie können früher wieder nach Hause gehen, ganz, wie Sie wollen.«

Der Verdächtige taxierte den Kommissar einige Augenblicke und gab sich schließlich redebereit. »ALG II.«

Die erste Finte hatte ihre Wirkung prompt entfaltet und Bussard setzte sich wieder an den Tisch. »Sie und Ihre Familie leben von ALG II?«

»Ja.«

»Seit wann?«

»Wie, seit wann?«

»Wo war Ihre letzte Arbeitsstelle und bis wann haben Sie dort gearbeitet?«

Özgan wollte auch diese Frage nicht beantworten, um nicht als sozialer Verlierer oder gar als Schmarotzer zu erscheinen, obwohl er sich in Wahrheit niemals ernsthaft um eine Arbeitsstelle bemüht hatte. »Was hat das mit meinem Bruder zu tun?«

»Ich will mir ein Bild von Ihrem Bruder machen. Ich will wissen, ob er ein guter Mensch war.«

Özgans Gesichtsausdruck veränderte sich erneut. Er reckte das Kinn und Bussard erkannte den Stolz in den dunklen Augen des Mannes. »Yavuz war ein guter Mensch. Er hat nie etwas Böses getan, niemals.«

»Trotzdem wurde er ermordet. Manchmal trifft es leider auch die Guten.« Bussard wartete einen Moment, damit sich das Gefühl in Özgan verfestigen konnte, bevor der Kommissar es wieder auslöschte, als habe er einen Lichtschalter betätigt. »Ich nehme an, dass Ihr Bruder Sie und Ihre arme Familie in Ihrer Notlage unterstützt hat.«

Özgan nickte und das kurzzeitige Leuchten in seinen Augen war wieder verschwunden.

»Viele Menschen geben nicht gerne zu, dass sie in Not sind, aber Sie hatten ein gutes Verhältnis zu Ihrem Bruder. Sie haben mit ihm darüber gesprochen.«

»Wir sind Brüder. Ein Blut, eine Familie.«

»Und Sie haben über alles geredet, die großen und die kleinen Dinge.«

»Was meinen Sie?«

»Hätte Ihr Bruder Ihnen erzählt, wenn er in Not geraten wäre?«

»Natürlich hätte er das und ich hätte ihm geholfen.«

»Sie hatten also keine Geheimnisse voreinander?«

»Nein, ich habe doch gesagt, wir sind Brüder.«

Bussard faltete die Hände, legte die Unterarme auf den Tisch und sah seinem Gegenüber genau in die Augen. »Hat Yavuz Ihnen gesagt, dass er bedroht wurde?«

»Niemand hat Yavuz bedroht.«

»Aber wenn es so gewesen wäre, hätte er Ihnen davon erzählt?«

»Er hätte es mir erzählt, aber niemand hat ihn bedroht.«

Der Kommissar beugte sich weiter vor und seine Stimme bekam einen eindringlichen Ton. »Die Frage ist wirklich wichtig, denn wir sind auf der Suche nach seinem Mörder. Sind Sie ganz sicher, dass er nicht bedroht wurde?«

»Ganz sicher, hundertprozentig. Wir hatten keine Geheimnisse.«

Bussard lehnte sich wieder zurück und nickte zufrieden. »Das ist schön, wenn sich Brüder vertrauen und es keine Geheimnisse gibt.«

»Ja, wir sind nicht wie die Deutschen. Wir sind eine Familie, ein Blut.«

»Und trotzdem wissen Sie nicht, wo das Geschäft Ihres Bruders ist? Ist das nicht seltsam?« In Özgans Augen erkannte der Kommissar, dass der Verdächtige einen Treffer eingesteckt hatte und sich dessen auch bewusst war. »Das Teppichgeschäft war doch die Lebensgrundlage Ihres Bruders, etwas Elementares, und Sie kennen nicht einmal die Adresse. Sind Sie denn nie dort gewesen?«

Özgan suchte nach einer Erklärung, doch seine Ausrede geriet ziemlich lahm. »Wir haben immer nur über private Sachen gesprochen, nie über das Geschäft.«

»Tatsächlich?«

»Ja.«

»Dann kennen Sie auch seine Geschäftspartner nicht?«

»Nein.«

Bussard wartete einen Moment, dann lehnte er sich wieder zurück. »Gut, ich glaube Ihnen. Manche Menschen trennen Privates und Geschäftliches streng voneinander. Vermutlich war Ihr Bruder ein solcher Mensch.«

Er hatte eine Brücke gebaut, die Özgan ohne zu zögern überquerte. »Yavuz hat nie über sein Geschäft gesprochen, sondern immer nur über Privates.«

»In Ordnung, dann erzählen Sie mir von seinen Freunden.«

»Welche Freunde?«

»Seine privaten Freunde, mit denen er seine Freizeit verbracht hat.«

Zum zweiten Mal zeigte Özgans Gesicht, dass er einen Treffer hatte einstecken müssen. Er wollte keine Informationen über seinen Bruder preisgeben und versuchte sich noch einmal in der Rolle des Ahnungslosen. »Ich kenne seine Freunde nicht.«

»Aber das ist ja noch seltsamer.« Bussard gab sich überrascht. »Sie sind eine Familie, ein Blut, und haben keine Geheimnisse voreinander. Trotzdem kennen Sie weder die Adresse des Geschäfts noch die Freunde Ihres Bruders.«

Der Verdächtige antwortete nicht. Bussard hatte ihn in eine Falle laufen lassen und Özgan war blind hineingetappt.

»Sie waren doch Brüder und haben in derselben Stadt gelebt. Da muss es doch einige gemeinsame Freunde geben, Leute, die Sie beide kannten.«

Özgan schwieg weiter und Bussard schlug die Akte erneut auf. »Was ist mit Ömer Yilmaz? Kennen Sie ihn?«

Der Verdächtige antwortete nicht, doch der Kommissar las in dessen Gesicht, dass Özgan genau wusste, vom wem die Rede war.

»Taifun Kargi? Suleyman Toprak?«

Özgans Blick verfinsterte sich. »Ich muss Ihnen nichts sagen! Mein Bruder ist tot und ich muss ihn beerdigen!«

Bussard schloss die Akte wieder. Es war nicht nötig, nach den anderen Namen zu fragen. Özgan würde die Antworten ebenfalls verweigern, doch Bussard wusste längst, was Özgan vor ihm zu verheimlichen suchte. »Richtig, Ihr Bruder, den Sie geliebt haben und der Sie geliebt hat. Sie hatten keine Geheimnisse voreinander, aber Sie erklären, von nichts und niemandem zu wissen. Dabei ist es offensichtlich, dass Sie lügen. Entweder wissen Sie tatsächlich nichts, dann gab es doch Geheimnisse zwischen Ihnen oder Sie wissen über alles Bescheid und kennen seinen Mörder.«

»Was?« Özgan sprang von seinem Stuhl auf. »Ich weiß nicht, wer Yavuz ermordet hat!«

»Setzen Sie sich!« Bussard sprach leise, aber bestimmt. »Setzen Sie sich wieder hin!«

»Ich kenne den Mörder meines Bruders nicht!«

»Hinsetzen!«

Özgan ließ sich wieder auf seinen Stuhl nieder. »Wieso soll ich den Mörder kennen?«

»Ich denke, Sie kennen ihn sogar ziemlich gut.« Wieder beugte Bussard sich vor und sah dem Verdächtigen direkt in die Augen. »Sie selbst haben Ihren Bruder ermordet!«

Mit großen Augen starrte der Verdächtige den Kommissar an. »Ich?«

»Ja, Sie. Sie haben sich an Yavuz gerächt, weil er Ihre Frau vergewaltigt hat.«

Einige Sekunden lang standen Özgans Augen ebenso weit offen wie sein Mund, dann sprang er wie von der Tarantel gestochen auf. Eine türkische Beleidigung ausstoßend streckte er die Hände nach Bussard aus, um die Kehle des Kommissars zu packen, doch Bussard hatte den Angriff vorhergesehen. Er wich nach hinten aus und Özgans Oberkörper klatschte auf den Tisch. In einer einzigen flüssigen Bewegung stand Bussard auf, packte das linke Handgelenk seines Gegenübers, verdrehte dessen Arm und den Tisch umrundend trat er hinter den Überraschten. Den linken Arm im sicheren Griff und mit seinem rechten Unterarm den Verdächtigen auf den Tisch drückend beugte Bussard sich vor und legte Özgan Handschellen an. »Wer nicht hören will ... hinsetzen und sitzen bleiben!«

Auf Türkisch fluchend versuchte Özgan vergeblich, sich zu befreien. Bussard packte seine Schultern und drückte ihn auf den Stuhl.

»Sie verdammter Hurensohn! Sie Lügner!« Özgans Augen quollen hervor und Speichel spritze aus seinem Mund. »Sie dreckiger Lügner! Yavuz hat das nicht getan! Niemals! Niemals!«

Der Kommissar setzte sich wieder an den Tisch. »Er hat es getan. Wir haben Beweise.«

»Niemals! Yavuz hat das nicht getan!«

»Wir haben weibliche DNA im Bett Ihres Bruders gefunden.«

»Nicht von Sanya! Das habt ihr euch ausgedacht! Ihr wollt mir das anhängen!«

»Ihr Bruder hat Ihre Frau vergewaltigt, jeden Mittwoch, monatelang.«

»Das ist gelogen!«

»Er hat sie erpresst, um sie weiter zu vergewaltigen ...«

»Das hat Yavuz nicht getan!«

»... und Sie haben davon erfahren.«

»Nein!«

»Um Ihre Frau zu rächen, sind Sie in die Wohnung Ihres Bruders eingedrungen ...«

»Nein! Nein! Nein!«

»... haben ihn nachts überrascht und getötet.«

»Yavuz hat das nicht getan! Niemals! Ich kenne meinen Bruder!«

»Ich sagte doch, dass wir Beweise haben.«

»Die sind gefälscht! Ihr wollt mir das anhängen!« Özgan zerrte an seinen Fesseln. Sein Gesicht war rot angelaufen, sein Atem ging keuchend und seine Augen waren weit aufgerissen. »Ich soll für euch der Mörder sein! Ihr Schweine! Ihr verdammten Schweine!«

»Die Beweise sind nicht gefälscht.«

»Ich bin ein gläubiger Moslem! Ich habe meinen Bruder nicht ermordet! Allah ist mein Zeuge!«

»Wir haben auch eine Aussage.«

»Das ist alles gelogen! Ich kenne meinen Bruder! Ich werde es niemals glauben!«

»Die Aussage stammt von Ihrer Frau. Sanya hat uns alles berichtet.«

Özgan verstummte schlagartig. Wie zu Stein erstarrt saß er auf seinem Stuhl und sah den Kommissar mit großen Augen an.

»Ihr Bruder hat Sanya ein Smartphone geschenkt. Das musste sie vor Ihnen geheimhalten, weil Sie ihr den Besitz nicht erlaubt hätten. Damit hat Yavuz sie erpresst und zum Sex gezwungen. Anschließend hat er sie damit erpresst, dass sie Sex mit ihm gehabt hatte, um sie weiter zu vergewaltigen, jeden Mittwoch, Woche für Woche.«

Özgans Lippen bewegten sich tonlos, ohne dass Bussard eine Vorstellung davon hatte, welche Worte sich dahinter verbargen.

»Ihr Bruder war ein verdammtes Schwein, ein Erpresser und Vergewaltiger.« Bussard wartete einen Augenblick, um schließlich die entscheidende Frage zu stellen: »Haben Sie Ihren Bruder Yavuz ermordet?«

Özgan reagierte nicht. Noch immer bewegten sich seine Lippen, ohne dass ein Laut zu hören war, und sein Blick ging ins Leere. Bussards Worte hatten ihm einen Schock versetzt, doch der Kommissar konnte nicht einschätzen, was genau die Reaktion ausgelöst hatte. Entweder hatte Özgan nicht damit gerechnet, so schnell erwischt zu werden oder er hatte tatsächlich nichts vom erzwungenen Verhältnis zwischen Yavuz und Sanya gewusst. Es war allerdings nur eine Frage der Zeit, bis der Kommissar wissen würde, nach welcher Seite sich die Waagschale neigte.

»Hamid Özgan, ich nehme Sie vorläufig fest unter dem Tatverdacht, Ihren Bruder Yavuz Özgan getötet zu haben.«

6

Hamid Özgan wurde kriminaltechnisch und erkennungsdienstlich behandelt und in einer Arrestzelle untergebracht. Er hatte nicht nach einem Anwalt verlangt und so blieben den Ermittlern vierundzwanzig Stunden Zeit, hieb- und stichfeste Beweise für die Schuld des Verdächtigen zu erbringen. Falls es ihnen nicht gelang nachzuweisen, dass sich Özgan zur Tatzeit am Tatort aufgehalten hatte, und er kein Geständnis ablegte, würden sie ihn nach Ablauf der Frist wieder auf freien Fuß setzen müssen. Die KTU hatte zwar in der Wohnung des Ermordeten die Fingerabdrücke des Verdächtigen und dessen Frau sichergestellt, doch aufgrund des engen Verwandtschaftsverhältnisses taugte dieses Indiz nicht als Beweis. Özgan hatte zweifellos ein starkes Motiv, aber nach Lage der Dinge konnte man ihm noch nicht nachweisen, dass er von der fortgesetzten sexuellen Nötigung gewusst hatte. DNA-Spuren des Opfers unter den Fingernägeln des Verdächtigen hätten für einen Haftbefehl ausgereicht, doch die Auswertung der von Smirna genommenen Proben benötigte Zeit.

Nach der Vernehmung von Hamid Özgan suchten Bussard und Anja zuerst Ömer Yilmaz auf. Sein Name stand ganz oben auf der Liste, die sie auf Yavuz Özgans Rechner gefunden hatten. Yilmaz erklärte, die Brüder Özgan zu kennen, gab jedoch vor, über den Geldbetrag, der mit seinem Namen auf der Liste verbunden war, nichts zu wissen. Für die Tatzeit konnte er ein Alibi vorweisen, das jedoch von den Ermittlern noch überprüft werden musste. Die Aussagen von Taifun Kargi und Suleyman Toprak, die die beiden Kommissare anschließend aufsuchten, stimmten nahezu völlig mit der von Yilmaz überein. Jeder kannte die Özganbrüder, aber niemand lieferte eine Erklärung für die ominösen Geldbeträge.

»Die verarschen uns doch!« Es war bereits nach zwanzig Uhr, als die beiden Kommissare zum Präsidium zurückkehrten und Anja ihrem Unmut Luft machte. »Glaubst du wirklich, dass keiner von denen etwas über die Geldbeträge weiß?«

»Nein.«

»Nein was?«

Bussard verstaute seine Dienstwaffe in der Schublade seines Schreibtischs. »Nein, ich glaube es nicht.«

»Na also! Die stecken doch alle unter einer Decke!«

»Das stimmt vermutlich.« Der Kommissar setzte sich und schaltete seinen Rechner ein.

»Nervt dich das nicht?« Anja, die sich ein Büro mit Bussard teilte, sah ihren Partner herausfordernd an.

»Warum nervt dich das so sehr? Im Wirtschaftsdezernat wirst du doch die gleichen Erfahrungen gemacht haben. Keiner weiß etwas und niemand hat etwas gesehen. Das ist doch nichts Neues.«

»Dich scheint das ja überhaupt nicht zu kratzen!«

»Tut es auch nicht.« Bussard lehnte sich zurück und schlug die Beine übereinander. Er wusste nicht, warum sich Anja über einen Umstand aufregte, der ihnen bei jeder Ermittlung begegnete. Jeder hatte etwas zu verheimlichen, der eine mehr, der andere weniger, doch dieses Etwas musste nicht notwendigerweise jedes Mal strafrechtlich relevant sein. »Warum regst du dich so auf?«

»Wer sagt, dass ich mich aufrege?«

»Ich.«

»Darf ich das etwa nicht?«

Bussard zuckte mit den Achseln. »Natürlich darfst du das, aber was bringt's?«

»Du bist mal wieder der Obercoole, aber das hilft uns bei den Ermittlungen auch nicht weiter.«

Nachdenklich betrachtete der Kommissar das zornige Gesicht seiner Partnerin. »Worum geht es wirklich, Anja? Was ist so besonders an diesem Fall?«

»Nichts.«

Er ließ die Antwort nicht gelten. »Yavuz Özgan war dein Vermieter und ihr habt im selben Haus gewohnt. Du hast das Mordopfer persönlich gekannt.«

»Und?«

»Ich kann dich von dem Fall abziehen, wenn dir das zu schaffen macht.«

»Quatsch! Das ist ein Fall wie jeder andere.«

»Wirklich?«

»Ach, leck mich doch! Ich mach jetzt Feierabend.« Anja nahm ihre Schultertasche und verließ grußlos das Büro.

Der Kommissar hatte keine Ahnung, warum seine Partnerin die Krallen ausgefahren hatte. Irgendetwas schien ihr gegen den Strich zu gehen, doch sie wollte nicht mit der Sprache herausrücken. Anjas Verhalten erinnerte ihn an seine Exfrau, mit der zuweilen auch nicht gut Kirschen essen gewesen war. Manchmal war es ihm vorgekommen, als habe Helen nur darauf gewartet, dass er etwas sagte, was sie falsch verstehen konnte. Aus einer unbedeutenden Nichtigkeit war zuweilen ein handfester Streit entstanden, für den es bei genauerer Betrachtung keinen triftigen Grund gegeben hatte. Eine falsche Bemerkung von ihm und eine scharfe Erwiderung von Helen hatten den jeweils anderen verletzt und in solchen Augenblicken konnte eine leere Zuckerdose ebenso für eine lautstarke Auseinandersetzung Anlass bieten wie eine unvorteilhaft sitzende Hose. Nichts war zu klein, zu nebensächlich oder zu dämlich gewesen, um nicht als Zündfunke dienen zu können. Von wenigen wirklich wichtigen Gründen abgesehen waren es die vielen Streitereien um Kaisers Bart gewesen, die letztlich zur Trennung und später zur Scheidung geführt hatten.

Bussard schüttelte unwillig den Kopf. Er wollte sich nicht an die dunklen Seiten seiner Ehe erinnern, schon deshalb nicht, weil es auch viele helle Seiten gegeben hatte. Dass Männer und Frauen verschieden waren, war schließlich ein alter Hut. Man musste einem Vertreter des anderen Geschlechts nicht zwingend Verständnis entgegenbringen, aber Toleranz war für eine Beziehung unabdingbar. Wer jedes Wort für bare Münze nahm oder sogar auf die Goldwaage legte, konnte keine glückliche Ehe führen. Heitere Gelassenheit und eine gewisse Lässigkeit im Umgang mit den Eigenheiten des Partners auf einem Fundament von Respekt und Achtung fand man nicht selten bei Paaren, die silberne oder goldene Hochzeit feierten.

Wieder schüttelte Bussard den Kopf, als ob er die Gedanken vertreiben wollte. Er war Single und hatte keinen Grund, über die ideale Beziehung zu philosophieren. Ein Mordfall in einem Milieu, zu dem er keinen Zugang hatte, forderte seine Aufmerksamkeit und einer plötzlichen Eingebung folgend holte er sich das Telefonverzeichnis der Freiburger Polizei auf den Monitor. Als er den gesuchten Namen und die dazugehörige Handynummer fand, rief er einen Kollegen an, mit dem er früher zusammengearbeitet hatte. Das Gespräch dauerte nur eine Minute und nachdem der Kommissar das Telefonat beendet hatte, war es auch für ihn Zeit, Feierabend zu machen. Bussard wollte gerade seinen Rechner herunterfahren, doch bevor er den Befehl mit einem Mausklick bestätigte, hielt er inne. Es gab noch eine Frage, die er unbedingt geklärt wissen wollte, und deren Antwort ihm das digitale Helferlein liefern konnte. Er brach den Befehl ab und rief stattdessen eine Suchmaschine auf. Als die Eingabemaske auf dem Monitor erschien, tippte er die Worte *Freiburg, Gospel* und *Isa Jones*.

<><><>

Die letzte der Facebook-Nachrichten trug nicht dazu bei, Anjas Laune zu heben. Carlo hatte ihr geschrieben, doch sie verspürte keine Lust, ihm zu antworten. Seine Anfrage, ob sie nicht Lust habe, etwas mit ihm trinken zu gehen, war so originell wie ein Butterbrot. Er war nicht ihr Typ und sie verstand nicht, warum er das nicht kapierte. Sie überflog die anderen Nachrichten ihrer Freunde, die sie an einem anderen Tag gutgelaunt beantwortet hätte, doch ihre Stimmung war im Keller. Bussard hatte fast ins Schwarze getroffen. Der Fall Özgan machte ihr tatsächlich zu schaffen, aber nicht auf die Art, die ihr Partner vermutete. Özgan selbst ging ihr am Arsch vorbei, aber die Auseinandersetzung vom Vortag schwebte wie ein Damoklesschwert über ihr und ihren Ermittlungen. Solange sie die Angelegenheit verschwieg, würde sie unter permanenter Anspannung stehen, doch wenn sie Bussard davon berichtete, würde ihre wirkungsvolle Gegenwehr im Hausflur aktenkundig werden. Auf blöde Machosprüche im Treppenhaus des Polizeipräsidiums hatte sie nicht die geringste Lust, aber noch weniger behagte ihr die Vorstellung, als potenziell Verdächtige vom Mordfall Özgan abgezogen zu werden. Sie hatte sich zwar nichts zuschulden kommen lassen, doch irgendetwas blieb immer hängen, selbst wenn man noch so sauber war.

»Alles Scheiße!« Fluchend stand Anja von der Couch auf und ging in die Küche, um Teewasser aufzusetzen. Fünf Minuten später kehrte sie ins Wohnzimmer zurück und setzte sich wieder an ihr Notebook. Mit einer Tasse Yunnan-Tee in der einen und der Maus in der anderen Hand betrachtete sie die *Posts*, die seit ihrem letzten Besuch gesendet worden waren. Steffi hatte ein Foto ihrer neuesten Schuhe veröffentlicht, eine andere Freundin berichtete vom erfolgreichen Versuch, Muffins zu backen, und eine dritte empfahl eine CD von Stefan Kühn, einem Musiker aus der Nähe von Freiburg, der in Kalifornien lebte und für sein letztes Latin-Album im Jahr 2013 mit einem Grammy ausgezeichnet worden war. Als Liebhaberin lateinamerikanischer Musik fand Anja diese Information interessant und sie schrieb einen entsprechenden Kommentar darunter. Die Status-Frage *Was machst du gerade?* beantwortete sie mit einem lakonischen *Abschalten und Teetrinken*. Als eine ihrer Freundinnen den Eintrag kommentierte, entspann sich eine Online-Unterhaltung über deutsche Machos, türkische Machos und Prinzen auf weißen Pferden, die heutzutage leider nicht mehr kamen, um die Jungfer zu freien, nachdem sie den Drachen getötet hatten.

7

Es war genau acht Uhr, als der Anwalt im Polizeipräsidium eintraf. Auf Bussards Frage, woher er von der vorübergehenden Festnahme Özgans wisse, erklärte er, die Familie des Verdächtigen habe ihn beauftragt, die Verteidigung zu übernehmen. Ein schriftliches Mandat könne er nachreichen, sobald er mit seinem Mandanten gesprochen habe. Als er erklärte, dass sein Mandant zwar ein Motiv habe, doch dies alleine für eine Inhaftierung nicht ausreiche, blieb Bussard keine andere Wahl. Er musste Hamid Özgan auf freien Fuß setzen, denn die Ermittler hatten noch keinen Hinweis auf eine Tatbeteiligung.

Zehn Minuten, nachdem der Anwalt mit seinem Mandanten das Präsidium verlassen hatte, klopfte es an Bussards Tür. Der Kollege, mit dem er am Vorabend telefoniert hatte, trat ein und begrüßte den alten Bekannten herzlich. Bussard, der die Unterstützung gut gebrauchen konnte, nahm den Kollegen mit ins benachbarte Büro.

»Das ist Ilkay Sahin. Er wird uns bei den Ermittlungen unterstützen.« Bussard klopfte Sahin auf die Schulter. »Ilkay arbeitet im Drogendezernat, aber für unseren Fall habe ich ihn ausgeborgt.«

Anja und Julian kannten Sahin nicht und der Kommissar stellte die Kollegen dem neuen Teammitglied vor. Sahin, dessen Eltern in den Siebzigerjahren als türkische Gastarbeiter nach Deutschland gekommen waren und in ihrer neuen Heimat Fuß gefasst hatten, war ein gebürtiger Freiburger und beherrschte beide Sprachen fließend. Dass er orientalischer Abstammung war, erkannte man an seinen schwarzen Haaren, den dunkelbraunen Augen und der markanten Nase. Er war Ende dreißig, mittelgroß und trug einen anthrazitfarbenen Anzug über einem weißen Hemd ohne Krawatte. Sein linkes Handgelenk schmückte eine *Tag Heuer Carrera*, ein Exemplar schweizerischer Uhrmacherkunst, für das man einen mittleren vierstelligen Betrag auf den Tisch legen musste. Der perfekt getrimmte, modisch schmale Bart und der Geruch nach Lagerfeld-Rasierwasser verliehen ihm zusammen mit seiner Kleidung eine gewisse Attraktivität. Anja konnte sich gut vorstellen, dass der verdeckte Ermittler seine Rolle als Drogendealer überzeugend spielte. Bussard kannte Sahin seit Langem und mit Sasha und Susanne hatte Sahin schon das eine oder andere Glas beim Kripoball geleert.

»Soll Ilkay mit Julian zusammenarbeiten?«

Wegners Frage beantwortete Bussard mit einem Kopfschütteln. »Ilkay wird verdeckt ermitteln, alleine. Er wird unser Auge und Ohr in der türkischen Gemeinde sein.«

»Weiß Neudörfer schon Bescheid?«

»Ich habe bereits mit ihm gesprochen und er hat es abgesegnet. Du brauchst also keine Angst zu haben, dich zu verplappern.«

»Na dann ...« Wegner gab Sahin einen freundschaftlichen Boxhieb auf die Schuler. »Willkommen im Club.«

Bussard setzte Sahin über die ersten Ermittlungsergebnisse in Kenntnis und berichtete, dass es mit Hamid Özgan einen Verdächtigen gab, der zwar ein starkes Motiv hatte, den sie jedoch aus Mangel an Beweisen nach einer vorübergehenden Festnahme wieder aus dem Gewahrsam hatten entlassen müssen. Danach wies der Kommissar auf die Liste hin, die sie auf Yavuz Özgans Festplatte gefunden hatten. Sollte sich Hamid Özgans Unschuld herausstellen und es sich nicht um ein Familiendrama handeln, so war es durchaus denkbar, dass der Name des Mörders auf dieser Liste stand. Bussard ließ sich von Susanne einen Ausdruck geben und reichte ihn weiter. »Kennst du jemanden davon?«

Sahin überflog die Liste und nickte. »Ja, ich kenne sogar zwei davon. Taifun Kargi und Suleyman Toprak. Kargi betreibt ein kleines Lebensmittelgeschäft in der Nähe des Bahnhofs. Soweit ich weiß, ist er wegen versuchten Versicherungsbetrugs vorbestraft. Er hatte sein Auto als gestohlen gemeldet, um die Versicherungssumme zu kassieren. Später stellte sich heraus, dass er es an jemanden verkauft hatte, der Gebrauchtwagen in die Türkei exportierte.«

»Ja, das wissen wir schon. Kargi, Toprak und Ömer Yilmaz haben wir gestern bereits aufgesucht. Alle drei geben zu, die Özganbrüder zu kennen, aber niemand will etwas über die Geldbeträge wissen.«

Sahin deutete auf einen Namen auf der Liste. »Suleyman Toprak kenne ich sogar ziemlich gut. Er ist keine große Leuchte.«

»Du hast ihn schon einmal festgenommen?«

»Ja, aber wir kennen uns schon ewig. Mein Vater und sein Vater sind befreundet. Suleyman weiß, dass ich bei der Polizei bin und wollte mir trotzdem Ecstasy verkaufen.« Sahin tippte sich mit dem Finger gegen die Schläfe. »Da siehst du, wie dämlich er ist.«

»Wieso wollte er dir Ecstasy verkaufen, wenn er weiß, dass du Polizeibeamter bist?«

»Er war total hinüber und hat gegrinst, als hätte man ihm die Mundwinkel an die Ohren getackert. Ich traf ihn vor einer Diskothek und er hatte zwei Pillen bei sich. Eine davon wollte er mir verkaufen, weil er keine Kohle hatte, um den Eintritt zu bezahlen.«

»Und du hast ihn wegen dieser einen Pille festgenommen, obwohl ihr befreundet seid?«

»Ich hatte keine andere Wahl.« Sahin zuckte mit den Schultern. »Eigentlich hätte ich ihn im Genick packen und seinem Vater übergeben sollen, aber Suleyman ist damals in eine verdeckte Ermittlung gestolpert. Vor der Disco sollte eine Übergabe stattfinden und er hätte uns beinahe die Aktion vermasselt. Er war zur falschen Zeit am falschen Ort und wir hatten alles auf Video. Pech für ihn.«

»Aber er ist nicht wegen Drogenhandels vorbestraft.«

»Die Sache wurde wegen Geringfügigkeit niedergeschlagen. Vorbestraft ist er wegen Falschgeld. Er hat Fünfziger auf einem Farbkopierer hergestellt, mit normalem Druckerpapier und schiefen Rändern, weil er sie mit einer Bastelschere geschnitten hat. Ich sag's dir ja: Er hat nicht mehr alle Fransen am Gebetsteppich.«

Anjas Handy läutete. Sie nahm den Anruf entgegen, bedankte sich und unterbrach die Verbindung. »Der Beschluss zur Beschlagnahme von Özgans Geschäftsunterlagen liegt vor.«

»Dann kannst du dich gleich auf den Weg machen.« Bussard nickte ihr zu und wandte sich an Sahin. »Das gilt auch für dich. Nimm dir das Umfeld der Familie vor. Falls Hamid Özgan mit irgendjemandem über die Sache zwischen seiner Frau und seinem Bruder gesprochen hat, wissen wir, dass er bei der Vernehmung gelogen hat. Außerdem müssen wir wissen, was es mit der Namensliste und den Geldbeträgen auf sich hat.«

»Okay.« Sahin faltete die Liste zusammen und steckte sie ein. »Ich melde mich, sobald ich etwas weiß.«

<><><>

Es war nur eine Kleinigkeit, ein winziges Puzzleteil, von dem Bussard noch nicht wusste, wie es in das Gesamtbild passte. Die Kollegen der KTU hatten in Özgans Hausflur einen abgebrochenen Fingernagel sichergestellt und die kriminaltechnische Untersuchung hatte ergeben, dass der Nagellack auf dem Fragment mit dem identisch war, den der Pathologe in der Wunde auf dem Handrücken des Opfers entdeckt hatte. Der Kommissar überflog den von Smirna verfassten Bericht. An der Kleidung des Ermordeten konnten keine Täterspuren nachgewiesen werden und auf dem Fußboden waren weder ein signifikanter Schuhabdruck noch sonstige Spuren gefunden worden. In der Wohnung hatten die Kollegen Fingerabdrücke von mindestens fünf weiteren Personen sichergestellt, deren Auswertung jedoch keine Treffer geliefert hatte. Zwei der fünf Personen waren definitiv Kinder, was Smirna anhand der Größe der Abdrücke ermittelt hatte. Der Griff des eingeschlagenen Fensters war nachweislich nur von Özgan selbst und seiner Schwägerin angefasst worden. Da der Täter den Griff bei dem Einbruch hatte bewegen müssen, schloss Smirna, dass der Mörder mit an Sicherheit grenzender Wahrscheinlichkeit Handschuhe getragen hatte.

Bussard legte den KTU-Bericht auf den Schreibtisch, lehnte sich zurück und stellte sich die Geschehnisse in der Tatnacht vor. Möglicherweise war Özgan aufgewacht, als der Täter das Fenster im Esszimmer geöffnet und dabei den Blumentopf von der Fensterbank gestoßen hatte. Özgan war aus seinem Bett aufgestanden, um nachzusehen, was das Geräusch verursacht hatte. Im Flur war er dann vom Täter überrascht worden. Es hatte einen kurzen Kampf gegeben, bei dem der Mörder seinem Opfer das Genick gebrochen hatte. An der Kleidung des Toten hatte Smirna jedoch weder Haare des Täters noch Faserspuren von dessen Kleidung nachweisen können, die man nach einem Kampf üblicherweise hätte vorfinden müssen. Der Täter hatte demnach eine für seinen Zweck geeignete, nicht fasernde Kleidung und Handschuhe getragen. Sein Kopf war entweder kahl rasiert oder er hatte eine Mütze getragen, vielleicht auch eine Skimaske oder eine Sturmhaube, die verhinderte, dass ausfallende Haare oder Schuppen am Tatort zurückblieben. Der Mangel an verwertbaren Täterspuren legte zumindest nahe, dass der Täter gut vorbereitet gewesen war. Die These, dass ein versierter Einbrecher bei seinem Diebeszug von Özgan überrascht worden und es zu einer Zufallstat gekommen war, schloss Bussard aus, denn ein Profi hätte sich vorher davon überzeugt, dass sich niemand in der Wohnung aufhielt. Ein Amateur hingegen hätte Spuren hinterlassen und nach dem aktuellen Stand der Ermittlungen war auch nichts gestohlen worden. Nachdenklich trommelte der Kommissar mit den Fingerspitzen auf die Tischplatte. Smirnas Bericht sprach gegen Hamid Özgan als Täter. Beide Brüder trugen Vollbärte und Bussard glaubte nicht, dass Hamid eine Skimaske getragen hätte, um seine Identität zu verbergen. Wäre Rache für die fortgesetzte Vergewaltigung an seiner Frau das Mordmotiv gewesen, hätte Hamid seinen Bruder wissen lassen, wer ihn ins Jenseits beförderte. Es wäre etwas Persönliches gewesen und Hamid hätte sich diese Genugtuung nicht nehmen lassen. Dann aber wäre ein Haupt- oder Barthaar auf dem T-Shirt des Opfers infolge des Kampfes unvermeidlich gewesen. Außerdem hätte sich Hamid Özgan den Schlüssel seiner Frau besorgen können und hätte demzufolge das Fenster nicht öffnen müssen, denn ein nahezu lautloses Eindringen in die Wohnung hätte seine Erfolgsaussichten deutlich erhöht. Er hätte seinen Bruder im Schlaf überraschen und ihn in dessen Bett töten können.

Vielleicht war der zerbrochene Blumentopf auch eine vorsätzlich gelegte Spur, dachte Bussard, und vielleicht wollte Hamid Özgan von sich als Täter ablenken. Der Kommissar ließ den Gedanken einige Sekunden nachwirken, dann schüttelte er den Kopf. Hamid Özgan war impulsiv und leidenschaftlich. Seine Emotionen hätten ihn übermannt und der Kampf wäre anders verlaufen. Er hätte seinen Bruder geschlagen und ihn dann wahrscheinlich erwürgt oder er hätte ihn mit einem Messer erstochen. Ein schneller und beinahe schmerzloser Tod durch Genickbruch passte nicht zu einem Mord aus Leidenschaft, sondern führte stattdessen in eine ganz andere Richtung. Professor Münchrath hatte eine Sturzverletzung definitiv ausgeschlossen. Seiner Meinung nach hatte der Täter dem Opfer den Kopf mit Gewalt zur Seite gedrückt und dann ruckartig nach hinten gedreht. An der Leiche hatte der Pathologe keine weiteren Verletzungen gefunden, die von einem Kampf herrührten, abgesehen von dem Kratzer auf dem Handrücken und der Kehlkopfverletzung, die jedoch beide Stunden vor dem Mord entstanden waren. Der Kampf musste demnach sehr kurz gewesen sein. Özgan hatte weder Zeit noch Gelegenheit gehabt, sich zu wehren. Der Angriff war schnell erfolgt und zielgerichtet abgeschlossen worden. Einen solchen Mord konnte allerdings nur jemand verüben, der sich mit dieser Art des Tötens auskannte. Wer immer Özgan getötet hatte, war kein Amateur gewesen.

<><><>

Wenn er die Augen schloss, konnte er ihren Duft riechen. Ihm war, als würde sie direkt neben ihm stehen. Der Geruch war neu, denn er konnte sich nicht daran erinnern. Ihre Haare hatte er nicht vergessen, auch nicht ihre Augen und nicht ihre Stimme. Er wusste, wie ihre Hände aussahen, und ihr Lächeln war wie das ei-

ner marmornen Statue, die unverrückbar bis ans Ende aller Tage in seinem Kopf thronte und über seine Gedanken herrschte. Nur ihr Geruch hatte sich im Lauf der Jahre verflüchtigt, bis auch der letzte Hauch entschwunden war. Jetzt aber sog er ihn in sich auf. Seine Lungen weiteten sich und er fühlte sich so leicht, als könne er fliegen.

Die ganze Wohnung roch nach ihr, doch je näher er dem Bett kam, desto intensiver wurde der Geruch. Er ließ sich auf ein Knie nieder, hob die Bettdecke an und schloss abermals die Augen. Ihre Präsenz war intensiv und die wenigen Moleküle in der Luft, die die Rezeptoren seiner Nase erreichten, genügten, um sie wirklicher erscheinen zu lassen als all die jämmerlichen Kreaturen, denen er tagtäglich begegnete. Mit den Fingerspitzen fuhr er sanft über das Laken und als er die Augen öffnete, war er fast überrascht, sie nicht leibhaftig vor sich zu sehen. Das Bett war nicht mehr warm, doch es verströmte noch immer ihren Duft, als sei sie gerade erst aufgestanden. Für einen Moment hielt er inne und lächelte, dann begann er, sich auszuziehen.

<><><>

Vier Leitz-Ordner mit Geschäftsunterlagen waren weitaus weniger als Anja erwartet hatte, doch der Steuerberater versicherte, dass er ihr damit alles aushändigte, was die Firma von Yavuz Özgan betraf. Mit den Ordnern kehrte die Kommissarin ins Präsidium zurück. Das Studium und die Auswertung der Rechnungen, Lieferscheine und Steuerbescheide würde einige Zeit in Anspruch nehmen. Als ehemalige Ermittlerin im Wirtschaftsdezernat hatte sie eine konkrete Vorstellung davon, was sie erwartete. Sie legte die Ordner auf ihren Schreibtisch und ging mit ihrer Schultertasche bewaffnet in die abteilungseigene Teeküche. Im Gegensatz zu den anderen Kollegen, die alle Kaffeetrinker waren, bevorzugte Anja guten, schwarzen Tee, was sicherlich auf ihre britischen Großeltern zurückging. Heißes Wasser konnte man nahezu überall bekommen, doch bei gutem Tee sah die Sache anders aus. In Cafés, Kneipen und Restaurants wurde fast ausschließlich Beuteltee in einer Qualität angeboten, die für sie inakzeptabel war. Seit Jahren ging sie nicht aus dem Haus, ohne in ihrer Tasche immer alles mitzunehmen, was man außer Wasser für eine gute Tasse Tee benötigte: eine bemalte Blechdose mit dem jeweils aktuellen Tee ihrer Wahl, ein Teeei, kleine Einwegpackungen mit Sahne, ein oder zwei Stövchenkerzen und ein Feuerzeug.

Zehn Minuten später kehrte die Kommissarin an ihren Arbeitsplatz zurück. Sie stellte ihre Teetasse ab und nahm sich den ersten Ordner vor, der Rechnungen der letzten zehn Jahre enthielt. Als sie die ersten Seiten durchblätterte, wurde ihr sofort klar, dass der Erkenntnisgewinn äußerst gering ausfallen würde, denn die Dokumente waren alle in türkischer Sprache abgefasst. Außer dem Adressaten Özgan Import GmbH und der Firmenadresse, die Özgans und ihrer eigenen Adresse entsprach, konnte sie lediglich das jeweilige Datum entziffern. Welche Produkte Özgan gekauft hatte, wusste sie nicht und alle Preise waren in türkischer Lira angegeben. Nach einem halb ärgerlichen und halb enttäuschten Brummen kam ihr jedoch der Gedanke, dass sie zumindest eine Liste von Firmen erstellen konnte, bei denen Özgan eingekauft hatte. Sie schrieb *Liste türkischer Geschäftspartner* auf eine Haftnotiz und klebte sie an ihren Monitor, dann nahm sie sich den zweiten Ordner vor, der ebenso gut gefüllt war wie der erste und der die Ausgangsrechnungen enthielt. In den dritten Ordner hatte sie schon im Büro des Steuerberaters einen Blick geworfen und sie wusste, dass er Bilanzen, Gewinn- und Verlustrechnungen sowie Steuererklärungen und die daraus resultierenden Steuerbescheide enthielt. Im vierten Ordner schließlich waren die Kontoauszüge abgeheftet. Nachdenklich legte Anja die Ordner eins und zwei nebeneinander. Sie waren gleich dick und gleich gut gefüllt. Schon auf den ersten Blick erkannte die Kommissarin, dass die Menge der Eingangs- und der Ausgangsrechnungen ungefähr identisch war, ein für ein Handelsunternehmen höchst ungewöhnlicher Umstand. Etwas Ähnliches war ihr während ihrer Zeit als Wirtschaftsfahnderin nie begegnet, denn normalerweise kaufte ein Händler bei wenigen Lieferanten große Mengen oder Stückzahlen ein, um sie später an viele Kunden in kleineren Chargen zu verkaufen. Die Kundenliste eines Händlers war mindestens zehnmal, manchmal sogar hundertmal so lang wie die Liste seiner Lieferanten. Deshalb wurden auch zehn- bis hundertmal so viele Ausgangs- wie Eingangsrechnungen gebucht. Bei der Özgan Import GmbH hielten sich die gegensätzlichen Belege jedoch ungefähr die Waage. Auch wenn Anja die Eingangsrechnungen kaum entziffern konnte, drängte sich ihr der Verdacht auf, dass Özgan jede Lieferung, die er aus der Türkei bezogen hatte, jeweils direkt an einen einzelnen Kunden weiterverkauft hatte. Das war nicht illegal, aber für einen Teppichhändler zumindest sehr seltsam.

Anja rief im Büro des Steuerberaters an und verlangte das Buchungsjournal von Özgans Firma.

»Für welche Buchungsperiode?«, fragte die Sekretärin.

»Für alle.«

»Aber das sind zehn Jahre.«

»Na und?«

»Da läuft mein Drucker ja den ganzen Tag.«

Anja holte tief Luft und atmete langsam wieder aus. »Sie arbeiten doch bestimmt mit DATEV.«

»Ja.«

»Dann brennen Sie mir die Daten auf CD und ich hole sie am Nachmittag ab.«

»Heute Nachmittag?«

»Natürlich heute!«

»Aber so schnell geht das nicht. Ich werde frühestens morgen dazukommen, vorher nicht.«

»Oh, das verstehe ich natürlich. Sie haben so viel Arbeit.« Anjas Stimme klang honigsüß. »Deshalb will ich Sie auch gar nicht weiter belästigen. Ich hole mir jetzt beim Richter einen Beschluss, das geht ganz schnell, und anschließend komme ich dann zu Ihnen. In einer halben Stunde bin ich da.«

»Aber was wollen Sie dann hier?«

»Ich nehme einfach Ihre gesamte EDV mit. Ihre Rechner kriegen Sie dann wieder, wenn der Fall vor Gericht verhandelt wurde.«

»Das geht unmöglich!« Die Sekretärin schnappte nach Luft. »Wir können doch nicht ohne unsere Computer arbeiten. Wie soll denn das funktionieren?«

»Das weiß ich auch nicht und offen gestanden ist das auch nicht mein Problem. Ich brauche das Journal heute noch, aber eine CD mit den Daten würde mir genügen.« Anja sah auf ihre Armbanduhr. »Jetzt ist es halb elf. In einer halben Stunde bin ich bei Ihnen. Das schaffen Sie doch, oder?«

Die Kommissarin wartete die Antwort der Sekretärin nicht mehr ab. Sie drückte die Unterbrechertaste und grinste. Eine digitale Kopie der Buchhaltung einer Firma, die in zehn Jahren so wenige Rechnungen ausgestellt hatte, konnte man innerhalb von zwei, drei Minuten anfertigen. Mit dem sicheren Gefühl, dass bei Özgans Firma etwas faul war, trank Anja ihren Tee.

<><><>

Bussard hatte Wegner und Stemmer angewiesen, die Personen auf Özgans Liste aufzusuchen, mit denen er noch nicht gesprochen hatte. Da sich die beiden bei den Vernehmungen als Polizeibeamte auswiesen, würde niemand Verdacht schöpfen, wenn Sahin später als verdeckter Ermittler ebenfalls mit den Personen sprach. Wegner und Stemmer erfuhren genau das, was Bussard vermutet hatte – nichts. Man kannte die Özgan-Brüder, doch niemand wusste etwas über Geldbeträge, Geschäftsbeziehungen oder private Verbindungen, bei denen Geld eine Rolle spielte. Auf der Liste standen lediglich türkische Namen. Es handelte sich ausnahmslos um Männer und keiner von ihnen war bereit, mit den deutschen Behörden zu kooperieren.

8

Das Colombi-Hotel gegenüber dem gleichnamigen Park war die erste Adresse in Freiburg, wenn es um Kost und Logis ging. Unter der Leitung eines Sternekochs zauberte das Küchenpersonal Köstlichkeiten für verwöhnte Gaumen und die Zimmer boten jeden erdenklichen Komfort. Bussard kannte das hoteleigene Restaurant, hatte aber noch nie dort gespeist. Er besaß zwar eine ausgeprägte Vorliebe für gutes Essen und konnte auch ganz passabel kochen, doch Preise im dreistelligen Eurobereich für ein Menü waren nicht nach seinem Geschmack. Das Hotel war nicht Bussards Ziel, auch wenn er seinen BMW 635 CSI direkt auf einem der Parkplätze vor dem Eingang abstellte, denn in unmittelbarer Nachbarschaft bot ein Fotostudio seine Dienstleistungen an.

Bussard betrat den Laden und wurde von einem Lächeln begrüßt, das ihm durch Mark und Bein ging.

»Hallo, so schnell sieht man sich wieder.« Die Fotografin strahlte den Kommissar an. »Was kann ich für Sie tun?«

Bussard spürte, dass sein Herz schneller schlug. Über eine Suchmaschine war er auf die Website des Gospel Chores gelangt und danach hatte er den Internetauftritt der Fotografin Isa Jones entdeckt. Die Fotos waren perfekt, etwas anderes würde man auf der Seite einer professionellen Fotografin auch nicht erwarten, aber ihre Gegenwart schlug die Bilder bei Weitem. »Ich möchte Fotos machen lassen, von mir und meinen Töchtern.«

»Passbilder, Porträts oder Familienfotos?«

»Porträts und Familienfotos.«

Die Fotografin schlug einen Kalender auf. »Wir können für nächste Woche einen Termin vereinbaren. Mittwoch und Donnerstag wären noch möglich.«

Ihre Ausstrahlung nahm ihn gefangen, denn sie lächelte nicht nur mit ihren Lippen, sondern auch mit ihren schönen, dunklen Augen. Ihre Stimme verzauberte ihn und schlagartig wurde ihm klar, dass es ihn erwischt hatte. Nach der Scheidung von seiner Frau war ein neues Sich-Verlieben für ihn denkbar oder eher noch wünschenswert gewesen, doch er hatte nicht damit gerechnet, dass es auch tatsächlich passieren würde. Die Vorstellung, den Rest seines Lebens ohne eine Partnerin an seiner Seite verbringen zu müssen, behagte ihm nicht, doch in den letzten beiden Jahren hatte er keine Frau getroffen, die für ihn in Betracht gekommen wäre. Anja war das einzige weibliche Wesen, das er nach der Trennung von Helen näher kennengelernt hatte. Sie sah wirklich gut aus, war intelligent und gut in dem, was sie tat, doch sie war einfach nicht sein Typ, ohne dass er hätte sagen können, wer oder was eigentlich sein Typ war. Das war auch nicht wichtig, denn nun hatte er Isa Jones gefunden. Sie war ganz genau …

»Mittwoch oder Donnerstag?«

»Oh, sorry, ich war gerade in Gedanken.«

»Und an wen haben Sie gerade gedacht?«

Bussard erwiderte das Lächeln, beantwortete die Frage aber nicht. »Ich muss mich erst mit meinen Kindern und ihrer Mutter abstimmen und sehen, an welchen Tagen sie nachmittags Zeit haben. Kann ich Sie anrufen?«

Die Fotografin nahm eine Visitenkarte aus einer kleinen gläsernen Schale auf dem Tresen und hielt sie Bussard entgegen. »Jederzeit.«

Ihr Lächeln veränderte sich, ohne dass es damit an Charme einbüßte. Trotzdem nahm Bussard etwas deutlich anderes wahr, etwas, das sich wie ein Versprechen anfühlte. Er nahm die Karte an sich und steckte sie ein, ohne einen Blick darauf zu werfen, dann nickte er, drehte sich um und verließ das Fotostudio. Als er im Freien stand, zögerte er. Wenn er jetzt zu seinem Wagen ging, dann war er ein Idiot und bei dem Gedanken schüttelte er unwillkürlich den Kopf. Er drehte sich um und betrat das Fotostudio erneut. Bussard versuchte nicht, einen klaren Gedanken zu fassen. Er wusste, dass es ihm in diesem Augenblick ohnehin nicht geglückt wäre. Entweder tat er nun das Richtige oder nicht. Die Antwort würde er so oder so prompt erhalten. Ob die Fotografin überrascht war, konnte er in ihrem Blick nicht sehen, aber sie leistete keinen Widerstand, als er den Tresen umrundete, sie in die Arme nahm und küsste.

<><><>

Mit Blick auf den Colombipark saß der Kommissar in seinem Auto, ohne den Motor zu starten. Das kleine Schlösschen, das den Park beherrschte, nahmen seine Augen, nicht aber sein Bewusstsein wahr, denn vor seinem geistigen Auge lächelte ihn Isa Jones an. Bussard konnte kaum glauben, was wenige Minuten zuvor geschehen war und doch stand für ihn zweifelsfrei fest, dass er das Richtige getan hatte. Sein spontaner Entschluss, das Fotostudio ein zweites Mal zu betreten und die Fotografin einfach zu küssen, hatte sich als das Beste erwiesen, was er seit Langem getan hatte. Ohne viele Worte zu verlieren, hatten sie sich für den Abend verabredet und nun versuchte er, wieder in den Alltag einzutauchen, auch wenn es ihm schwerfiel. Für einen gestandenen Kerl Mitte vierzig, der in einem nicht einfachen Job täglich seinen Mann stand, waren Schmetterlinge im Bauch mehr als exotisch.

Die australischen Rocker von AC/DC, deren Klassiker *Hells Bells* als Klingelton aus seinem Handy tönte, holten Bussard aus seinen Tagträumen. Er beantwortete den Anruf und hörte eine Weile zu.

»Oh, Scheiße! Wo ist das passiert?«

Wegner, der ihn angerufen hatte, um über die jüngste Entwicklung im Fall Özgan zu berichten, nannte Bussard eine Adresse.

»Ich bin unterwegs!« Der Kommissar beendete das Gespräch, steckte sein Handy ein und startete den Motor. Zehn Minuten später bog er in die Straße im Stadtteil Weingarten ein, wo hinter den Einsatzwagen von Polizei und Rotem Kreuz die Schaulustigen mit gezückten Handys warteten. Hupend bahnte er sich einen Weg durch die nur zögerlich zurückweichende Menge. Als er seinen Wagen abstellte und ausstieg, wurde eine Haustür von einem uniformierten Kollegen aufgehalten, während zwei Sanitäter eine Trage aus dem Haus und in den Rettungswagen verfrachteten.

»Wie geht es ihr?« Bussard hielt seinen Dienstausweis hoch und sah die Sanitäter fragend an.

»Sie hat viel Blut verloren. Wir müssen uns beeilen.«

Während die hinteren Türen des Rettungswagens von innen geschlossen wurden, lief Bussard am Fahrzeug vorbei und auf die Schaulustigen zu.

»Platz machen! Los, zur Seite!«

Der durchdringende Ton des Martinshorns übertönte Bussards Aufforderungen und als sich der Rettungswagen in Bewegung setzte, gaben die Schaulustigen langsam die Straße frei, während die Aktion von unzähligen Handys gefilmt wurde. Bussard widerstand dem Drang, alle Mobiltelefone einzusammeln, und wandte sich stattdessen dem Beamten an der Haustür zu. »Was ist passiert?«

»Häusliche Gewalt, ein weibliches Opfer mit Stichverletzungen.«

Der uniformierte Kollege, der noch immer die Tür aufhielt, ließ Bussard durch. Als der Kommissar das zweite Obergeschoss erreichte, entdeckte er Blutspuren auf der Treppe, deren Anfang sich hinter einer der Wohnungstüren verbarg. Er betätigte die Klingel neben dem Namen »Özgan« und wenige Augenblicke später wurde die Tür von einem weiteren uniformierten Beamten geöffnet. Bussard zeigte seinen Dienstausweis und betrat die Wohnung. Im Flur entdeckte er eine Blutlache, die den Ausgangspunkt für die Spur ins Treppenhaus bildete.

Zwölf Personen hielten sich im kleinen und viel zu engen Wohnzimmer auf, drei Kinder, drei Frauen und sechs Männer. Zwei von ihnen trugen Polizeiuniformen und hielten einen Mann fest, der mit auf dem Rücken gefesselten Händen auf einem Sessel saß. Die Umstehenden betrachteten die Beamten schweigend, aber unübersehbar feindselig. Bussard wies eine der Frauen an, die Kinder aus dem Zimmer zu bringen. Sie warf einem der Männer einen fragenden Blick zu und als er nickte, leistete sie der Aufforderung des Kommissars Folge.

»Was ist hier vorgefallen?«

»Sie ist eine Hure!« Özgan sah den Kommissar mit hasserfülltem Blick an. »Sie hat die Familie entehrt!«

»Sprechen Sie von Sanya, Ihrer Frau?«

»Sie ist nicht mehr meine Frau! Sie ist eine Hure!« Özgan spuckte auf den Teppich. »Sie hat uns alle entehrt, mich, meine Kinder und meinen toten Bruder! Sie hat den Tod verdient!«

Er versuchte, sich dem Griff der Beamten zu entwinden, hatte aber wegen der auf dem Rücken gefesselten Hände keine Chance.

»Haben Sie Ihre Frau tätlich angegriffen?«

Özgan knurrte und einer der Beamten nickte. »Tätlicher Angriff mit einem Messer. Die Waffe haben wir sichergestellt.«

»Und Sie?« Bussard sah die übrigen Anwesenden nacheinander an. »Haben Sie alle dabei zugesehen?«

Niemand antwortete. Bussard wartete einige Augenblicke, dann erteilte er dem Kollegen eine Weisung: »Eine der Frauen soll bei den Kindern bleiben. Alle anderen will ich im Präsidium zur Vernehmung haben!«

<><><>

Die Zeugen waren wenig auskunftsfreudig, doch nach und nach verfestigte sich das Bild, das Bussard vom Tathergang gewann. Hamid Özgan war nach seiner Freilassung nach Hause gefahren, wo sich einige Verwandte zum gemeinsamen Trauern um den getöteten Yavuz versammelt hatten. In der Küche hatte er Sanya Ehebruch vorgeworfen, sie beschimpft und geschlagen. Als er nach einem Gemüsemesser gegriffen hatte, war sie geflohen. In panischer Angst hatte sie die Wohnung verlassen wollen, doch Özgan hatte sie im Flur erwischt und niedergestochen. Eine der Frauen war ihr zu Hilfe geeilt und die Verletzte hatte sich blutend in den Hausflur gerettet, wo sie auf zwei Nachbarinnen getroffen war, von denen eine den Notruf gewählt hatte.

Özgan selbst war geständig. Er gab nicht nur zu, seine Frau mit zwei Messerstichen verletzt zu haben, sondern erklärte sogar die Tötungsabsicht, um die Ehre der Familie wieder herzustellen. Zwischen der Tat, ihrer Aufklärung und dem Geständnis des Täters lagen nicht einmal drei Stunden, doch Bussard verspürte keinerlei Genugtuung über den schnellsten Erfolg seiner Laufbahn als Ermittler. Die Abfolge der Ereignisse bewies, dass Özgan bis zu seiner Vernehmung am Vortag nichts von dem gewusst hatte, was zwischen seinem Bruder und seiner Frau vorgefallen war. Auch wenn der Mordversuch an Sanya keinen Beweis für die Unschuld von Hamid beim Tötungsdelikt Yavuz Özgan lieferte, war der Kommissar davon überzeugt, dass es sich nicht um einen Brudermord handelte. Hamid Özgan bezichtigte seine Frau des Ehebruchs, für den sie den Tod verdient hatte. Eine Vergewaltigung oder zumindest sexuelle Nötigung durch den Bruder schloss der Täter kategorisch aus. Der relativ einfachen Aufklärung der häuslichen Bluttat stand jedoch die sehr viel schwierigere Frage gegenüber, wieviel Schuld Bussard trug. Er hatte im Zuge der Vernehmung von Hamid Özgan zum Mord an dessen Bruder von den Straftaten berichtet, denen Sanya Özgan zum Opfer gefallen war. Hätte Bussard dieses Thema nicht angeschnitten, dann hätte Hamid Özgan vermutlich nie davon erfahren und die junge Türkin wäre nicht lebensgefährlich verletzt worden. Intellektuell konnte der Kommissar einfache Antworten finden. Er trug keine Schuld an dem Mordversuch, weil er Hamid Özgan mit dessen Motiv Eifersucht bei der Vernehmung zum Mord an dessen Bruder hatte konfrontieren müssen. Das war Routine und gehörte zum Job. Die nachfolgenden Ereignisse hatte er nach bestem Wissen und Gewissen nicht vorhersehen können, aber gerade sein Gewissen verweigerte sich hartnäckig dieser Einschätzung. Bussard wusste genau, dass er das Richtige getan hatte und er wusste auch, warum es sich so falsch anfühlte.

»Hey, Bussard, es gibt Neuigkeiten aus der Klinik.«

Der Kommissar sah hinter seinem Schreibtisch auf. Er hatte nicht bemerkt, dass Wegner die Tür geöffnet hatte und nun im Rahmen stand.

»Sanya Özgan wurde operiert. Die Ärzte konnten die Blutungen stillen. Ihr Zustand ist weiterhin kritisch, weil sie viel Blut verloren hat, aber es gibt Hoffnung. Im Augenblick stehen ihre Chancen bei etwa siebzig zu dreißig. Wenn sie die Nacht übersteht, wird sie morgen wohl außer Lebensgefahr sein.«

»Danke, Sasha.« Bussard nickte erleichtert. Die junge Türkin war noch am Leben und er hoffte inständig, dass dies auch so blieb.

<><><>

Von der Sekretärin des Steuerberaters ließ sich Anja die CD mit dem Buchungsjournal aushändigen und kehrte damit ins Präsidium zurück. Sie bat ihre ehemalige Chefin, einen Arbeitsplatz im Wirtschaftsdezernat benutzen zu dürfen, weil auf den Rechnern der Kollegen die notwendige Software zur Auswertung der Daten installiert war. Gegen dreizehn Uhr schloss die Kommissarin die Tür des Büros, setzte sich an den Schreibtisch und tauchte in die Zahlenwelt der Finanzbuchhaltung ein.

Anhand der Zuordnung der Belege zu bestimmten Aufwandskonten und unter Berücksichtigung eines ungefähren Umrechnungskurses von türkischer Lira zu Euro konnte Anja ermitteln, welche Summen Özgan für den Wareneinkauf aufgewendet hatte. Der Begriff *hali* tauchte auf fast jeder Eingangsrechnung auf und als sie ihn bei einem digitalen Übersetzer in das Eingabefeld schrieb, erhielt sie als Antwort *Teppich*. Die Ausgangsrechnungen waren in Deutsch abgefasst und beim Vergleich mit den türkischen Belegen reimte sie sich Begriffe zusammen, die auf Machart oder regionale Herkunft deuteten. Es war eine mühsame Angelegenheit, doch die Kommissarin war ganz in ihrem Element. Sie liebte diese Akribie, mit der sie ein Mosaiksteinchen nach dem anderen fand, um sie nach und nach zu einem Gesamtbild zusammenzusetzen. Über das Gewerbezentralregister besorgte sie sich Informationen über die Kunden des Teppichhändlers und als der Nachmittag langsam in den Abend überging, hatte Anja eine konkrete Vorstellung von Özgans dokumentierter Geschäftstätigkeit gewonnen.

9

Die beiden Beamten erreichten aus verschiedenen Richtungen kommend gleichzeitig die Tür. Sahin begrüßte die Kollegin, hielt ihr die Tür auf und ließ ihr den Vortritt, was Anja mit einem anerkennenden »Danke« quittierte. Er folgte ihr ins Büro, wo Bussard an seinem Schreibtisch sitzend gerade den Telefonhörer auf die Gabel legte. »Das war Smirna. Die KTU hat Hamid Özgans Fingerabdrücke an der Tatwaffe gesichert, nur der Vollständigkeit halber.«

»Wieso Tatwaffe?« Anja sah Bussard überrascht an. »Ich dachte, Yavuz Özgan sei an einem Genickbruch gestorben.«

»Es geht nicht um Yavuz, sondern um Sanya Özgan. Smirna hat das Messer untersucht.«

»Von der Geschichte mit Sanya Özgan habe ich schon gehört.« Sahin setzte sich Bussard gegenüber auf einen Besucherstuhl, während Anja fragend von einem zum anderen sah.

»Wovon gehört und was für ein Messer?«

»Wieso weißt du noch nichts davon?«

»Wovon, Bussard?«

Der Kommissar sah seine Partnerin stirnrunzelnd an. »Wo warst du den ganzen Nachmittag?«

»Ich war im Wirtschaftsdezernat und habe Özgans Buchhaltung unter die Lupe genommen, aber es sieht so aus, als hätte ich etwas verpasst.«

»Ja, hast du. Setz dich.« Bussard deutete auf den zweiten Besucherstuhl und nachdem Anja Platz genommen hatte, berichtete er vom Mordversuch an Sanya Özgan, von der Untersuchung der Tatwaffe in der KTU und vom Geständnis ihres Ehemannes. »Sasha hat heute Nachmittag mit jemandem in der Klinik telefoniert.

Sanya wurde operiert und ihre Überlebenschancen stehen bei siebzig Prozent. Wenn sie die Nacht übersteht, soll sie morgen über den Berg sein.«

Fassungslos lauschte Anja dem Bericht, während das Gesicht der jungen Türkin vor ihrem inneren Auge erschien. Die Vorstellung, dass Sanya zwischen Leben und Tod schwebte, jagte ihr einen kalten Schauer über den Rücken und die gleiche Frage, mit der sich Bussard Stunden zuvor herumgeschlagen hatte, kam ihr in den Sinn: »Hätten wir das vorhersehen müssen?«

»Nein, Anja.« Der Kommissar schüttelte den Kopf. »Wir konnten unmöglich ahnen, dass Hamid Özgan versuchen würde, seine Frau zu töten. Nach dem gestrigen Stand der Ermittlungen war es durchaus denkbar, dass er seinen Bruder getötet hat. Wir mussten ihn mit dem möglichen Mordmotiv konfrontieren. Dass sich die Sache so entwickeln würde, konnte niemand vorhersehen.«

»Aber ...«

»Nein, kein aber. Manchmal gibt es einfach Situationen, bei denen man erst hinterher schlauer ist, auch wenn die Erkenntnis dann schmerzt. Man weiß eben nicht immer, wie kalt das Wasser ist, bevor man springt.«

Anja seufzte. Natürlich hatte Bussard recht und sie hatten sich nichts vorzuwerfen. Trotzdem fühlte es sich so an, als hätten sie einen Fehler gemacht, der eine junge Frau beinahe das Leben gekostet hätte.

»Lass uns zum Fall Yavuz Özgan zurückkehren.« Bussard schenkte seiner Partnerin ein aufmunterndes Lächeln. »Hast du etwas herausgefunden, was unsere Ermittlungen voranbringt?«

Die Kommissarin nickte mechanisch. Sie musste sich fast dazu zwingen, das Thema zu wechseln, doch als sie von ihrer nachmittäglichen Arbeit zu berichten begann, verflüchtigte sich allmählich das Bild der jungen Frau mit dem Kopftuch. »Auf den ersten Blick sieht alles sauber aus. Özgan hat in der Türkei Teppiche gekauft und sie in Deutschland veräußert. Er hat große Gewinne erzielt, die er ordentlich versteuert hat. Seine Steuerschulden hat er stets pünktlich beim Finanzamt beglichen und ich nehme an, dass man ihn dort für das Paradebeispiel eines Steuerpflichtigen hält.«

»Aber deinem Tonfall nach hältst du ihn nicht für einen Musterknaben, oder?«

Anja verzog einen Mundwinkel zu einem verächtlichen Lächeln. »Ich weiß genau, dass etwas faul ist, wenn die Buchhaltung allzu sauber daherkommt. Deshalb habe ich etwas tiefer gegraben und jede Menge Dreck gefunden.«

»Du hast dir beim Graben hoffentlich nicht deine schönen Hände schmutzig gemacht.«

Sahins halb verstecktes Kompliment nahm Anja wahr, doch sie reagierte nicht darauf. »Die Gewinne, die Özgan jedes Jahr ausgewiesen hat, sind wirklich enorm. Dass man ein T-Shirt in Bangladesch für fünfzig Cent kaufen und bei uns für fünf Euro verkaufen kann, ist bekannt. Eine Gewinnspanne von tausend Prozent im Teppichgeschäft erscheint mir allerdings ungewöhnlich, was aber nicht heißt, dass es unmöglich wäre.«

Bussard wusste noch nicht, wohin Anjas Erklärungen führen sollten. »Wo ist der Haken?«

»Über die Lieferanten konnte ich in der Kürze der Zeit noch nichts in Erfahrung bringen, weil die alle in der Türkei sitzen, aber Özgans Kunden sind einzigartig.«

»Inwiefern?«

»Ein Mann namens Kaya Yilderim hat in Bayern eine Firma angemeldet – Handel mit Teppichen – und von Özgan eine Lieferung bezogen, die Özgan aus der Türkei importiert hatte. Ungewöhnlich ist, dass Özgan die gesamte Lieferung an Yilderim verkauft hat und nicht, wie man eigentlich vermuten würde, einzeln oder in kleinen Stückzahlen an mehrere Kunden. Zu beiden Geschäftsfällen, das heißt Wareneinkauf und Warenverkauf, gibt es entsprechende Lieferscheine und Rechnungen. Yilderim hat den fälligen Rechnungsbetrag innerhalb weniger Tage an Özgan überwiesen. Bis zu diesem Punkt sieht alles nach einer normalen Geschäftsbeziehung aus, doch dann wird es höchst seltsam. Kaum war der fällige Rechnungsbetrag überwiesen, hat Yilderim seine Firma abgemeldet. Drei Monate später hat ebendieser Yilderim eine neue Firma in Hessen angemeldet, wiederum Handel mit Teppichen. Er bezog Ware von Özgan, bezahlte und meldete seine Firma wieder ab, um dasselbe Spiel wiederum drei Monate später erst in Rheinland-Pfalz und danach in Baden-Württemberg zu wiederholen. Yilderim ist Özgans einziger Kunde, was aber nicht sofort auffällt, weil er in jedem Quartal einen neuen Firmennamen verwendet. Rheinland-Pfalz, Hessen und Bayern grenzen alle an Baden-Württemberg und in jedem Bundesland gründet der ominöse Teppichhändler pro Jahr eine Firma, die er zwei, drei Wochen später wieder abmeldet – und das seit fast zehn Jahren.«

»Und das ist bei der Steuerfahndung niemandem aufgefallen?«

»Nein, denn steuerlich ist alles sauber. Yilderim kassiert die Vorsteuer vom Finanzamt, die Özgan in gleicher Höhe abführt. Es ist ein Null-Summen-Spiel. Seine Gewinne versteuert Özgan vorbildlich und er hat keine Schulden beim Finanzamt.«

Sahin verstand nicht, wie das Geschäftsmodell funktionierte. »Was macht Yilderim dann mit den ganzen Teppichen? Er wird sie doch wohl kaum wieder in die Türkei zurückschicken.«

»Sofern die Teppiche überhaupt existieren, was ich allerdings stark bezweifle.« Anja lehnte sich zurück und schlug die Beine übereinander. »Bevor wir jetzt aber zu spekulieren beginnen, müsst ihr noch etwas anderes wissen. Von seinem Gewinn spendete Özgan in der Regel achtzig Prozent an den Islamischen Ring in Freiburg, natürlich gegen eine entsprechende Spendenquittung, was seine Steuerschuld erheblich reduzierte. Alle Spenden sind einwandfrei und durch die entsprechenden Kontoauszüge nachgewiesen.«

»Aber die Sache stinkt doch.« Bussard war sicher, dass etwas Illegales dahintersteckte, auch wenn er noch nicht wusste, was Özgan eigentlich getrieben hatte.

»Du hast recht, die Sache stinkt zum Himmel.« Anja sah ihre beiden Kollegen nacheinander an. »Es gibt verschiedene denkbare Szenarien. Özgan könnte zum Beispiel ein Drogenhändler gewesen sein ...«

»Nein, auf keinen Fall.« Sahin schüttelte vehement den Kopf. »Wenn Özgan seit zehn Jahren mit Drogen gehandelt hätte, wüsste ich davon, das kannst du mir glauben. Niemand betreibt das Geschäft über einen solchen Zeitraum, ohne dass sein Name irgendwann irgendwo auftaucht.«

»Mag sein. Es ist nur eines von mehreren denkbaren Szenarien. Özgan könnte auch mit Kunst gehandelt haben. Der Schwarzmarkt für Antiquitäten ist riesig und vieles, was im Orient ausgegraben wird, verschwindet in dunklen Kanälen in Europa, Amerika und Asien. Die Türkei ist dabei ein Umschlagplatz für illegale Exporte aus den Kriegsgebieten des Nahen Ostens.«

Bussard sah seine Partnerin skeptisch an. »Hat Özgan auf dich wie ein Kunsthändler gewirkt?«

»Nein, nicht im Mindesten. Deshalb habe ich auch eine ganz andere Vermutung. Özgan könnte ein gut bezahlter Strohmann gewesen sein. Sein Teppichhandel diente schlicht dazu, Geld zu waschen. Er hat Gewinne erwirtschaftet, versteuert und anschließend gespendet. Vom gewaschenen Geld blieb so viel bei ihm hängen, dass er sich davon ein Haus kaufen konnte.«

»Und woher kam das schmutzige Geld?«

»Das weiß ich nicht und es ist fraglich, ob wir das herausfinden werden. Yilderim ist türkischer Staatsbürger, hat keine Meldeadresse in Deutschland und aktuell auch keine Firma angemeldet. Das Sahnehäubchen kommt allerdings erst noch.« Die Kommissarin legte eine kurze Pause ein, obwohl sie die ungeteilte Aufmerksamkeit ihrer Zuhörer genoss. »Der Islamische Ring ist keine anerkannte Religionsgemeinschaft. Er steht offiziell auch mit keiner Moschee oder Ähnlichem in Verbindung.«

»Sondern?«

»Der Islamische Ring Freiburg ist ein eingetragener, als gemeinnützig anerkannter Verein. Seiner Satzung nach ist der Vereinszweck die Förderung der islamischen Kultur. Erster Vorsitzender ist ein gewisser Kaya Yilderim.«

<><><>

Kurz nach neunzehn Uhr verließ Bussard das Präsidium und machte sich auf den Heimweg. Seine Stimmung hätte er selbst nicht genau beschreiben können. Auf der einen Seite freute er sich auf die bevorstehende Verabredung mit Isa Jones, doch auf der anderen Seite ging ihm Sanya Özgan nicht aus dem Kopf. Nach Anjas Bericht über die Geschäfte von Yavuz Özgan hatte Sahin erklärt, dass die beiden Özganbrüder höchst unterschiedlich gewesen waren. Yavuz, der zwielichtige Geschäftsmann, hatte sein Geld nicht nur mit ominösen Teppichgeschäften verdient, die in Wahrheit vermutlich gänzlich anderer Natur gewesen waren. In der türkischen Gemeinde hatte er sich nebenbei als Geldverleiher ein Zusatzeinkommen geschaffen. Die Geldbeträge hinter den Namen auf der Liste, die Susanne auf dem Rechner des Ermordeten gefunden hatte, waren Kreditsummen gewesen, die in keiner Bilanz und keiner Steuererklärung auftauchten. Dabei hatten alle Kreditnehmer, soweit Sahin in Erfahrung gebracht hatte, die fälligen Raten immer anstandslos an Özgan zurückgezahlt. Özgan hatte sich nie um das Inkasso kümmern müssen, denn jeder wusste, dass hinter ihm Leute standen, mit denen man sich auf keinen Fall anlegen wollte. Wer diese Leute waren, hatte Sahin jedoch nicht erfahren. Hamid Özgan hingegen hatte mit weltlichen Geschäften nichts am Hut. Er war ein gläubiger Moslem, dem die Scharia mehr galt als die deutschen Gesetze, und er besuchte eine Moschee in Freiburg mehrmals pro Woche. Man hielt ihn nicht für radikal, auf jeden Fall aber für fundamentalistisch. Auch wenn er deutscher Staatsbürger war, beobachtete er die jüngsten religiösen Entwicklungen, die das politische Leben in der Türkei beeinflussten, mit Interesse und Wohlgefallen. Seiner Meinung nach sollten Frauen weder Smartphones noch einen Internetzugang besitzen, keine Mode-, Lifestyle- oder Promi-Zeitschriften lesen und abgesehen von Gesicht und Händen grundsätzlich den gesamten Körper verhüllen. Private deutsche Fernsehsender waren für seine Frau Sanya ebenso tabu wie der Besuch eines öffentlichen Schwimmbads. Dass sich seine fundamentalistische Einstellung in einer radikalen Bestrafung seiner Frau für deren vermeintliche eheliche Untreue geäußert hatte, musste nicht zwangsläufig auf religiösen Fanatismus hindeuten, auch wenn die Vermutung auf den ersten Blick nahe lag, sondern konnte ebenso gut auf menschliches Fehlverhalten zurückgeführt werden – ein Mordversuch aus Eifersucht. Welches Motiv der Tat am Ende tatsächlich zugrunde lag, würde ein Gericht feststellen, vor dem sich Hamid Özgan zu verantworten hatte. Bussard glaubte nicht, dass ihm und Anja eine strafrechtlich relevante Mitschuld zugesprochen werden würde, selbst wenn Özgans Verteidiger genau dies bei der Verhandlung ins Feld führen würde, doch die Schattenseite, die sein Beruf hin und wieder mit sich brachte, machte den Tag für den Ermittler ein wenig grauer.

Als Bussard zu Hause unter der Dusche stand, drehten sich seine Gedanken immer noch um den Özgan-Fall. Nach den Berichten von Anja und Sahin war es schwieriger geworden, die Frage zu beantworten, wer Yavuz Özgan ermordet hatte, denn der Kreis potenziell Verdächtiger hatte sich vergrößert. Zwielichtige Geschäfte wurden immer mit zwielichtigen Geschäftspartnern geschlossen und Streitigkeiten wurden in solchen Milieus nicht vor Gericht geklärt. Dreh- und Angelpunkt war Kaya Yilderim, dessen Aufenthaltsort jedoch unbekannt war. Falls sich Yilderim in der Türkei aufhielt, hätte er sich damit dem Zugriff deutscher Ermittler entzogen. In den ländlichen Gebieten Anatoliens oder Kurdistans konnte eine deutsche Vorladung zur Vernehmung sehr leicht *versehentlich* in einem falschen Ordner abgelegt und erst viele Jahre später wieder entdeckt werden.

Gegen Viertel vor acht setzte sich Bussard in seinen alten BMW, frisch geduscht und rasiert, doch gekleidet wie immer, denn die Verabredung galt nicht für ein Galadinner. Treffpunkt war ein Lokal mit Gartenterrasse, wo man unter dem Blätterdach alter Bäume die gute badische Küche genießen konnte. Zehn Minuten später parkte er seinen Wagen in der Nähe der Dreisam und als er kurz darauf das Gartenlokal betrat, wurde er bereits erwartet.

<><><>

Anja rechnete nicht mit einem Besucher und war überrascht, als es an der Tür läutete. Die Gegensprechanlage funktionierte schon seit längerer Zeit nicht mehr. In der Woche zuvor hatte die Kommissarin Özgan darauf aufmerksam gemacht, doch nach dem Tod ihres Vermieters war es fraglich, ob die Anlage in absehbarer Zeit repariert werden würde. Eine Instandsetzung war jedoch weit weniger wichtig als die Frage, ob Anja überhaupt als Mieterin in ihrer Wohnung bleiben konnte. Die Entscheidung hing von den Erben ab, wobei der nächste Angehörige, Özgans Bruder Hamid, gerade verhaftet worden war und die nächsten Jahre hinter Gittern verbringen würde.

Anja betätigte den elektrischen Türöffner und trocknete sich die Hände an einem Geschirrtuch ab, während sie darauf wartete zu sehen, wer als abendlicher Besucher die Treppe heraufkommen würde. Als sie die Tür öffnete und den Mann erkannte, schloss sie für einen Moment die Augen und seufzte.

»Carlo, was willst du denn hier?«

»Hallo, Anja. Ich wollte nur sehen, ob bei dir alles in Ordnung ist.« Er streckte ihr einen in Klarsichtfolie verpackten Blumenstrauß entgegen, von dem Anja annahm, dass Carlo ihn im Supermarkt oder an einer Tankstelle gekauft hatte.

»Ja, alles in Ordnung.« Sie wollte nicht unhöflich sein und nahm den Blumenstrauß entgegen. »Danke, das ist nett, aber ich habe leider keine Zeit.«

»Hausarbeit?« Mit einem Kopfnicken deutete Carlo auf das Geschirrtuch in Anjas Hand. »Du kannst doch eine kurze Pause machen.«

»Wozu?«

Carlo setzte sein charmantestes Lächeln auf. »Wenn ich dich schon besuche und dir Blumen mitbringe …«

»Nein, sorry, Carlo.«

»Ich bleibe auch nicht lange, höchstens fünf Minuten. Ich will nur kurz mit dir reden.«

»Worüber?«

Carlo sah sich um, obwohl er wusste, dass niemand im Treppenhaus war, dann beugte er sich vor und senkte seine Stimme »Es ist vertraulich, wegen Özgan. Du weißt schon.«

»Özgan?« Anja hatte nicht erwartet, den Namen des Mordopfers aus Carlos Mund zu hören. »Was weißt du über Özgan?«

Wieder sah Carlo sich um. »Darf ich nicht wenigstens kurz reinkommen? Es ist wichtig.«

Die Kommissarin atmete tief ein, hielt für einen Augenblick die Luft an und atmete schließlich hörbar wieder aus. »Also gut, fünf Minuten.«

Sie ging einen Schritt zur Seite und ließ Carlo eintreten, dann schloss sie die Tür. Gespannt, was er über ihren ehemaligen Vermieter zu sagen hatte, brachte sie den Besucher ins Wohnzimmer. »Also, was gibt's?«

Carlo beantwortete die Frage nicht. Er sah sich um und nickte. »Schön hast du's hier, richtig gemütlich.«

»Du bist doch nicht gekommen, um mit mir über die Einrichtung zu sprechen.«

»Nein.« Er öffnete sein Jackett und ließ sich auf die Couch fallen. An seinem Hemd waren die obersten drei Knöpfe geöffnet und Anja erkannte einen in einer Goldfassung an einem ebensolchen Kettchen baumelnden Haifischzahn. »Komm, setz dich zu mir.«

Über seine Unverfrorenheit verblüfft schüttelte Anja den Kopf. Sein Benehmen war indiskutabel und der Ärger darüber war in ihrer Stimme unüberhörbar. »Was soll das, Carlo? Was willst du wirklich?«

»Was glaubst du denn?« Sein selbstsicheres Lächeln und sein Blick sagten mehr als tausend Worte. Dass er den Namen Özgan benutzt hatte, um sich Zutritt zu ihrer Wohnung zu verschaffen, fand Anja geschmacklos.

»Woher hast du eigentlich meine Adresse?«

Carlo breitete seine Arme aus und platzierte sie auf der Rückenlehne des Sofas. »Aus dem Teilnehmerverzeichnis des Tangokurses.«

»Aber das sind vertrauliche Informationen. Wieso hast du Einblick in das Teilnehmerverzeichnis?«

»Das ist ja nicht gerade ein Staatsgeheimnis. Ich kenne Pepe und Svenja schon lange und da sie für ihre Anfängerkurse immer Männer suchen …« Carlo beendete den Satz nicht und zuckte gleichgültig mit den Schultern.

In Tanzkursen für Anfänger und besonders bei Singlekursen herrschte immer ein Frauenüberschuss und deshalb waren die Tanzlehrer stets auf der Suche nach Männern, die das Missverhältnis ausglichen. Pepe und Svenja, die den Tangokurs leiteten, hatten Carlo dafür eine kleine Gefälligkeit erwiesen. Die Verletzung ihrer Persönlichkeitsrechte gefiel Anja allerdings ganz und gar nicht. »Ich glaube, du verstehst es nicht, Carlo, also sage ich es dir jetzt klar und deutlich: Ich bin nicht an dir interessiert.«

»Und? Willst du mir jetzt Handschellen anlegen und mich verhaften?«

Einen Augenblick sah Anja den ungebetenen Besucher überrascht an, dann wurde ihr klar, dass Carlo ihre Freundin Steffi ausgefragt hatte. Steffi hatte ihm nicht nur Anjas Facebook-Account verraten, sondern vermutlich auch ihren Beruf und garantiert die Tatsache, dass sie solo war. »Es reicht jetzt, Carlo. Schwing deinen Arsch vom Sofa und zieh Leine!«

Carlo erhob sich augenblicklich, doch er machte keine Anstalten zu gehen. »Du bist doch bei der Mordkommission. Arbeitest du an dem Özgan-Fall?«

»Woher weißt du davon?«

»Im Internet macht das längst die Runde. Der Name kam mir irgendwie bekannt vor und dann fiel es mir ein. Er war der Typ im Hausflur!«

»Und, was geht dich das an?«

Carlo ging einen Schritt auf Anja zu. Seinen Blick, den er über ihren Körper schweifen ließ, konnte sie fast auf ihrer Haut spüren. »Wissen deine Kollegen eigentlich von dem Streit zwischen dir und Özgan?«

Anja antwortete nicht, doch sie ahnte, worauf das Gespräch hinauslaufen würde.

»Özgan wurde ermordet.« Carlo kam noch einen Schritt näher. »Er hat dich im Hausflur belästigt und du hast ihn k.o. geschlagen. Vielleicht hast du ja später die Sache beendet, wer weiß? Du bist auf jeden Fall verdächtig und wenn deine Kollegen von dem Streit erfahren ...«

»Du mieses Dreckschwein!« Anjas Stimme war leise, aber schneidend scharf, doch Carlo ließ sich davon nicht beeindrucken.

»Keine Sorge, von mir erfährt niemand etwas.« Er wollte Anja umarmen, doch sie wich einen Schritt nach hinten aus. »Wir beide könnten einigen Spaß miteinander haben und ich würde schweigen wie ein Grab. Ich bin schließlich ein Gentleman.«

Wieder streckte er seine Hände aus und erneut wich Anja zurück. Ihr Herz hatte wild zu klopfen begonnen und ihr Atem beschleunigte sich. Carlos Erpressungsversuch trieb ihren Puls in die Höhe und sie war kurz davor zu explodieren. »Noch einen Zentimeter weiter, Carlo, und ich vergesse mich!«

»Aber nicht doch. Ich bin doch nicht so blöd wie der Türke. Ich will dich doch nicht vergewaltigen. Wir wollen doch beide unseren Spaß haben.«

»Mach, dass du rauskommst!« Ihre Augen blitzten, ihre Nasenflügel bebten und ihre Stimme war schärfer als ein Samurai-Schwert. »Solltest du mir noch einmal unter die Augen kommen, dann gnade dir Gott!«

Auch Anjas Drohung schien Carlo nicht sonderlich zu beeindrucken. »Überleg es dir, aber denk nicht zu lange nach. Wie gesagt, ich kann schweigen wie ein Grab, wenn du mit mir ins Bett gehst. Du bist doch bestimmt eine richtige Raubkatze.«

<><><>

Nach Bussards Meinung hätte Isa eigentlich *easy* heißen müssen. Ihm gefiel ihre unkomplizierte Art, auch wenn er sich anfangs über ihre Direktheit wunderte. Wenn er eine Frage stellte, antwortete sie offen und ohne Scheu. Sie nannte die Dinge beim Namen und drückte sich konkret aus, ohne viel Spielraum für Interpretationen zu lassen. Die meisten Frauen, die er getroffen hatte, verwendeten Bilder und Metaphern in ihrer Sprache. Sie deuteten an, umkreisten ein Thema, stellten doppelsinnige Fragen und erwähnten den Punkt, um den es eigentlich ging, beiläufig in einem Nebensatz. Was sie meinten, war für ein männliches Ohr oft nicht deckungsgleich mit dem, was sie sagten. Unglücklicherweise war das, was sie hörten, oft auch nicht deckungsgleich mit dem, was man sagte. Isa jedoch schien diese, für Männer meist schwer oder gar nicht zu verstehende Eigenschaft nicht zu besitzen. Nach der Begrüßung hatte Bussard sich ihr gegenüber an den Tisch gesetzt. Die Fotografin suchte nicht nach verräterischen Spuren an seinem Ringfinger und stellte auch nicht die scheinbar beiläufige Frage, ob Miriam ihrer Mutter von dem Gospelkonzert erzählt habe. Stattdessen sah sie Bussard in die Augen und fragte, ob er verheiratet sei, aus dem Stand, ohne Anlauf oder Aufwärmzeit.

Die Unterhaltung verlief ganz anders, als Bussard sich das vorgestellt hatte. Sie flirteten, scherzten und lachten miteinander, wobei Isa einen ziemlich schwarzen Humor offenbarte, doch sie sprachen auch über sehr persönliche Themen. Nach einer Stunde stellte Bussard verwundert fest, wie mühelos Isa ihm Antworten entlockte und wie leicht es ihm fiel, ihr Rede und Antwort zu stehen. Auf der anderen Seite wich sie keiner Frage aus und er spürte ihre Aufrichtigkeit in jedem ihrer Worte. Ihm war, als seien sie seit Jahren befreundet und vertrauten einander, obwohl es ihre erste Verabredung war.

»Du gefällst mir, Bussard ohne Vornamen.«

»Du gefällst mir auch, Isa, sogar sehr.«

»Tatsächlich?« Ihre Stimme hatte einen spöttischen Unterton, den ihre Augen jedoch Lügen straften.

»Ja, tatsächlich.« Bussard nickte lächelnd, doch es war ihm sehr ernst mit dem, was er zu sagen hatte. »Mir gefällt alles, was ich sehe, wenn ich dich anschaue. Das ist auch kein Wunder, denn du weißt selbst, dass du eine schöne Frau bist. Das Andere aber, das, was man nicht sieht, gefällt mir noch viel besser.«

»Was meinst du damit?«

»Das weiß ich selbst noch nicht so genau.« Bussards Lächeln verschwand für einen Augenblick, doch als er die gesuchte Erklärung fand, kehrte es sofort wieder zurück. »Mir gefällt dein Umgang mit mir. Ich habe das Gefühl, als könnte es zwischen uns überhaupt keine Missverständnisse geben. Alles ist so easy und ich habe mich schon sehr lange nicht mehr so gut gefühlt wie heute Abend.«

Er hob sein Glas und prostete ihr zu. »Danke, Isa. Ich bin wirklich froh, dich getroffen zu haben.«

»Und das ist alles?«

Bussards Lächeln wurde noch eine Spur breiter. »Abgesehen von deiner umwerfend erotischen Ausstrahlung?« Er schüttelte langsam den Kopf, weil er kaum glauben konnte, was gerade geschah. »Nein, Isa, das ist noch nicht alles, noch lange nicht.«

<><><>

Vor Wut bebend saß Anja auf ihrem Sofa, während ihr die wüstesten Schimpfworte durch den Kopf gingen. Carlo versuchte, sie zu erpressen und was er für sein Schweigen verlangte, war das Widerwärtigste, das sie jemals erlebt hatte. Nicht einmal Özgans tätliche Belästigung im Hausflur reichte an diese Niederträchtigkeit heran. Dass sich Carlo etwas zusammengereimt und mit seinem Schuss ins Blaue genau ins Schwarze getroffen hatte, war purer Zufall gewesen. Ihre emotionale Reaktion darauf war allerdings ziemlich dämlich gewesen. Anstatt die Sache herunterzuspielen und zu erklären, dass ihre Kollegen längst Bescheid wussten, hatte sie mit ihrer wütenden Erwiderung seine Vermutung nur bestätigt. Was sie jetzt aber tun sollte, wusste sie nicht. Dass sie Bussard über den abgebrochenen Fingernagel und die Lackreste in der Wunde auf Özgans Handrücken aufklären musste, stand außer Frage, doch Carlos Erpressungsversuch stand auf einem anderen Blatt. Es war eine schwere Straftat, die mit Gefängnis bedroht wurde, und jeder anderen Frau hätte sie sofort geraten, Anzeige zu erstatten, doch in der Rolle des Opfers gewann sie plötzlich eine andere Sichtweise. Sowohl der stinkende Hauseigentümer als auch der verabscheuungswürdige Tangotänzer hatten Anjas Persönlichkeitsrechte verletzt. Auch wenn sie mit ihrer Sexualität offen umging, war sie dennoch etwas Intimes, das die Kommissarin nicht ans Licht der Öffentlichkeit gezerrt sehen wollte. Dass Frauen zuweilen Opfer sexueller Belästigungen wurden, war leider mehr oder weniger an der Tagesordnung, doch zwei Angriffe auf ihr sexuelles Selbstbestimmungsrecht innerhalb einer Woche waren mehr, als sie ertragen wollte. Özgan war tot. Ihn konnte sie nicht mehr zur Rechenschaft ziehen, selbst wenn sie gewollt hätte, doch Carlo spazierte fröhlich durch die Weltgeschichte. Vermutlich fühlte er sich sogar noch ziemlich gut dabei, weil er glaubte, sie in der Hand zu haben. Seinem Gesicht nach zu urteilen, das er bei seinem Abgang zur Schau gestellt hatte, schien er nicht daran zu zweifeln, das zu bekommen, was er von ihr forderte.

»Aber nicht mit mir, du Scheißkerl!« Anja klappte ihr Notebook auf und überlegte, wonach sie suchen sollte. Seine Freundschaftsanfrage bei Facebook hatte sie abgelehnt, doch falls ihre Freundin Steffi ebenfalls eine Anfrage erhalten und bestätigt hatte, würde Anja zumindest sein Profil finden. Eine Minute später hatte sie ein grinsendes Gesicht unter dem Namen *Carlo M* auf ihrem Monitor. Eine Strafanzeige gegen ihn hatte sie in Gedanken bereits verworfen, nicht nur, um sich und ihre Persönlichkeitsrechte zu schützen, sondern auch, weil sie wusste, dass sie damit keinen Erfolg haben würde. Es gab keine Zeugen, nicht einmal Indizien, und er konnte bei einer Vernehmung einfach alles abstreiten, ohne dass sie das Gegenteil beweisen konnte, selbst wenn es die Wahrheit war. Mit seinem Facebook-Profil allerdings konnte sie auch nicht viel anfangen und die Google-Treffer gaben ebenfalls nicht viel her. Um mehr über ihn zu erfahren, musste sie den Rechner im Präsidium benutzen und eine Personenabfrage starten. Mit genügend Informationen würde sie schon herausfinden, wo seine schwache Stelle war und wie sie ihn empfindlich treffen konnte. Zur Not konnte Susanne ihr helfen. Für die EDV-Spezialistin gab es in der digitalen Welt kaum Geheimnisse, auch wenn deren

Aufdeckung nicht immer legal war. Susanne war ihre Freundin und Anja war sicher, dass sie ihr helfen würde, diesem Dreckskerl eine Lektion zu erteilen.

»Ich kriege dich, Carlo, und wenn ich dich an den Eiern habe, wirst du mich erst richtig kennenlernen!«

<><><>

Seine Haut vibrierte noch immer. Das Gefühl hielt schon den ganzen Tag an, seit er in ihrem Bett gelegen hatte. Er hatte sein Gesicht in ihr Kissen vergraben und ihre Decke bis zu den Ohren hochgezogen. Ob sie nackt schlief, wusste er nicht, doch es war Sommer und er vermutete, dass der größte Teil ihrer Haut mit der Bettdecke in Berührung gekommen war. Dieselbe Decke auf seiner Haut zu spüren, war überwältigend gewesen. Er hatte es ausgekostet, voll und ganz, und beinahe wäre ihm ein verhängnisvoller Fehler unterlaufen, denn er war in ihrem Bett eingeschlafen. Glücklicherweise war er nach wenigen Minuten wieder aufgewacht. Dass sie ihn überraschen würde, hatte er nicht befürchtet, denn sie arbeitete den ganzen Tag. Erst am Abend würde sie wieder zu Hause sein und alles so vorfinden, wie sie es am Morgen verlassen hatte. Es hatte ihm Mühe bereitet, wieder aus dem Bett zu steigen, denn am liebsten wäre er liegen geblieben, eingehüllt von ihrem Geruch und näher, als er ihr jemals zuvor gekommen war. Schließlich war er aber doch wieder aufgestanden, hatte Laken und Decke glattgestrichen, das Kissen aufgeschüttelt und sich davon überzeugt, dass alles so aussah wie zuvor. Sein Besuch in ihrer Wohnung hatte jedoch noch einen zweiten Grund, dem er sich anschließend widmete. Eine Stunde später war alles erledigt und als er schließlich die Tür hinter sich ins Schloss zog, war er sehr zufrieden.

Es war ein perfekter Tag gewesen, doch nun starrte er entsetzt auf das, was vor seinen Augen ablief. Er hatte das Gefühl, als würde ein Spiegel in seinem Inneren zerspringen, und die Scherben schnitten tief in seine Seele. Die Glückseligkeit, die er wenige Augenblicke zuvor noch verspürt hatte, war verschwunden. Wie vom Blitz getroffen saß er minutenlang reglos auf seinem Stuhl, bis endlich ein heiseres Flüstern aus seiner Kehle stieg: »Ich kriege dich!«

10

Bussard konnte sich nicht erinnern, wann er zum letzten Mal in einem fremden Bett aufgewacht war. Es könnte bei Helen gewesen sein, lange bevor sie geheiratet hatten. Als er die Augen aufschlug, sah er eine Schulter vor sich und er küsste die milchkaffeebraune Haut sanft. Isa reagierte nicht. Vermutlich schlief sie noch und ganz behutsam drehte er sich um. Seine Armbanduhr auf dem Nachttisch verriet, dass es kurz vor sieben Uhr morgens war. Er hatte nur drei oder vier Stunden geschlafen, doch er fühlte sich großartig. Am liebsten hätte er sich noch einmal umgedreht, Isa in den Arm genommen und den ganzen Tag mit ihr im Bett verbracht, doch er musste ins Präsidium. Statt einen dienstfreien Samstag zu genießen, musste er nach einem Mörder fahnden.

Nur zwei Minuten, dachte er und drehte sich doch noch einmal um. Er legte seinen Arm um ihren Körper, schmiegte sich an sie und schloss die Augen. In seinen Gedanken lief ein Film ab, in dem er die männliche Hauptrolle spielte. Nach dem Abendessen hatte er Isa nach Hause gebracht und während der Fahrt hatte sie einen Satz gesagt, den er zuerst nicht verstanden hatte: *Du gefällst mir, weil du ein einfacher Mann bist.* Den Ausdruck »einfach« hatte sie dabei als Kompliment gemeint. Er sei, so hatte sie erklärt, weder ein Macho noch ein Frauenversteher. Vielleicht verstünde er gerade deshalb mehr von Frauen als andere Männer und sie sei froh, ihn getroffen zu haben. Ebenso wie er hatte sie die vierzig schon überschritten und die zunehmende Lebenserfahrung hatte eine Desillusionierung mit sich gebracht. Vielleicht gab es heute noch Prinzen, aber sie waren so rar gesät, dass sich das Warten nicht lohnte. Trotzdem wünschte sie sich einen Mann an ihrer Seite, eine feste Beziehung mit einem Partner, der den Namen auch verdiente. Sie berichtete, dass sie eine Affäre mit einem Anwalt gehabt hatte. Fünfzehn Jahre habe diese Affäre gedauert. Jeder hatte dabei seine eigene Wohnung behalten, viel Freiraum und wenig Verpflichtung, doch irgendwann sei ihr klar geworden, dass es eben nur eine Affäre und keine Beziehung war. Das Ende der Affäre sei der Beginn ihres Single-Daseins gewesen, das ihr zwar nicht unerträglich, aber doch irgendwie leer erschien. Bussard hatte ihr in diesem Punkt nur beipflichten können. Auch er hatte das Gefühl, dass etwas Wesentliches in seinem Leben fehlte.

»Schade.« Er küsste ihre Schulter noch einmal, drehte sich um und stand auf.

Isa wandte den Kopf und sah ihn an. »Was ist schade?«

»Oh, ich wollte dich nicht wecken, aber ich muss leider los.«

»Was ist schade?«

»Schade, dass ich nicht den ganzen Tag mit dir im Bett verbringen kann.« Er setzte sich auf die Bettkante und küsste sie.

»Wie spät ist es?«

»Sieben.«

»Dann muss ich auch bald aufstehen. Hast du noch Zeit zum Frühstücken?«

»Nein, leider nicht, aber für einen Kaffee reicht's noch.«

Isa streckte sich und gähnte, dann sah sie ihn verschmitzt an. »Schade.«

»Was ist schade?«

»Dass du nicht den ganzen Tag mit mir im Bett verbringen kannst.«

<><><>

Kurz vor acht betrat Bussard sein Büro. Anja saß schon an ihrem Schreibtisch und als sie ihn ansah, spürte er sofort, dass etwas nicht in Ordnung war.

»Morgen, Anja, was gibt's?«

»Morgen, Bussard. Ich muss mit dir reden.«

»Okay.« Bussard zog seine Jacke aus und hängte sie über die Lehne seines Stuhls. »Ich bin ganz Ohr.«

Anja stand hinter ihrem Schreibtisch auf, ging auf Bussard zu und hob ihre rechte Hand. Der Nagel am Zeigefinger war wesentlich kürzer als die anderen. »Mir ist ein Nagel abgebrochen.«

»Und?«

»Es ist der Nagel, den Smirna am Tatort sichergestellt hat. Die Lacksplitter in Özgans Wunde stammen von mir.«

Bussard, der gerade zur Kaffeemaschine hatte gehen wollen, verharrte mitten im Schritt. Sein Gesicht war eine Maske der Verblüffung. »Von dir?«

»Ja, ich habe Mist gebaut.« Anja senkte den Blick und begann zu erzählen, was sich drei Tage zuvor in ihrem Hausflur zugetragen hatte. Sie schilderte Özgans tätliche Belästigung und ihre erfolgreiche Gegenwehr, bei der sie einen Teil ihres Fingernagels eingebüßt hatte.

Als Vorgesetzter hätte Bussard seiner Kollegin eine Standpauke halten müssen, weil sie für den Fall relevante Informationen unterschlagen hatte, doch an diesem Samstagmorgen fand er keinen Anlass, wütend zu sein. »Warum hast du das nicht gleich gesagt?«

»Du weißt doch selbst, wie das aussieht. Es gab eine Auseinandersetzung zwischen Özgan und mir und am nächsten Morgen ist er tot. Damit bin ich doch die

Nummer eins auf der Liste der Verdächtigen und du hättest mich von dem Fall abgezogen.«

»Natürlich hätte ich das. Du kennst die Vorschriften.«

Anja nickte schuldbewusst. »Ich weiß, aber ich wollte nicht, dass das bekannt wird.«

»Warum nicht?«

»Weil die Geschichte dann die Runde gemacht hätte. Du kennst doch die Kollegen. Jeder hätte irgendeinen blöden Spruch parat gehabt und das wollte ich vermeiden.«

Bussard wusste, dass Anja recht hatte. Bei Straftaten gegen die sexuelle Selbstbestimmung hatten die Opfer fast immer doppelt zu leiden. Zur eigentlichen Tat kam ein Spießrutenlaufen, weil viele dem Opfer eine Mitschuld zusprachen. Ein etwas tieferer Ausschnitt, ein kurzer Rock oder eine eng sitzende Jeans genügten als Anlass, um dem Täter Verständnis entgegenzubringen, weil das Opfer die Tat damit selbst herausgefordert habe. Anzügliche Bemerkungen oder abfällige Blicke waren die Folgen, die Opfer zu tragen hatten, ganz zu schweigen von der Scham bei der Vernehmung oder bei der Verhandlung vor Gericht.

»Und? Ziehst du mich jetzt von dem Fall ab?«

Bussard dachte eine Weile nach, doch dann schüttelte er den Kopf. »Nicht, wenn du mir folgende Frage wahrheitsgemäß beantwortest: Hast du Yavuz Özgan ermordet?«

»Nein, natürlich nicht!« Anja war erschrocken, dass Bussard die Frage überhaupt gestellt hatte, doch sie wusste, dass es notwendig gewesen war.

»Okay, aber wir brauchen eine Lösung.« Wieder dachte er eine Weile nach und schließlich nickte er. »Der abgebrochene Nagel und der Nagellacksplitter sind in der Akte dokumentiert. Das können wir nicht einfach löschen. Jetzt, da ich weiß, dass beides von dir stammt, muss das auch in der Akte vermerkt werden. Du fertigst eine schriftliche Aussage an und gibst sie mir persönlich. Schreib, dass du dir im Hausflur den Fingernagel abgebrochen hast. Özgan ist dir begegnet und du hast ihn versehentlich gekratzt. Es war eine Unachtsamkeit, nichts weiter. Den sexuellen Übergriff lässt du weg. Ich werde deine Aussage selbst abheften, aber das könnte unter Umständen ein paar Tage dauern. Vielleicht haben wir bis dahin den Täter schon überführt und dann interessiert es niemanden mehr. Smirna muss allerdings Bescheid wissen. Ich werde mit ihm reden.«

»Warum muss Smirna Bescheid wissen?«

»Weil er die Beweismittel gesichert hat. Wenn er weiß, dass sie für den Fall keine Relevanz mehr haben, wird er auch die Füße stillhalten.«

Die Kommissarin sah ihren Vorgesetzten skeptisch an, doch Bussard antwortete mit einem Lächeln: »Keine Sorge, Bertold und ich sind schon lange befreundet. Er wird die Sache nicht an die große Glocke hängen.«

Anja hätte eigentlich erleichtert sein sollen. Sie wusste selbst nicht, warum sie ihrem Chef nicht von Anfang an vertraut hatte. Bussard war in manchen Dingen etwas eigen, doch als Vorgesetzten hätte man sich keinen besseren wünschen können. Als sie ein Jahr zuvor in seiner Abteilung angefangen hatte, war ihr erster Eindruck von ihm ein anderer gewesen. Der Mann mit den zu langen Haaren, der immer Jeans, Cowboystiefel und Lederjacke trug, hatte auf sie wie ein Einzelgänger gewirkt, der sich wenig oder überhaupt nicht um andere scherte. Im Lauf der Zeit hatte sie jedoch erkennen müssen, dass sie mit ihrer Einschätzung falsch lag. Er konnte ein harter Hund sein, wenn er einen Täter jagte, und seine Alleingänge waren nicht immer sinnvoll, doch jeder, der für ihn arbeitete, konnte sich bedingungslos auf ihn verlassen. Als

Vorgesetzter stellte er sich immer vor seine Leute und hielt als Erster den Kopf hin, wenn Ärger drohte. Bei ihrem ersten gemeinsamen Fall war ihr ein schwerer Fehler unterlaufen, denn in einer Gefahrensituation, bei der es zu einem Schusswechsel gekommen war, hatte sie ihre Waffe nicht schnell genug ziehen können, weil sie ihre Dienstpistole in ihrer Handtasche mit sich geführt hatte, anstatt sie am Körper zu tragen. Bussard hatte damals schnell genug reagiert und ihnen beiden das Leben gerettet. Er hatte sich dabei einen Streifschuss an der Schulter zugezogen und trotzdem hatte er später erklärt, er habe lediglich schneller gefeuert als seine Partnerin, für die der Schusswaffengebrauch daraufhin nicht mehr notwendig gewesen sei. Mit seiner Darstellung der Ereignisse hatte er ihr eine Menge Ärger mit der Inneren Abteilung und einen Eintrag in ihre Personalakte erspart.

»Noch etwas?«

Die Kommissarin hatte den ersten Schritt getan, doch es musste noch ein zweiter folgen, ob sie wollte oder nicht. »Ja, Bussard, es gibt noch etwas, das du wissen musst, aber du musst mir versprechen, dass es unter uns bleibt.«

»Wie soll ich dir etwas versprechen, wenn ich nicht weiß, worum es geht?«

»Es ist … ziemlich heikel.«

»Betrifft es den Özgan-Fall?«

»Ja.«

»Du machst es mir nicht leicht, Mädchen.«

Anja lehnte sich gegen die Kante ihres Schreibtischs und sah zu Boden. Sie wusste nicht, wie sie beginnen sollte, denn ihr Vorgesetzter hatte ihr das erhoffte Versprechen nicht gegeben. »Bitte, Bussard, es ist … schwierig.«

»Vertrauen gegen Vertrauen.« Bussard zuckte mit den Achseln. »Du erzählst es mir und ich entscheide, ob es unter uns bleiben kann. Versprechen kann ich es dir nicht, schon gar nicht, wenn es unseren Fall betrifft.«

»Und wenn ich es dir als Freund erzähle und nicht als meinem Vorgesetzten?«

Der Kommissar schüttelte unwillig den Kopf. Er mochte es nicht, wenn jemand gackerte, ohne ein Ei zu legen. »Rede nicht um den heißen Brei, Anja. Sag mir, was ich wissen muss!«

»Also gut.« Die Kommissarin atmete noch einmal tief durch, dann sah sie auf und setzte zu der notwendigen Erklärung an. »Es gibt einen Zeugen.«

Einen Moment lang war Bussard zu verblüfft, um etwas zu erwidern. Der Morgen hielt einige Überraschungen parat. »Einen Zeugen für den Mord an Özgan?«

»Nein, einen Zeugen für Özgans Übergriff auf mich. Sein Name ist Carlo. Ich habe ihn beim Tanzkurs kennengelernt. Er kam gerade in dem Augenblick, als ich Özgan abgewehrt hatte.«

»Und er hat gesehen, was passiert ist?«

»Ich denke schon. Die Haustür war offen und plötzlich stand er im Flur.«

»Weiß er, dass du in dem Fall ermittelst?«

»Ja.«

»Woher?«

»Keine Ahnung. Ich glaube, er hat sich das zusammengereimt, weil er weiß, dass ich bei der Kripo bin.«

»Hast du seine Aussage aufgenommen?«

»Nein, ganz im Gegenteil.«

»Was heißt im Gegenteil?«

Wieder senkte Anja den Blick. Es fiel ihr schwer, Bussard in die Augen zu sehen, denn sie wusste, dass sie allein für die Scherereien verantwortlich war, die sie sich eingebrockt hatte. »Er wusste, dass ich die Sache verschweigen würde. Nachdem ich Özgan unschädlich gemacht hatte, fragte Carlo, ob ich Özgan nicht verhaften würde. Ich sagte, dass das nur unnötige Schreibarbeit mit sich bringen würde und dass ich die Sache auf sich beruhen lasse, weil Özgan ohnehin nicht mit einer Strafe zu rechnen hätte.«

Bussard runzelte die Stirn. Auch wenn Anja nicht für den Mord an ihrem Vermieter verantwortlich war, verkomplizierte sich der Fall. Um seine Partnerin zu schützen und ihr unter Umständen ein Dienstaufsichtsverfahren zu ersparen, musste er tief in die Trickkiste greifen. »Wir machen es wie besprochen. Du fertigst deine Aussage an. Allerdings funktioniert die Version mit dem versehentlichen Kratzer jetzt nicht mehr, denn mit dem Zeugen könnte dir die Sache um die Ohren fliegen. Schreib auf, was passiert ist und datiere deine Aussage auf den Donnerstag, das ist wichtig. Benenne auch diesen Carlo als Zeugen. Kennst du seinen Nachnamen?«

»Nein.«

»Umso besser. Solange dieser Carlo nicht von sich aus zu uns kommt, bleibt deine Aussage unter Verschluss. Wenn es blöd läuft, kann ich später behaupten, dass ich deine Aussage am Donnerstag erhalten habe und dass wir Carlos Identität nicht kannten. Deine Aussage ist dann versehentlich im falschen Ablagefach anstatt in der Akte gelandet.«

Anja schüttelte den Kopf. »Das ist leider noch nicht alles.«

»Was kommt jetzt noch?« Bussard sah seine Partnerin argwöhnisch an. »Irgendwie habe ich das Gefühl, als wolltest du die Grenzen meiner Geduld austesten.«

»Ich habe doch gesagt, dass es schwierig ist.«

»Was ist schwierig?«

»Carlo erpresst mich.« Wieder schlug Anja die Augen nieder, doch diesmal sah sie wieder auf. »Falls ich nicht mit ihm ins Bett gehe, will er eine Aussage machen.«

»Das ist nicht dein Ernst!«

»Doch ... leider.«

»Ich fasse es nicht!« Bussard wandte sich ab und ging zum Fenster. Während draußen ein schöner Sommermorgen seinen Lauf nahm, breitete sich das Chaos in seinem Büro aus. Unwillig trommelte er mit seinen Fingern gegen die Scheibe, dann drehte er sich wieder um. »Ist dir eigentlich klar, was du da angerichtet hast? Erpressung ist ein schwerer Straftatbestand, der auch dann verfolgt wird, wenn das Opfer keine Anzeige erstattet, und du verlangst von mir, dass ich das unter den Teppich kehre?«

Anja nickte, hob aber gleichzeitig abwehrend die Hände. »Die Erpressung lässt sich sowieso nicht beweisen. Es steht Aussage gegen Aussage und Carlo wird nicht so blöd sein, die Erpressung zuzugeben.«

»Und was soll ich jetzt deiner Meinung nach tun?«

»Ich ... weiß es selbst nicht. Irgendwie ist das Ganze völlig dumm gelaufen.«

»Das kannst du laut sagen.« Bussard setzte sich hinter seinen Schreibtisch. Er hatte ein Ermittlungsergebnis und wusste sowohl, wem der sichergestellte Fingernagel gehörte als auch, von wem die Nagellackspuren in Özgans Wunde stammten, doch die Erkenntnis zog mehr Ärger nach sich als ihm lieb war. Ein Fehler, den man erkannte, aber nicht korrigierte, zog fast immer Folgefehler nach sich. Anja hatte Mist gebaut, der schon wie ein ganzer Güllewagen roch und sie würde eine Menge Parfüm brauchen, um den Gestank zu überdecken. Eine gute Portion Glück konnte auch nicht schaden, wenn sie heil aus der Sache herauskommen wollte. »Sieh zu, dass du die Identität von diesem Carlo klärst, aber diskret. Ich werde in der Zwischenzeit darüber nachdenken, wie wir ihm auf die Finger hauen.«

<><><>

Kaya Yilderim wurde bundesweit zur Fahndung ausgeschrieben, doch Bussard bezweifelte, dass man seiner habhaft werden konnte. Falls der Gesuchte Özgan ermordet hatte, war er vermutlich längst ins Ausland geflüchtet, und jenseits des Bosporus standen die Chancen auf seine Ergreifung schlecht. Einige Kandidaten auf der Liste der Verdächtigen wurden jedoch im Lauf des Samstags zur Vernehmung vorgeführt. Die Ermittler wussten, dass jeder von ihnen Özgans Dienste als Geldverleiher in Anspruch genommen hatte. Sahin hatte berichtet, dass die Schuldner ihre Raten immer pünktlich zahlten, weil jemand hinter Özgan gestanden hatte, mit dem sich niemand anlegen wollte. Keiner der Vernommenen sprach darüber, doch aus ihren Reaktionen konnten Bussard, Anja und Sahin, der die Vernehmungen aus dem Überwachungsraum verfolgte, um nicht als verdeckter Ermittler enttarnt zu werden, schließen, dass es sich bei dem großen Unbekannten um Kaya Yilderim handelte. Er war die graue Eminenz im Hintergrund, doch niemand wusste, wohin die Fäden führten, die er zog.

Gegen vierzehn Uhr trafen sich die Mitglieder der Ermittlungsgruppe Gewaltverbrechen sowie Ilkay Sahin zu einer Besprechung. Im Lauf des Vormittags waren alle Verdächtigen auf Özgans Schuldnerliste ohne nennenswertes Ergebnis vernommen worden, während Wegner und Stemmer Alibis überprüft hatten. Von den Kollegen unbemerkt steckte Anja Bussard einen Zettel mit einem Namen zu, bevor der Kommissar die Besprechung eröffnete.

»Seit zweieinhalb Tagen sind wir an dem Fall dran und wir haben nichts, überhaupt nichts.« Bussard war mit dem Ergebnis der Ermittlungen alles andere als zufrieden. »Wir haben keine Zeugen und die Verdächtigen auf der Liste können wir streichen, weil wir keinen einzigen Anhaltspunkt haben, dass sich einer von ihnen zur Tatzeit auch nur in der Nähe des Tatorts aufgehalten hat. Wir haben in der Tatwohnung keine Täterspuren sichergestellt und bei Hamid Özgan können wir davon ausgehen, dass er seinen Bruder nicht getötet hat. Alles, was wir haben, ist der Name eines Mannes, über den wir so gut wie nichts wissen. Was, zum Teufel, machen wir hier eigentlich?«

»Es gibt noch mehr schlechte Nachrichten.« Anja hatte am Tag zuvor ihre guten Kontakte genutzt, um mehr über Özgans Geschäfte in Erfahrung zu bringen. »Die Kollegen vom Wirtschaftsdezernat hatten sich einen richterlichen Beschluss besorgt, um die Geschäftsräume dieses türkischen Vereins zu durchsuchen, aber sie haben nichts gefunden.«

»Was heißt nichts?«

»Es gibt zwar eine Adresse, aber keine Geschäftsräume, nicht einmal einen Briefkasten. Neben Yilderim sind noch acht weitere Personen als Gründungsmitglieder des Vereins beim Amtsgericht registriert, doch es sieht so aus, als wären das alles nur Strohmänner. Vielleicht existieren sie nicht einmal als reale Personen. Es gibt keinerlei Informationen über die Leute, einfach gar nichts. Der Verein ist im wahrsten Sinne des Wortes getürkt.«

»So was wie eine Scheinfirma?«, fragte Stemmer und Anja nickte.

»Ein Scheinverein, sozusagen. Über die Finanzen ist derzeit nichts bekannt. Das wird wohl noch ein paar Tage dauern, aber ich kann mir gut vorstellen, dass sich auf dem Vereinskonto, falls es überhaupt existiert, kein Guthaben befindet. Yilderim wird die Gelder längst in die Türkei transferiert haben.«

Bussard schüttelte unwillig den Kopf. Dass Özgan und Yilderim krumme Geschäfte gemacht hatten, war offensichtlich. Der vorgebliche Teppichhandel hatte entweder dazu gedient, den Handel mit illegalen Waren zu verschleiern oder Geld zu waschen. Spuren hatten die beiden jedoch kaum hinterlassen, abgesehen von den Buchhaltungsunterlagen, die so viel wert waren wie ein Dreißigeuroschein. Die ganze Geschichte war so glatt, dass die Ermittler keinen einzigen Punkt hatten, an dem sie einhaken oder einen Hebel ansetzen konnten.

»Özgan ist tot, Yilderim ist verschwunden und wir haben überhaupt nichts in der Hand.« Bussard sah in die Runde und die ratlosen Gesichter seiner Mitarbeiter spiegelten den dürftigen Ermittlungserfolg wider. »Wir müssen das Pferd von der anderen Seite aufzäumen. Wenn wir auf der Täterseite nicht weiterkommen, müssen wir es auf der Opferseite versuchen. Wir brauchen ein lückenloses Profil von Yavuz Özgan. Wir müssen alles wissen, was es über ihn zu wissen gibt, vom Dreck unter seinen Fingernägeln bis zur Marke seiner Zahnpasta, falls er welche benutzt hat. Anja, du besorgst uns dieses Profil. Du wirst mit Ilkay zusammenarbeiten. Er kümmert sich um Özgans Privatleben und du nimmst dir die Finanzen noch einmal vor. Ihr beiden durchforstet alles bis zu Özgans erstem Schultag, wenn es sein muss.«

Sahin nickte Anja lächelnd zu, dann wandte er sich an Bussard. »Morgen ist Sonntag.«

»Ich weiß. Es ist mir auch klar, dass ihr Zeit dafür braucht, aber je länger es dauert, desto kälter werden die Spuren.« Der Kommissar deutete mit dem Finger auf die EDV-Spezialistin. »Susanne, du übernimmst den digitalen Özgan. Durchforste das Internet, die sozialen Netzwerke und so weiter. Denk auch an die Telefonverbindungen und geh so weit zurück wie du nur kannst.«

»Okay.«

»Julian und Sasha, ihr beiden nehmt euch die Zeugen vor, die unseren Verdächtigen von Özgans Liste Alibis gegeben haben. Schüttelt an jedem Baum. Irgendwo wird vielleicht etwas herunterfallen. Vielleicht ist Yilderim doch nicht unser Mann und wir hatten den Mörder schon zur Vernehmung hier, ohne es zu wissen.«

»Alles klar.«

Wieder sah Bussard in die Runde, doch diesmal erkannte er zumindest einen Anflug von Zuversicht in den Gesichtern. »Okay, Leute, nutzt den Tag! Den Sonntag müsst ihr nicht opfern, er sei euch gegönnt, aber bis Montagabend will ich Ergebnisse sehen. Dann will ich einen gläsernen Özgan haben, verstanden?«

Alle Anwesenden nickten wortlos, nur Sahin hatte noch eine Frage. »Und was machst du, Bussard?«

Stirnrunzelnd betrachtete der Kommissar seinen Kollegen, dann hellten sich seine Züge langsam auf. »Ich kaufe Pralinen.«

<><><>

In einem Supermarkt kaufte Bussard zwei Schachteln Pralinen und fuhr anschließend in die Uniklinik. Die kleine Aufmerksamkeit nahm ihm nichts von dem diffusen Gefühl der Schuld, die er Sanya Özgan gegenüber verspürte. Dass es sich nicht um eine persönliche Schuld handelte, war ihm klar, doch die Konstellation der Ereignisse, die das Schicksal oder der alte Mann mit dem weißen Bart, den man Gott, Allah oder sonst wie nennen mochte, hatte ihn mit der jungen Türkin auf eine Weise verknüpft, die einen Schatten auf sein Gewissen warf. Mit einer Pralinenschachtel in der Hand erkundigte er sich an der Pforte nach der Zimmernummer. Fünf Minuten später betrat er die Station der

Chirurgie, wo, wie er hoffte, Sanya Özgan ihrer Genesung entgegensah. Im Stationszimmer wies er sich als Kripobeamter aus und als der Dienst habende Arzt ihm versicherte, dass die Patientin den Umständen entsprechend wohlauf und außer Lebensgefahr sei, spürte Bussard die Erleichterung fast körperlich. Die Redensart, wonach jemandem ein Stein vom Herzen fiel, beschrieb sein Gefühl in diesem Augenblick haargenau.

Nur eines der drei Betten war belegt, als Bussard nach einem leisen Klopfen das Zimmer betrat. Entgegen seiner Erwartung hatte die Patientin keinen Besuch. Mit geschlossenen Augen lag sie auf dem Rücken und atmete ruhig und gleichmäßig. Ohne ein Geräusch zu verursachen schlich der Kommissar zu dem Nachttisch neben ihrem Bett. Er platzierte die Pralinen auf der Ablage und legte eine Visitenkarte dazu. Es war nicht nötig, die junge Türkin zu wecken, deren Gesicht blass und erschöpft wirkte. Hamid Özgan war verhaftet und geständig und der Kommissar benötigte die Aussage des Opfers nicht wie sonst so schnell wie möglich. Ohne Ermittlungsdruck konnten er oder Anja mit Sanya auch in einigen Tagen über den Tathergang sprechen. Bussard hoffte, dass ihre körperlichen Verletzungen bald abheilen und ihre Unversehrtheit schnellstens wiederhergestellt sein würden, abgesehen von den Narben, die das Messer hinterlassen hatte. Die junge Mutter hatte drei Kinder, deren Vater auf Jahre hinaus sein Dasein in der Justizvollzugsanstalt fristen würde. Wie es um die verletzte Seele der Frau stand, konnte der Kommissar nicht einschätzen. Im Alter von fünfzehn Jahren war sie mit einem ihr unbekannten Mann verheiratet worden und in ihrer jüngeren Vergangenheit hatte es das Leben nicht gut mit ihr gemeint. Von ihrem Schwager missbraucht, war sie von ihrem Mann des Ehebruchs bezichtigt und niedergestochen worden, was sie nur mit knapper Not überlebt hatte. Dass sie jedoch keinen Besuch hatte, war für Bussard kein gutes Zeichen. Er hatte zumindest zwei, drei Frauen erwartet, die um das Bett saßen, um der Verletzten Trost zu spenden und Kraft zu geben, wie es in Familien, die aus dem orientalischen Kulturkreis stammten, üblich war. Der Zusammenhalt unter den Verwandten und der Beistand, den zu spenden sie immer bereit waren, bedeuteten vor allem für Familien moslemischen Glaubens eine nie versiegende Quelle der Kraft. Vielleicht hatte Bussard nur zufällig einen Augenblick erwischt, in dem die schlafende Türkin allein war, vielleicht hatte man aber auch die vermeintliche Ehebrecherin aus dem Kreis der Familie ausgestoßen. Hamid Özgan galt in seinen Kreisen als Fundamentalist und der Kommissar konnte nicht einschätzen, nach welchen moralischen Werten die Verwandten Täter und Opfer beurteilten. Ein Toter, eine Schwerverletzte und ein inhaftierter Gewalttäter stellten jedoch jede Familie auf eine harte Probe, ganz gleich, welchem Glauben oder welcher Weltanschauung sie anhing. Mit einem geflüsterten »Gute Besserung« verließ der Kommissar das Patientenzimmer.

Eine halbe Stunde später läutete Bussard an der Tür zu einer Wohnung, die er noch nie betreten hatte, obwohl er die Bewohnerin seit vielen Jahren kannte. Als ihm geöffnet wurde, sah ihn die kleine, rundliche Frau mit großen Augen an. »Bussard, was machst du denn hier?«

»Hallo, Gabi. Hast du ein paar Minuten Zeit für mich?«

»Ich, äh ... ja, sicher. Komm rein. Ich bin nur überrascht, dich zu sehen.« Sie zog die Tür auf und trat zur Seite. »Es tut mir leid, aber ich habe nicht mit Besuch gerechnet. Wenn ich gewusst hätte, dass du kommst ...«

Die Schachtel, die Bussard hinter seinem Rücken hervorzog, ließ Gabis Augen leuchten. »Oh, du hast Pralinen mitgebracht. Das ist aber nett!«

»Ich weiß doch, was du magst.« Bussard betrat den Wohnungsflur und Gabi schloss die Tür.

»Es wäre mir recht, wenn du die Schuhe ausziehen würdest. Das macht dir doch nichts aus, oder?«

»Nein, schon gut.« Der Kommissar zog seine Stiefel aus, die Gabi nahezu millimetergenau nebeneinander unter die Garderobe stellte.

»Komm rein. Kann ich dir etwas anbieten, einen Kaffee vielleicht?«

»Kaffee? Oh ja, das ist eine gute Idee.« Er ließ sich ins Wohnzimmer führen und nahm auf einem Sessel Platz, während Gabi in die Küche ging und Kaffee aufsetzte.

Die Einrichtung der Wohnung sah genauso aus, wie Bussard vermutet hatte. Alles stand, lag oder hing exakt an seinem Platz. Es gab nichts Achtloses oder Provisorisches, was später seinen Platz in einem Schrank oder einer Kommode gefunden hätte. Keine Jacke hing über einer Lehne, keine Fernsehzeitschrift lag auf dem Tisch und nicht einmal ein Sofakissen war verrutscht. Obwohl der Raum schön eingerichtet und mit Nippes-Figuren, einer Tiffani-Lampe und Porzellanpuppen geschmückt auf den ersten Blick gemütlich aussah, offenbarte sich dem Betrachter auf den zweiten Blick eine Genauigkeit, die ihresgleichen suchte. Die Blumentöpfe auf der Fensterbank wiesen ebenso die exakte Entfernung zueinander auf wie die Sofakissen. Keiner der beiden Sessel stand auch nur einen Zentimeter näher beim Tisch als sein Pendant und bei dem Häkeldeckchen gab es keine Ecke, deren Entfernung zur Tischkante größer gewesen wäre als die der Gegenseite. Das Maß der Genauigkeit korrespondierte auf selbstverständlich anmutende Weise mit der Sauberkeit, die in der Wohnung herrschte. Nirgends fand sich ein Stäubchen, ein Krümel oder ein Fussel. Alle Oberflächen waren auf Hochglanz poliert und Bussard fragte sich, was wohl sein Kollege Smirna von der KTU gesagt hätte, wenn die Wohnung ein Tatort gewesen wäre.

Mit einem Tablett beladen kehrte Gabi ins Wohnzimmer zurück. »Wie trinkst du deinen Kaffee?«

»Schwarz und süß.«

Sie platzierte das Tablett auf dem Tisch, legte mehrere Untersetzer zurecht, auf die sie Kanne, Tassen samt Untertassen und Löffel, Zuckerdose und Milchkännchen stellte, und goss ihrem Gast aromatisch duftenden Kaffee ein. Genau die Mitte des Sofas wählend setzte sie sich ihm gegenüber. Nachdem Bussard sein Getränk gesüßt und sie ihres mit Milch versehen hatte, sah sie ihn gespannt an. »Ich weiß, dass du nicht zum Plaudern gekommen bist, Bussard. Also, was ist so eilig, dass es nicht bis Montag warten kann?«

Es war nicht schwierig gewesen, die Absicht des Kommissars zu erraten. Gabi Tröger leitete das Archiv der Freiburger Polizei, was ihr eine Arbeitswoche bescherte, die von Montagmorgen bis Freitagnachmittag dauerte. Wochenenddienste gab es für die Archivarin nicht. Zu Beginn ihrer Karriere war sie selbst Ermittlerin gewesen, hatte diesen Job, bei dem man mit anderen zusammenarbeiten musste, jedoch nicht zur Zufriedenheit ihrer Kollegen ausführen können. Ihre Akribie und ihr Hang zur Perfektion, die selbst vor den ungespitzten Bleistiften auf den Schreibtischen ihrer Kollegen nicht haltgemacht hatten, waren für manche unerträglich gewesen. Gabi hatte sich als nicht teamfähig erwiesen, obwohl sie im Grunde eine gute Polizistin und Ermittlerin gewesen war. Ihre außerordentlichen Fähigkeiten kamen jedoch erst richtig zur Geltung, als man sie ins Archiv versetzte. Sie verfügte über ein phänomenales Gedächtnis, das bei der Freiburger Polizei seinesgleichen suchte. Gabi vergaß weder einen Namen noch ein Datum oder ein dazugehöriges Ereignis. Bevor sie in ihrem Reich eine Akte ablegte, las sie den Inhalt von der ersten bis zur letzten Seite, jedes Vernehmungsprotokoll, jeden KTU- oder Obduktions-Bericht, jedes Beweismittelverzeichnis und selbst jede handschriftliche Notiz. All dies speicherte sie auf erstaunliche Weise in ihrem Gedächtnis, von wo aus sie jede Information jederzeit wieder abrufen konnte.

Bussard beugte sich vor, stützte die Ellenbogen auf die Knie und verschränkte die Hände. »Es ist nicht nur eilig, es ist auch vertraulich.«

Gabi sah ihr Gegenüber interessiert an, kommentierte die Gesprächseröffnung jedoch nicht. Sie wusste, dass Bussard keinerlei Zweifel an ihrer Verschwiegenheit hegte. Die beiden Beamten kannten einander seit Jahren und konnten sich gegenseitig bedingungslos aufeinander verlassen.

»Sagt dir der Name Özgan etwas?«

»Natürlich. Ich habe gehört, dass Yavuz Özgan ermordet wurde. Du leitest doch die Ermittlungen in dem Fall.«

»Stimmt. Was weißt du über ihn?«

Die Archivarin dachte einen Moment nach, dann schüttelte sie den Kopf. »Tut mir leid, Bussard, aber wenn ich mich richtig erinnere, ist sein Name noch nie bei einer Ermittlung aufgetaucht.«

Bussard konnte sich nicht daran erinnern, dass Gabi sich jemals geirrt hatte. »Was ist mit Hamid Özgan?«

»Der Mann, der gestern seine Frau niedergestochen hat?«

»Das weißt du auch schon?«

Halb tadelnd und halb amüsiert sah die Archivarin den Kommissar an. »Du weiß doch, dass die Wände im Präsidium Ohren haben, aber ich muss dich noch einmal enttäuschen. Hamid Özgan ist mir auch noch nie untergekommen.«

Bussard nickte. Beide Brüder waren nicht vorbestraft, und dass ihre Namen bei anderen Fällen als Zeugen oder Opfer niemals aufgetaucht waren, war nicht ungewöhnlich. Er hatte auch nicht unbedingt darauf gehofft, über die Brüder Neues zu erfahren, denn der Grund seines Besuches war ein anderer. »Das war der offizielle Teil. Der nächste Name muss allerdings unter uns bleiben. Es geht um einen Mann, der in unserer Datenbank als unbeschriebenes Blatt erscheint: Carlo Manz.«

»Carlo Manz ... ja, da klingelt etwas ... lass mich einen Augenblick nachdenken.« Gabi lehnte sich zurück und Bussard hatte das Gefühl, als würde sie durch ihn hindurchsehen. Wenige Sekunden später nickte sie. »Ja, genau, Carlo Manz. Es gab ein Ermittlungsverfahren gegen ihn. Das muss im Jahr 2013 gewesen sein. Er wurde beschuldigt, eine Frau sexuell genötigt zu haben. Die Anzeige wurde jedoch zurückgezogen und es gab kein Strafverfahren. Auf seinen Antrag hin wurden später alle Daten, die den Fall betrafen, gelöscht.«

»Erinnerst du dich an den Namen der Frau, die damals Anzeige erstattet hat?«

»Natürlich. Sie hieß Bernadette Mainau.« Die Archivarin lächelte vor sich hin. »Es könnte sein, dass ihre Eltern die Flitterwochen am Bodensee verbracht haben.«

»Wie kommst du darauf?«

»Vielleicht ist es nur ein Zufall, aber auf der Insel Mainau gibt es einen botanischen Garten, den Graf Bernadotte anlegen ließ. Für mich klingt Bernadette

Mainau immer nach tropischen Pflanzen. Der Garten ist wirklich herrlich.«

»Ist diese Bernadette Mainau aus Freiburg?«

»Das weiß ich nicht, aber damals wohnte sie in der Hildastraße, ganz in der Nähe des Wiehrebahnhofs.«

Der Kommissar betrachtete kopfschüttelnd die wie immer adrett gekleidete und perfekt frisierte Frau, die langsam auf die sechzig zuging. »Eigentlich sollte ich es längst besser wissen, aber trotzdem erstaunst du mich immer wieder.«

»Ich erstaune dich auch gerne in Zukunft, solange du mir Pralinen mitbringst.« Ihre rundliche Figur verriet, dass sie Süßigkeiten nicht immer widerstehen konnte, und Bussard wusste, dass sie Pralinen liebte.

Die Informationen über Carlo Manz bestätigten Anjas Geschichte, auch wenn sie keinen Beweis für eine Erpressung lieferten. Das damalige Ermittlungsverfahren war zumindest ein Indiz, selbst wenn die Daten später gelöscht worden waren. Der Kommissar trank seinen Kaffee aus und stand auf. Dass Gabi nicht nachfragte, wozu er Informationen über Carlo Manz benötigte, war neben ihrem phänomenalen Gedächtnis eine jener Eigenschaften, die er besonders an ihr schätzte. Als sie sich erhob, trat er auf sie zu und küsste sie auf die Wange. »Danke, vielmals, Gabi. Du bist ein Goldstück!«

Im Flur zog er seine Stiefel an und wollte sich verabschieden, doch die Archivarin hatte noch eine Überraschung für ihn. »Carlo Manz ist damals erkennungsdienstlich behandelt worden.«

In der polizeilichen Datenbank hatte Bussard nichts Derartiges gefunden, was, wie er gerade erfahren hatte, auf die von Manz beantragte Löschung zurückzuführen war. »Seine Fingerabdrücke sind nicht mehr in unserem System.«

»Ich sagte doch, dass alle Daten, die den Fall betrafen, gelöscht worden sind.«

»Und?«

»Wer weiß?« Gabi warf Bussard einen verschmitzten Blick zu und zuckte unschuldig mit den Schultern. »Vielleicht schlummert irgendwo in den Tiefen des Archivs noch eine alte Akte.«

<><><>

Den Mann kannte er nicht, doch er wusste, dass er einer ihrer Kollegen war. Das schloss er aus ihren Worten. Sie hatte mit ihm telefoniert und darüber gesprochen, dass sie am Montag getrennt arbeiten, sich später aber zusammensetzen sollten, um ihre Erkenntnisse auszutauschen, bevor sie anschließend ihre Ergebnisse präsentierten. Sein Name war Ilkay, doch er wusste nichts weiter über ihn. Ilkay war kein deutscher Name, aber das wunderte ihn nicht.

Versonnen betrachtete er ihr schönes Antlitz und wieder einmal fand er bestätigt, was ihm vom ersten Augenblick an klar gewesen war. Sie war die schönste Frau, die er jemals gesehen hatte. Nur allzu gerne hätte er sie weiterhin angesehen, doch der Abend war bereits angebrochen und es gab etwas, das er erledigen musste. Wenn die Pflicht rief, gab es kein Zögern. So hatte er es immer gehalten, schon vom ersten Tag an, und während er seine Stiefel schnürte, gingen seine Gedanken zurück zu jenem Tag, an dem sein Leben eine andere Richtung genommen hatte, lange bevor er ihr begegnet war.

Körperliche Fitness, geistige Klarheit und psychische Stabilität waren zwingend erforderlich, wenn man die Ausbildung erfolgreich absolvieren wollte. Zähigkeit, Trainingshärte und den Mut, eigene Grenzen zu überwinden, mussten die Bewerber ebenso mitbringen wie die Bereitschaft, konsequent zu handeln, wenn die Situation dies erforderte. Aus vielen Bewerbern wurden wenige ausgewählt. Die Besten schickte man wieder zurück, denn sie waren nicht gut genug. Nur die Besten der Besten blieben am Ende übrig. Sie bildeten die Elite und sie beherrschten ihr Handwerk meisterhaft. Niemand konnte ihnen das Wasser reichen, wenn es darum ging, dort erfolgreich zu sein, wo alle anderen Mittel versagten.

Er hatte jener Elite angehört als Teil einer Gemeinschaft, der andere mit Ehrfurcht begegneten. Nichts hatte ihn geschreckt und mit der Gefahr war er stets auf du und du gewesen. Ruhm und Ehre hatten dabei nie eine besondere Rolle gespielt. Man sprach nicht über das eigene Tun, doch die Eingeweihten hatten ihnen stets höchsten Respekt gezollt. Man hatte ihm alles abverlangt, Blut, Schweiß und Tränen, doch niemand hatte ihm gesagt, dass er sich nicht verlieben durfte.

11

Der Gendarm musste gestehen, den Räuber noch nicht gefangen zu haben. Dass der Räuber in Wahrheit ein Mörder war, änderte nichts am Ergebnis. Mehr wollte der Gendarm dazu allerdings nicht sagen. Es war Samstagabend und in den folgenden sechsunddreißig Stunden bis zum Montagmorgen wollte er nicht mehr an seine Arbeit denken.

»Und woran denkt der Gendarm stattdessen?«

Lächelnd betrachtete Bussard die Frau, die dafür verantwortlich war, dass er sein Herz in seinen Ohren klopfen hörte. »Ich denke an Liebe, Lust und Leidenschaft.«

»Das genügt vollkommen.« Isa schlang ihre Arme um seinen Hals und sah ihm lasziv in die Augen. Sie schmiegte sich an ihn und drückte ihren Körper an seinen, doch bevor er sie küssen konnte, entwand sie sich ihm und lachte. »Zuerst wird gegessen! Ich habe einen Bärenhunger. Was ist mit dir?«

Wie auf Kommando begann Bussards Magen zu knurren. Der Gedanke an ein gemeinsames Abendessen brachte ihm zu Bewusstsein, dass er sich den ganzen Tag nur von Kaffee und Zigaretten ernährt hatte. »Großartige Idee! Ich nehme die andere Hälfte des Wildschweins.«

»Tut mir leid, aber auf der Karte steht heute Rumpsteak mit Ofenkartoffeln und Salat.«

»Damit könnte ich mich auch anfreunden, wenn ich dir beim Kochen helfen darf.«

»Da gibt's nicht viel zu helfen, aber wenn du dich nützlich machen willst, kannst du den Wein öffnen, den Tisch decken und Musik aussuchen.«

Auf der Anrichte standen zwei Flaschen *Dolcetto di Dogliani*. Bussard nahm eine davon und ging in die

Küche, um sich einen Korkenzieher geben zu lassen. Als er gestand, kein Weinkenner zu sein, erklärte Isa, dass ihre beste Freundin eine italienische Weinhandlung in der Innenstadt betrieb. Er konnte sich vage an das Geschäft erinnern, hatte es jedoch noch nie betreten.

»Dann ist dir etwas entgangen, mein Lieber.« Sie schaltete den Backofen ein und zog ein Netz Kartoffeln aus einem der Schränke hervor. »Sophia versteht wirklich etwas von Weinen und sie weiß schon, was dir schmeckt, noch bevor du es selbst weißt. Außerdem ist sie eine ebenso schöne wie liebenswerte Frau.«

»Tatsächlich?«

»Ja, tatsächlich, aber mach dir keine falschen Hoffnungen. Sie ist seit Jahren glücklich verheiratet.« Sie reichte ihm eine Karaffe, damit er den Wein dekantieren konnte. Während Isa sich der Zubereitung des Essens widmete, deckte Bussard den Tisch und ging anschließend zur Stereoanlage. Im CD-Regal standen eine Menge Alben von Musikern, von denen er noch nie gehört hatte. Da er keine Lust hatte, nach dem Zufallsprinzip zu wählen, zog er den *Bolero* von Maurice Ravel aus dem Regal. Das fantastisch komponierte Stück erschien ihm aber für den Anlass doch zu kitschig und schließlich entschied er sich für ein Album von Sade.

Während des Essens unterhielten sie sich über vergangene Beziehungen. Isa wollte unbedingt wissen, ob Bussard in seiner Ehe glücklich gewesen sei. Als er anführte, geschieden zu sein, was seiner Meinung nach genug über seine Ehe aussagte, ließ sie die Antwort nicht gelten. »Die Scheidung war das Ende eurer Ehe, aber ich habe gefragt, ob du glücklich warst.«

Bussard wusste nicht, wie er reagieren sollte. Natürlich war er mit Helen glücklich gewesen, viele Jahre sogar, bis die Dinge einen anderen Lauf genommen hatten, aber er konnte nicht davon berichten, ohne

Gefahr zu laufen, Isa eifersüchtig zu machen. Sie hatte ihn jedoch danach gefragt und wartete auf eine Antwort, der er sich entziehen wollte. Schließlich begann er, von der Anfangszeit mit Helen zu erzählen. Er wählte seine Worte mit Bedacht, doch Isa las die Antwort aus dem Ton seiner Stimme, seinem Lächeln und seinem Blick. Als er endete, reagierte sie ganz anders als er erwartet hatte.

»Das ist schön. Du warst sehr glücklich mit Helen.«

»Ich ... ja, ich war glücklich mit Helen.« Bussard spürte einen Anflug von Wehmut, doch diese Stimmung passte ihm überhaupt nicht. Schließlich wollte er den Abend mit der Frau verbringen, die gerade sein Herz erobert hatte.

»Liebst du sie noch?«

Er dachte einen Moment nach, dann schüttelte er langsam den Kopf. »Nein, heute nicht mehr. Helen hat ihr Leben und ich habe meins. Abgesehen von Fragen, die unsere Kinder betreffen, haben wir nichts mehr miteinander zu tun. Ich möchte auch nichts mehr mit ihr zu tun haben. Versteh mich nicht falsch. Ich wünsche ihr nichts Böses und sie soll glücklich werden, aber ich bin nicht mehr Teil ihres Lebens und sie ist nicht Teil meines Lebens. Das ist aus und vorbei.«

»Denkst du manchmal an sie?«

Er wollte jede Frage offen und ehrlich beantworten, aber die Unterhaltung ging eindeutig in die falsche Richtung.

»Warum willst du ...« Er brach mitten im Satz ab und sah Isa in die Augen. In ihrem Blick lagen weder Eifersucht noch Argwohn. Sie hatte eine Frage gestellt und es schien, als freue sie sich auf seine Erwiderung, ganz gleich, wie sie ausfallen würde. »Du willst eine ehrliche Antwort?«

»Natürlich.«

»Ja, manchmal denke ich an Helen. Wenn ich Miriam anschaue, dann sehe ich die Helen von früher, so, wie sie damals war, als wir uns kennenlernten.«

Isa war anscheinend mit der Antwort zufrieden. »Danke.«

»Danke wofür?«

»Danke für deine Ehrlichkeit und Aufrichtigkeit.« Sie hob ihr Weinglas und prostete ihm zu. »Du hast Helen geliebt. Ihr seid glücklich gewesen und habt eine Familie gegründet. Du liebst deine Töchter. Das habe ich schon gesehen, als du mit Miriam bei unserem Konzert warst.«

»Und?

»Du hast ein großes Herz. Ein kleines Plätzchen darin gehört der Mutter deiner Kinder. Das ist schön.«

Auch Bussard griff nach seinem Weinglas, doch er hatte keine Ahnung, was Isa ihm eigentlich sagen wollte. »Warum hast du überhaupt danach gefragt?«

»Du bist mit deiner Frau glücklich gewesen und ich bin sicher, dass sie es mit dir auch war.« Ihr Lächeln veränderte sich und Bussard hatte das Gefühl, als würde es im Raum wärmer werden. »Ich glaube, das könnte uns beiden auch passieren.«

<><><>

Der Wecker auf dem Nachttisch zeigte 9:43 Uhr. Anja hatte lange geschlafen, doch sie fühlte sich nicht erfrischt und ausgeruht. In der Nacht musste sie wohl eine Menge wirres Zeug geträumt haben, auch wenn sie sich nicht an Einzelheiten erinnern konnte. Nur das Gefühl, gehetzt zu werden und vor etwas wegzulaufen, hatte sich bis zum Aufwachen gehalten.

Es spielte keine Rolle, zu welcher Uhrzeit sie aufstand. Bussard hatte dem Team einen Tag freigegeben und da sie den ganzen Samstag fleißig recherchiert hatte, konnte sie den Sonntag entspannt genießen. Sehr viel Licht hatte sie ins Dunkel von Yavuz Özgans Finanzen noch nicht bringen können, aber sie wusste zumindest, dass er nicht mit Geld um sich geworfen hatte. Auf seinen Konten gab es nahezu keine Abbuchungen für Luxusgüter. Offenbar hatte er keine Vorliebe für Rolex-Uhren, Schiffsreisen oder Sternerestaurants besessen. Den größten Teil seines Einkommens hatte er in das Haus gesteckt, das Anja nun allein bewohnte, solange der Erbe keine andere Entscheidung traf. In die frei gewordene Wohnung unter ihr würde der Erbe in der nächsten Zeit keinesfalls einziehen, denn für die folgenden Jahre bekam er ein Zimmer mit vergitterten Fenstern vom Staat spendiert. Der Mordversuch an seiner Frau würde Hamid Özgan mindestens fünf bis acht Jahre einbringen, was auf der anderen Seite bewies, dass Yavuz Özgan keinem Brudermord zum Opfer gefallen war. Die Erbschaft war jedenfalls nicht das Mordmotiv gewesen. Ob sich das Motiv in den Finanzaufzeichnungen des Getöteten verbarg, wusste die Kommissarin allerdings noch nicht.

Es ist Sonntag, dachte Anja und schüttelte den Kopf. An ihrem freien Tag wollte sie nicht über den Fall nachdenken. Sie hatte zwar keine Pläne, doch es würde ihr sicherlich etwas Besseres einfallen, um abzuschalten. Der Blick aus dem Fenster lud nicht dazu ein, den Tag im Freien zu verbringen. Es war zwar nicht kalt, doch der Himmel zeigte sich wolkenverhangen und ein leichter Nieselregen fiel sanft auf die Erde. Auf Hausarbeit hatte sie zwar keine besondere Lust, doch das Badezimmer musste unbedingt geputzt werden und eine Runde mit dem Staubsauger durch die Wohnung konnte auch nicht schaden. Mehr als zwei Stunden wollte sie dafür jedoch nicht aufwenden. In der letzten Zeit war sie selten dazu gekommen, ihrem Hobby zu frönen, und so beschloss sie, den Nachmittag im Billardsaal zu verbringen. Beim königlichen Spiel mit den Kugeln konnte sie alle anderen Gedanken aus ihrem Bewusstsein verbannen und zwei, drei Stunden lang alles ausblenden, was mit Özgan zu tun hatte, Carlo eingeschlossen.

Beim Gedanken an den Erpresser spürte Anja, dass ihre Laune in den Keller sank, doch das wollte sie nicht zulassen. Bussard hatte erklärt, dass er einen Weg finden würde, um ihm auf die Finger zu hauen, ohne dass die ganze Welt davon erfuhr. Den Samstag über hatte sich Carlo nicht gemeldet, doch Anja war sicher, dass ein Anruf oder gar ein Besuch nicht lange auf sich warten lassen würde. Wenn sie den Nachmittag im Billardsaal verbrachte, würde er sie zumindest in ihrer Wohnung nicht antreffen. Zuerst aber stand ihr der Sinn nach einem guten Frühstück. Im Gefrierfach gab es noch Brötchen zum Aufbacken. Sie konnte Rührei machen und eine reichliche Auswahl an guten Teesorten hatte sie ohnehin immer im Haus. Voller Vorfreude auf das Frühstück schlug sie die Bettdecke zurück und stand auf. In der Küche setzte sie Teewasser auf, dann ging sie ins Badezimmer. Ihr erster Gang zur Toilette wurde jedoch jäh unterbrochen. Wie angewurzelt blieb Anja auf der Schwelle des Badezimmers stehen. Ihr Mund trocknete aus, ihre Nackenhaare stellten sich auf und ein Schauer jagte über ihren ganzen Körper. Sie wollte nicht glauben, was sie sah und doch wusste sie, dass sie nicht träumte. Ganz langsam setzte sie einen Fuß vor den anderen, bis sie schließlich vor ihrem Spiegelschrank stehen blieb. Sie fühlte sich, als wäre sie in einem Alptraum gefangen, doch die kalten Fliesen unter ihren Fußsohlen belehrten sie eines Besseren. Als sie die Hand ausstreckte, zitterten ihre Finger. Ihre schreckgeweiteten Augen im Spiegel nahm sie nicht wahr, denn ihr Blick wurde von etwas angezogen, das sie nicht sehen wollte, schon gar nicht auf der Ablage unter dem Spiegelschrank in ihrem eigenen Badezimmer. Das Grauen, das sie befallen und ihr die Farbe aus dem Gesicht getrieben hatte, rührte von etwas her, das nicht in ihre Wohnung gehörte. Neben dem Becher mit ihrer Zahnbürste lag eine goldene Halskette mit einem Haifischzahn als Anhänger.

<><><>

Das Handy steckte in Bussards Jacke. Er hatte es stumm geschaltet, denn er wollte sich nicht stören lassen. Der Sonntag gehörte ganz ihm und Isa und es gab nichts, was nicht auch bis zum Montag warten konnte. Zu viele Sonn- und Feiertage hatte er während seiner Ehe geopfert und zu oft war er ins Büro oder an einen Tatort gefahren, obwohl er seine Freizeit viel lieber mit seiner Frau und seinen Kindern verbracht hätte. Das war einer der Gründe gewesen, warum Helen sich von ihm getrennt hatte. Früher hatte er sich darüber beklagt, dass sie ihm zu wenig Verständnis entgegenbrachte, weil sie schließlich einen Polizisten geheiratet hatte, doch später, als es längst zu spät gewesen war, hatte er seine Meinung geändert. Helen hatte recht gehabt, aber diese Einsicht hatte ihm nichts mehr genützt. Ein zweites Mal wollte er diesen Fehler nicht mehr machen. Er war zwar Kripobeamter und manchmal gab es auch Fälle, bei denen er schnell reagieren musste, doch er war auch ein Mensch. Hin und wieder brauchte er Freiraum, um die Strapazen, die sein Job mit sich brachte, abschütteln zu können. Er war Staatsdiener, aber kein Staatssklave, und wie jeder andere hatte auch er ein Recht auf ein Privatleben. Viele gute und nachvollziehbare Gründe sprachen dafür, dass er an diesem Sonntag nicht erreichbar sein wollte.

<><><>

»Hallo, Susanne, ich kann Bussard nicht erreichen.«

»Warum willst du ihn denn erreichen?«

»Es ist kompliziert.« Anja hatte keine Ahnung, wie sie die Situation erklären sollte, denn Susanne wusste nichts von Carlos Erpressung. Dass sie selbst nicht länger in ihrer Wohnung bleiben konnte, war sonnenklar. An ihre beste Freundin konnte sie sich nicht wenden. Steffi war lieb und nett, wäre mit der Situation allerdings heillos überfordert gewesen. Die Einzige, der Anja in diesem Augenblick vertraute, war ihre Kollegin. »Kann ich zu dir kommen?«

»Du hörst dich nicht gut an. Ist etwas passiert?«

»Ja, aber ich will am Telefon jetzt nicht darüber reden.«

»Okay, komm zu mir. Ich bin zu Hause.«

Susanne gab ihre Adresse durch, die Anja wiederholte, um sich zu vergewissern, dass sie Straße und Hausnummer richtig verstanden hatte. Bevor sie die Verbindung unterbrach, wiederholte sie die Adresse noch einmal, denn sie befürchtete, dass sie in ihrer Aufregung nicht ganz Herr ihrer Sinne war. Sie hatte Angst und sie konnte sich nicht erinnern, dass etwas in ihrem Leben ihr jemals einen solchen Schrecken eingejagt hatte. Carlo war in ihrer Wohnung gewesen, während sie geschlafen hatte. Er hatte das Türschloss geknackt, ohne dass sie etwas bemerkt hatte. Sie war nicht aufgewacht und der Gedanke, dass er vielleicht sogar in ihrem Schlafzimmer gewesen war und sie beobachtet hatte, trieb kalten Schweiß auf ihre Stirn. Ihre Finger zitterten noch immer und das Grauen hatte sich wie eine eisige Faust um ihr Herz gelegt.

Die Kette mit dem Haifischzahn lag noch auf der Ablage unter dem Spiegelschrank im Bad. Anja hatte ihre zitternden Finger ausgestreckt, doch sie hatte sie nicht anfassen können. In ihrer eigenen Wohnung plötzlich nicht mehr sicher zu sein, hatte ihr einen Schock versetzt, der tiefer saß als sie vermutete. Im Leben eines jeden Menschen gab es Konstanten, auf die man sich bedingungslos verließ. Sie bildeten die Fundamente, auf denen man seine Existenz aufbaute. Das Vertrauen in die Sicherheit der eigenen Wohnung war eines jener Fundamente. Wenn dieser private und intime Rückzugsbereich seine Sicherheit verlor, geriet vieles andere aus den Fugen, denn ohne das Vertrauen in jene Dinge, die einem Menschen Halt gaben, verlor man buchstäblich den Boden unter den Füßen. An seine Stelle trat eine diffuse Angst, die umso schlimmer war, weil es kein konkretes Objekt gab, das man als Ursache dieser Angst definieren konnte. Der nächtliche Eindringling hatte diese Angst ausgelöst. Ihm war es gelungen, sich unbemerkt Zutritt zur Wohnung zu verschaffen. Auch wenn der Gedanke irrational war, so fragte sich Anja dennoch, wie oft jemand nachts zu ihr gekommen war, um sie zu beobachten und wer an ihrem Bett gestanden hatte, während sie schlief, in einem Augenblick, in dem sie am verletzlichsten war, ahnungslos, wehrlos und hilflos.

Fünfzehn Minuten nach dem Telefonat erreichte Anja Susannes Wohnung. Die beiden Kolleginnen begrüßten einander herzlich, aber die Besorgnis stand in Susannes Augen, als sie Anjas blasses Gesicht sah und ihren unsteten Blick wahrnahm. Dass etwas Dramatisches vorgefallen sein musste, war unübersehbar.

Susanne setzte Teewasser auf und wenige Minuten später saßen die beiden Frauen im Wohnzimmer. Das Zittern hatte nachgelassen, aber das Grauen hielt Anja immer noch gefangen. Als sie zu erzählen begann, fiel es ihr schwer, die richtigen Worte zu finden, doch nach und nach sprudelte es aus ihr heraus. Sie begann mit der letzten Stunde ihres Tangokurses und endete mit dem Haifischzahn unter dem Spiegelschrank in ihrem Badezimmer. Susanne hörte geduldig zu und stellte nur wenige Fragen. Sie verstand, dass ihre Kollegin durch die Ereignisse ziemlich angeschlagen war. Der Fehler, nicht gleich am Tatort von Özgans Übergriff zu berichten, war der Schneeball gewesen, der sich unaufhaltsam zu einer Lawine entwickelt hatte, die nun Anjas Selbstbewusstsein zu begraben drohte.

»Hier bist du erst einmal sicher.« Susanne legte Anja beruhigend die Hand auf den Arm. »Wenn du willst, kannst du heute Nacht hier schlafen.«

Anja hatte bereits an ein Hotelzimmer gedacht, doch bei Susannes Angebot hellten sich ihre Züge langsam auf. »Danke! Ich glaube, ich würde kein Auge zutun, wenn ich heute Nacht allein wäre.«

»Die Couch ist einigermaßen bequem. Ich habe selbst schon oft genug darauf geschlafen, wenn ich vergessen habe, ins Bett zu gehen.«

»Vergessen?«

»Du weißt doch, wie das ist. Du liegst auf der Couch, schaust dir einen Film an und irgendwann fallen dir die Augen zu. Stunden später merkst du dann, dass du vergessen hast, ins Bett zu gehen.«

Susannes Scherz entlockte Anja zumindest ein halbes Lächeln. Es tat gut, nicht allein zu sein. Die beiden Kolleginnen hatten sich im Lauf des letzten Jahres angefreundet und festgestellt, dass sie einige Gemeinsamkeiten hatten. Beide waren gutaussehend und sportlich, beide arbeiteten gewissenhaft und verlässlich und beide nutzten ihren analytischen Verstand sehr effektiv. Während Anja, die nach eigener Aussage einen Zahlenkopf besaß, früher im Wirtschaftsdezernat den Spuren der Straftäter in deren Bilanzen gefolgt war, hatte sich Susanne in die digitale Welt der Bits und Bytes begeben, um virtuellen Fingerabdrücken zu folgen. Kein Rechner hielt Susanne lange stand und keine Bilanz verbarg ihre Geheimnisse vor Anja.

»Hat dieser Carlo ein Profil auf Facebook?«

»Ja, er schreibt unter *Carlo M.*«

»Dann schauen wir uns das mal an.« Susanne fuhr ihr Notebook hoch.

»Kommst du da so einfach rein?«

»Wenn man weiß, wie es geht, ist es einfach. Facebook sollte eigentlich Open Book heißen. Wenn man sich nur ein wenig auskennt, ist das Hacken eines Accounts ein Kinderspiel.« Sie stellte eine Internetverbindung her und sah ihre Freundin eindringlich an. »Du musst mir aber etwas versprechen.«

»Was denn?«

»Du darfst mich nicht verpetzen!«

»Warum sollte ich?«

»Ich will nur sicher sein, dass du dich nicht verplapperst, falls wir im Präsidium über diesen Carlo sprechen.«

Es war unvermeidlich, dass die anderen Teammitglieder von dem Vorfall erfuhren. Mit dem nächtlichen Eindringen in ihre Wohnung war eine Grenze überschritten. Anja musste ihre Bedenken über Bord werfen, denn das mögliche Gerede ihrer Kollegen war nichts im Vergleich zu der Gefahr, in der sie sich befand. »Warum sollte ich mich verplappern? Ich habe mit Bussard schon über Carlos Erpressung gesprochen und er hat niemandem etwas verraten, nicht einmal dir.«

»Es geht nicht um Bussard.« Susanne, die ihre Finger über die Tastatur fliegen ließ, hielt einen Moment inne und sah Anja von der Seite an. »Es geht um Julian.«

»Julian?« Anja war überrascht, den Namen des jüngsten Teammitglieds zu hören. »Ich dachte, Julian wäre vertrauenswürdig.«

»Julian ist ein Plappermaul und sagt manchmal mehr als er sollte.«

Die EDV-Spezialistin widmete sich wieder ihrer Tastatur. Anja beobachtete den Monitor, doch sie hatte nicht die leiseste Ahnung, was die Zeilen bedeuteten, die nach und nach über den Bildschirm liefen. Nach fünfzehn Minuten erschien plötzlich die Homepage eines Internet-Spieleanbieters.

»Was ist das denn jetzt?«

»Ich habe Carlos IP-Adresse ausfindig gemacht. Er ist gerade online und hat eine Spieleseite aufgerufen. Wir sehen das, was er sieht.«

»Du hast Zugriff auf seinen Rechner?«

»Yepp!«

Anja war ziemlich beeindruckt. Sie wusste, dass Susanne einiges drauf hatte, aber dass sie sich so leicht in einen fremden Rechner hacken konnte, überraschte die Ermittlerin dennoch. »Und das geht so einfach?«

»Bei Carlos Rechner ging es einfach. Privatpersonen kümmern sich selten um einen effektiven Schutz vor Angriffen. Sie vertrauen auf die Standard-Software und denken, dass sowieso niemand daran interessiert ist, was sie auf ihren Rechnern haben. Das ist ungefähr so, als wollte man sein Haus mit einem Gartenzaun vor einer wild gewordenen Büffelherde schützen.« Susanne wandte sich vom Monitor ab und sah Anja eindringlich an. »Ich habe dir schon oft gesagt, dass du vorsichtig sein sollst mit dem, was du auf Facebook oder sonst wo *postest*. Vertraulichkeit existiert im Internet nicht. Auf der einen Seite werden deine persönlichen Daten analysiert, gefiltert und an Interessenten verkauft, ganz oder zumindest halb legal. Das siehst du an der personalisierten Werbung, die du erhältst. Auf der anderen Seite ist das WorldWideWeb der mit Abstand größte Spielplatz für Kriminelle aller Art.«

Die EDV-Spezialistin ließ ihre Finger wieder über die Tastatur laufen und wenige Augenblicke später erschien die Rückenlehne eines Stuhls auf dem Monitor. Im Hintergrund konnte man Einzelheiten eines Raums erkennen, der vermutlich ein Wohnzimmer war.

Im ersten Augenblick war Anja verwirrt, doch dann ahnte sie, was auf dem Monitor zu sehen war. »Ist das Carlos Wohnung?«

»Ja, ich habe Zugriff auf die Kamera in seinem Notebook.«

Auf dem Monitor bewegte sich nichts. Carlo saß nicht vor seinem Rechner und hielt sich, soweit die beiden Frauen erkennen konnten, auch nicht in dem Raum auf. Susanne minimierte das Bild und wechselte zu einer anderen Oberfläche. »Ich werde mal ein wenig stöbern. Mal sehen, was uns der Rechner zu sagen hat.«

Nach einigen Minuten lehnte sie sich zurück und blickte skeptisch auf die Informationen, die sie gewonnen hatte. »Ich schätze, dass Carlo entweder schläft oder nicht zu Hause ist.«

»Wie kommst du darauf?«

»Die Internetverbindung steht seit gestern Nachmittag, vier Uhr. Die letzte Aktivität war am Abend, kurz vor zehn. Seither hat er seinen Rechner nicht mehr benutzt.«

»Vielleicht ist er aus dem Haus gegangen und hat vergessen, ihn auszuschalten.«

»Ja, könnte sein, selber schuld.«

»Wieso selber schuld?«

»Weil wir uns jetzt in aller Ruhe ansehen können, was er auf seiner Festplatte gespeichert hat.«

12

Bussard fühlte sich großartig. Er hatte den Sonntag mit Isa verbracht und sie hatten keinen Fuß vor die Tür gesetzt. Nach dem Frühstück hatten sie sich wieder ins Bett verzogen, wo sie ihre Hände nicht voneinander hatten lassen können. Später hatten sie über Gott und die Welt geredet, herumgealbert, sich noch einmal geliebt und anschließend eine Kleinigkeit gegessen, nur um danach erneut ins Bett zurückzukehren. Am Nachmittag hatte Isa ihm Fotos gezeigt, die ihn zuerst seltsam berührt hatten, denn es waren Aktaufnahmen von Männern. Sie hatte seinen kritischen Blick bemerkt und gefragt, warum Frauen sich keine nackten Männer ansehen sollten, wenn alle Männer gerne nackte Frauen ansahen. Er hatte ihr zugestimmt und festgestellt, dass sie es wirklich verstand, Männer ins rechte Licht zu rücken. Die Aufnahmen waren erotisch, aber nicht pornographisch, und Bussard erkannte, dass Isa ihr Handwerk beherrschte. Später hatte sie auch ihn fotografiert, sich dabei aber auf sein Gesicht beschränkt. Die postkoitalen Porträtaufnahmen, wie sie die Bilder genannt hatte, konnte er nicht ansehen, denn sie hatte dafür eine alte Fotokamera mit einem Schwarzweißfilm und einen speziellen Filter verwendet. Die Negative mussten erst entwickelt werden, was Bussard auf eine anrührende Weise altmodisch, aber liebenswert fand. Äußerst verwundert war er jedoch über die Selbstverständlichkeit ihres Umgangs. Isa war wirklich *easy*, ohne dass er das Besondere dieses Einfachen hätte näher erklären können. Sie verstanden sich wunderbar und obwohl sie viel miteinander redeten, gab es im Grunde wenig zu sagen und noch weniger zu erklären. Sie hatten sich nicht gesucht, aber sie hatten sich gefunden und Bussard war glücklich.

Nach einem schwarzen Frühstück war er am Montagmorgen ins Präsidium gefahren. Auch wenn er an diesem Tag keine Lust auf seinen Job hatte, sondern am liebsten mit Isa einen weiteren Tag im Bett verbracht hätte, störte ihn die Arbeit wenig. Selbst die dunkle Seite, die seinen Arbeitsalltag mit Mord und Totschlag füllte, erschien ihm nicht mehr ganz so trostlos.

Kurz nach acht Uhr rief er die Mitglieder der Ermittlungsgruppe Gewaltverbrechen in sein Büro, um eine erste Besprechung des Tages abzuhalten. Auch Ilkay Sahin war anwesend, doch Anja fehlte.

»Sie kommt gleich.« Susanne setzte sich auf die Kante von Anjas Schreibtisch. »Sie hat heute Nacht bei mir geschlafen und wollte sich nur noch schnell umziehen, weil sie keine frischen Klamotten dabei hatte.«

»Sie hat bei dir geschlafen?« Julian grinste über das ganze Gesicht. »Abgestürzt?«

»Nein, Frauenabend.«

»Und was treibt ihr so bei einem Frauenabend?«

»Halt die Klappe, Julian!« Susanne war nicht in der Stimmung für derbe Scherze. Über den eigentlichen Grund für den ungeplanten Frauenabend wollte sie nicht sprechen, denn das war Anjas Angelegenheit.

»Also gut, Leute.« Bussard klatschte in die Hände. »Neuer Tag, neues Glück. Hat jemand schon neue Informationen zum Özgan-Fall?«

»Neue Informationen noch nicht, aber ich habe eine Vorstellung, in welche Richtung es geht.« Sahin sah einmal in die Runde, bevor er weitersprach: »Ich war am Wochenende viel unterwegs und habe mich umgehört. Etwas Konkretes habe ich noch nicht, aber ein paar Andeutungen habe ich aufgeschnappt. So, wie es aussieht, ist Yilderim im Kunsthandel tätig. Ich vermute, dass er orientalische Kunstgegenstände nach Deutschland schmuggelt, hauptsächlich aus Syrien und dem

Irak. Die Islamisten verscherbeln Antiquitäten, um ihre Kriegskasse zu füllen und den Dschihad zu finanzieren. Yilderim ist vermutlich ein Hehler und Özgan hat ihm mit dem Teppichhandel den offiziellen Background verschafft, Zollpapiere und so weiter.«

»Kannst du mehr darüber in Erfahrung bringen?«

»Mal sehen. Ich bin zum Mittagessen verabredet und der Mann, mit dem ich sprechen werde, kennt viele und weiß vieles.«

»Ist er vertrauenswürdig?«

Sahin zuckte mit den Schultern. »Kennst du einen vertrauenswürdigen Hehler oder Drogendealer?«

»Schon gut, Ilkay. Sieh zu, dass du mehr in Erfahrung bringst, damit wir endlich einen konkreten Ermittlungsansatz haben. Wir wissen immer noch zu wenig über unser Opfer und den möglichen Täter.«

Bussard wies Wegner und Stemmer an, mit der Überprüfung der Alibis fortzufahren und bis zum Nachmittag damit durch zu sein, dann wandte er sich an Susanne: »Wie kommst du mit dem digitalen Profil von Özgan voran?«

»Eigentlich gar nicht. Auf deutschsprachigen Seiten im Netz habe ich so gut wie nichts über Özgan gefunden. Wie es mit türkischen Seiten aussieht, kann ich nicht beurteilen. Vielleicht kann mir Ilkay dabei helfen.«

Sahin kam der Bitte gerne nach. »Kann ich machen, schöne Frau. Ich habe Zeit bis halb zwölf.«

»Okay, Leute.« Wieder klatschte Bussard in die Hände. »Schwingt die Hufe! Bis zum Nachmittag will ich Ergebnisse sehen. Wenn Anja kommt, soll sie sich weiter um Özgans Finanzen kümmern. Ich werde in der Zwischenzeit die Konkurrenz besuchen.«

<><><>

Keiner der fünf selbstständigen Freiburger Händler, die Orientteppiche in ihrem Sortiment führten, stammte aus der Türkei. Zwei Afghanen, zwei Iraner und ein Pakistani erklärten übereinstimmend, Yavuz Özgan nicht zu kennen. Bussard zeigte den Händlern ein Foto des Ermordeten, doch er erntete lediglich Kopfschütteln als Antwort. Özgan war auf dem überschaubaren Freiburger Teppichmarkt als Mitbewerber nicht bekannt. Auch wenn Bussard in seiner Eigenschaft als Kriminalbeamter die Geschäfte aufsuchte, versuchten alle Händler, ihn als Kunden zu gewinnen. Man bot ihm Tee an, zeigte ihm herrliche Stücke und erklärte Machart, Webmuster und regionale Herkunft, obwohl er mehrfach betonte, keinen Teppich kaufen zu wollen. Die Händler schienen dies aus Prinzip zu ignorieren, vielleicht auch, weil sie seine gute Laune wahrnahmen. Er hatte ihre Geschäfte aufgesucht und deshalb war er ein potenzieller Käufer. Auch wenn sie feststellten, dass mit ihm wirklich kein Handel abzuschließen war, blieben sie überaus freundlich, denn alle teilten die Hoffnung, er würde irgendwann wiederkommen.

Drei Stunden später kehrte er ins Präsidium zurück. Seine Ermittlungen betreffend war der Vormittag nicht sehr fruchtbar verlaufen. Lediglich die Tatsache, dass Özgan als Konkurrent bei den Freiburger Händlern unbekannt war, wies einen gewissen Informationsgehalt auf. Die Orientalen jedoch hatten den Kommissar beeindruckt, denn in jedem Geschäft war er überaus freundlich und zuvorkommend behandelt worden, obwohl er nicht einen Euro ausgegeben hatte. Ihre Auffassung von einer Kundenbeziehung unterschied sich gravierend von der deutscher Verkäufer, die zuweilen den Eindruck vermittelten, Kunden seien lästig. Schon oft hatte Bussard in miesepetrige Gesichter hinter Verkaufstresen geblickt und der Begriff *Servicewüste* kam in Deutschland nicht von ungefähr.

Als Bussard den Fahrstuhl verließ, traf er Sahin auf dem Flur. »Du triffst dich jetzt mit deinem Informanten?«

»Ja, ich bin gerade im Begriff zu gehen.«

»Hast du Susanne bei den türkischen Seiten geholfen?«

Sahin grinste und legte Bussard vertraulich die Hand auf die Schulter. »Du hast echt zwei heiße Feger in deiner Abteilung. Das sind zwei richtige Granaten, eine besser als die andere.«

»Es sind zwei Kolleginnen und ich bin ihr Vorgesetzter.«

Natürlich hatte Sahin recht. In der Ermittlungsgruppe Gewaltverbrechen arbeiteten zwei überaus attraktive Beamtinnen und Bussard war nicht blind. Als Leiter der Abteilung trat er ihnen jedoch nicht als Mann gegenüber, sondern als Chef. Eine Affäre hätte zwangsläufig erhebliche Schwierigkeiten mit sich gebracht und noch eine Woche zuvor hätte er dies als Grund angeführt. Nun aber hatte er seinen eigenen heißen Feger, auf den am Abend wiederzusehen er sich schon seit dem Morgen freute, als er das Haus verlassen hatte.

»Schon klar, Bussard. Sex unter Kollegen ist immer ein Problem, aber ich arbeite ja in einer anderen Abteilung. Diese Susanne ist schon echt heiß, das musst du zugeben.« Sahin sah Bussard auffordernd an, doch er wartete die Einschätzung des Kollegen erst gar nicht ab. »Die andere, Anja, ist genauso heiß. Wie hast du das eigentlich geschafft, alle beide in deine Abteilung zu kriegen?«

»Damit du Ruhe gibst, Ilkay: Ja, es sind zwei heiße Feger, zufrieden?« Diesmal wartete Bussard Sahins Erwiderung nicht ab, sondern wechselte abrupt das Thema: »Hast du mit Susanne etwas über Yavuz Özgan herausgefunden?«

»Nein, sorry. Über Özgan haben wir nichts gefunden, aber wir haben Fotos von Yilderim entdeckt. Jemand hat auf einer türkischen Seite Bilder von ihm *gepostet*. Das neueste Foto ist zwei Wochen alt. Yilderim war zu der Zeit in Izmir, aber ich weiß nicht, ob uns das weiterhilft.« Sahin klopfte Bussard freundschaftlich auf die Schulter. »Ich muss los. Sobald ich etwas Neues habe, melde ich mich.«

»Okay, Ilkay, viel Glück.«

Auf dem Flur zu seinem Büro traf der Kommissar mit seinem Chef zusammen. Neudörfer berichtete, dass er einen Anruf von Staatsanwältin Lautenschläger erhalten habe. Sie wollte über die neuesten Ermittlungsergebnisse im Özgan-Fall unterrichtet werden und deshalb gab der Polizeirat die Frage an den Leitenden Ermittler weiter. Bussard hatte jedoch wenig zu berichten. »Bei den Freiburger Teppichhändlern ist Özgan unbekannt, was angesichts der Tatsache, dass seine Firma zehn Jahre lang existierte, ein Indiz dafür ist, dass er überhaupt nicht mit Teppichen gehandelt hat.«

»Eine Scheinfirma?«

»Ja, sieht so aus. Ilkay trifft sich nachher mit einem Informanten. Im Augenblick gehen wir davon aus, dass Özgan und Yilderim Kunst und Antiquitäten aus dem Orient nach Deutschland geschmuggelt haben.«

»Gibt es schon konkrete Hinweise auf den Täter?«

»Nein, Chef. Etwas Konkretes haben wir noch nicht.«

»Brauchen Sie Unterstützung aus dem LKA?«

»Wieso LKA?«

»Beim Landeskriminalamt gibt es eine Ermittlungsgruppe, die sich mit dem illegalen Kunsthandel beschäftigt. Vielleicht haben die Kollegen wertvolle Informationen.«

»Wenn sich die Spur erhärtet, komme ich darauf zurück. Im Augenblick wissen wir noch zu wenig über das Opfer, aber am Nachmittag sollten wir ein Profil haben, mit dem wir arbeiten können.«

Neudörfer war mit Bussards Erklärungen nicht zufrieden. »Mir scheint, Sie kommen in dem Fall nicht richtig voran.«

Bussard konnte dem nicht widersprechen. Es gab nahezu keine Tatortspuren und sie hatten keine Augenzeugen. Ein Motiv im familiären Umfeld war unwahrscheinlich, keinem von Özgans Schuldnern konnten die Ermittler nachweisen, zur Tatzeit zumindest in der Nähe des Tatortes gewesen zu sein, und die Fahndung nach dem Hauptverdächtigen verlief bisher ergebnislos. »Wir tun, was wir können. Ich bin sicher, dass wir vorankommen, wenn wir den Hintergrund des Opfers besser kennen.«

»Halten Sie mich auf dem Laufenden. Ich will keinen ungeklärten Mordfall in Freiburg.«

Bussards Handy läutete. Er zog sein Mobiltelefon aus der Jackentasche und sah, dass Susanne versuchte, ihn zu erreichen. Anstatt den Anruf anzunehmen, erklärte er seinem Chef, dass er wieder an die Arbeit müsse. Als er die Verbindung unterbrach, erkannte er, dass er fünf Anrufe in Abwesenheit erhalten hatte. Anja hatte ihn am Tag zuvor viermal erreichen wollen. Die fünfte Nummer kannte er nicht. Mit dem Smartphone in der Hand betrat er sein Büro, das eine Verbindungstür zum Nachbarbüro hatte, wo der Kommissar seine EDV-Spezialistin antraf.

»Ah, Bussard, ich habe gerade versucht, dich zu erreichen.«

»Ich weiß. Was gibt's?«

»Ich habe so ein komisches Gefühl.« Susannes Blick verriet, dass sie sich Sorgen machte. »Anja meldet sich nicht. Sie wollte sich nur zu Hause umziehen, aber ich habe den ganzen Morgen noch nichts von ihr gehört.«

»Heißt das, dass sie heute noch gar nicht im Präsidium war?«

Die EDV-Spezialistin schüttelte den Kopf. »Da stimmt etwas nicht, Bussard. Hoffentlich ist ihr nichts passiert.«

»Wie kommst du darauf, dass ihr etwas passiert sein könnte?«

»Du weißt von Carlo?«

»Ja, und du offensichtlich auch.«

Eigentlich hatte Susanne es Anja überlassen wollen, von dem ungebetenen Besucher zu berichten, doch da sie sich ernsthafte Sorgen machte, erzählte sie Bussard die Geschichte mit dem Haifischzahn in Anjas Badezimmer. »Deshalb hat Anja letzte Nacht bei mir geschlafen. Heute Morgen sind wir zusammen zu ihrer Wohnung gefahren, weil sie duschen und frische Klamotten anziehen wollte. Carlo war nicht in ihrer Wohnung und alles war in Ordnung.«

»Und weiter?«

»Ich bin zum Bäcker, um Brötchen zu holen. Wir wollten uns im Präsidium treffen, doch sie ist nicht aufgetaucht. Seit ich ihre Wohnung verlassen habe, herrscht Funkstille. Ich kann sie weder auf ihrem Festnetzanschluss noch über ihr Handy erreichen.«

Bussard dachte daran, dass er am Vortag telefonisch auch nicht erreichbar gewesen war. »Vielleicht hat sie ihr Handy stumm geschaltet oder der Akku ist leer.«

»Aber wo soll sie denn sein? Sie wollte doch ins Präsidium kommen.«

Bussard dachte einen Augenblick nach. In den meisten Fällen gab es für das, was zuerst dramatisch aussah, hinterher eine simple Erklärung. »Anja sollte sich heute noch einmal um Özgans Finanzen kümmern. Versuch's mal bei den Kollegen im Wirtschaftsdezernat. Vielleicht hat sie sich wieder bei denen eingenistet.«

»Ja, gute Idee.«

Der Kommissar sah auf seine Armbanduhr. »Es ist gleich zwölf. Ich gehe runter in die Cafeteria. Kommst du mit?«

»Ich komme nach.« Susanne holte sich das Telefonverzeichnis der Behörde auf ihren Monitor. »Zuerst ruf ich im Wirtschaftsdezernat an.«

»Okay. Falls du Anja erreichst, dann sag ihr, dass sie mich anrufen soll.«

<><><>

Manchmal kündigte sich der Tod an, lange bevor er jemanden besuchte. Manchmal aber kam er so schnell, dass man nicht einmal Zeit hatte, ihn zu begrüßen. Jemand hatte einmal behauptet, der Tod sei des Menschen ständiger Begleiter. Er ginge immer links hinter einem bis zu dem Tag, an dem er einem die Hand auf die Schulter legte. Ob er mit seiner Sense den Lebensfaden durschnitt, das Lebenslicht auspustete oder mit seiner knöchernen Hand die Gurgel zudrückte, spielte letztlich keine Rolle. Wer sein fahles Grinsen sah, hatte seinen letzten Tanz getanzt. Nur wenigen gelang es, dem Gevatter von der Schippe zu springen.

Auch für ihn war der Tod ein ständiger Begleiter gewesen. Vielleicht war er tatsächlich links hinter ihm gegangen, denn wo immer ihn seine Einsätze hingeführt hatten, hatte er den Tod mitgebracht. Er hatte sich nie die Frage gestellt, ob jemand den Tod verdient hatte, zumindest früher nicht. Ein Befehl war ein Befehl und Fragen waren nicht vorgesehen. Nun aber war er auf sich allein gestellt, nun hatte er das Kommando. Er klärte auf, er analysierte, er traf die Entscheidungen und er führte selbst aus, was immer zu tun war. Er war keine Ein-Mann-Armee, denn er diente noch immer dem großen Ganzen, aber er war eine selbstständig operierende Einheit. Ohne Kontakt zur Führung war er auf sich allein gestellt, doch er wusste stets genau, was zu tun war. Er kannte Freund und Feind und er beschützte, wen es zu beschützen galt. Wenn sie seinen Schutz brauchte, konnte sie sich bedingungslos auf ihn verlassen. Sie konnte ihm ihr Leben anvertrauen, denn er hätte niemals gezögert, das seine für sie zu opfern. Er sorgte für ihre Sicherheit und solange er auf seinen Füßen stand und eine Waffe halten konnte, würde ihr niemand ein Haar krümmen. Wer es dennoch versuchte, traf eine Verabredung mit dem Tod.

<><><>

Nach einem kleinen Imbiss in der Cafeteria stand Bussard auf dem Hof des Präsidiums und drehte sich eine Zigarette. Als er das Feuerzeug aus seiner Hosentasche fischte, traf eines der zivilen Dienstfahrzeuge ein. Wegner und Stemmer waren von ihrem Einsatz zurückgekehrt. Bussard zündete seine Zigarette an und wartete, bis die beiden Kollegen ausgestiegen und bei ihm eingetroffen waren. Auf den fragenden Blick des Kommissars hin begann Wegner sofort zu berichten: »Eines der Alibis ist geplatzt. Taifun Kargi hatte ausgesagt, zur Tatzeit zu Hause bei seiner Frau gewesen zu sein, aber das stimmt definitiv nicht.«

»Woher wisst ihr das?«

»Wir haben mit seiner Frau gesprochen. Kargi hat sich von ihr getrennt. Sie arbeitet zwar noch im Geschäft ihres Mannes, wohnt aber schon seit Wochen bei einer Freundin. Da sie zur Tatzeit nicht zu Hause war, kann sie ihrem Mann auch kein Alibi geben.«

»Er hat also gelogen.«

»Ja, und wir wissen, dass es zwischen Kargi und Özgan Ärger gab. Kargi schuldete Özgan Geld und war mit den Rückzahlungen in Verzug.«

»Sagt wer?«

»Seine Frau. Vor einigen Wochen war Özgan bei den Kargis zu Hause. Er hat die Rückzahlung eines Kredits gefordert. Es ging um 15.000 Euro. Kargi hat sich über die hohen Zinsen beschwert und es kam zum Streit. Nachdem Özgan gegangen war, hat Kargi seiner Frau gegenüber eine Andeutung gemacht.« Wegner zog einen Notizblock aus seiner Jacke, schlug ihn auf und las den Text ab: »Allah wird diesen Hundesohn strafen, der arme Leute bestiehlt. Und wenn ich es mit meinen eigenen Händen tun muss!«

Nachdenklich zog Bussard an seiner Zigarette. »Haltet ihr die Frau für glaubwürdig?«

Die beiden Ermittler wechselten einen Blick, dann nickte Stemmer. »Ja, wir halten sie für glaubwürdig. Warum fragst du?«

Es war ein Klassiker der Ermittlungsarbeit. Niemand sagte so bereitwillig gegen jemanden aus wie ein Mann oder eine Frau nach einer Trennung. Wut und Enttäuschung lösten eine Zunge leichter als Gold, doch je größer der Schmerz war, desto mehr nahm auch der Wahrheitsgehalt ab. Die einfachste und deshalb häufigste Form der Rache war die Lüge. Niemand wusste das besser als ein Ermittlungsbeamter mit langjähriger Erfahrung. »Spricht etwas für ihre Aussage?«

»Ja, wir haben ein Indiz. 15.000 Euro sind genau der Betrag, der auf Özgans Liste hinter dem Namen Kargi steht.«

»Okay, dann könnt ihr beiden gleich wieder losfahren und Kargi zur Vernehmung ins Präsidium bringen.« Bussard ließ seinen Blick über den Hof schweifen, doch den roten Mini Cooper, nach dem er Ausschau hielt, suchte er vergebens. »Sagt mal, hat einer von euch Anja heute schon gesehen?«

Wegner und Stemmer schüttelten beide die Köpfe, dann machten sie auf dem Absatz kehrt und gingen wieder zu ihrem Dienstwagen. Bussard drückte seine Zigarette in dem Aschenbecher aus, der auf der Treppe zum Hintereingang stand, während er sich fragte, ob er Grund hatte, sich Sorgen zu machen. In der Cafeteria hatte Susanne berichtet, dass die Kollegen im Wirtschaftsdezernat nichts von Anja gehört hatten. Daraufhin hatte er versucht, Anja anzurufen, doch sie hatte seinen Anruf nicht angenommen und so hatte er eine Nachricht auf ihrer Mailbox hinterlassen.

Es sah seiner Kollegin nicht ähnlich, nicht zum Dienst zu erscheinen, schon gar nicht, ohne jemanden zu benachrichtigen. Ob ihr Fehlen etwas mit diesem Carlo zu tun hatte, konnte Bussard nicht einschätzen. Der Erpressungsversuch war eine miese Tour, sie ins Bett zu kriegen. Dass man ihm dafür auf die Finger klopfen musste, war klar, doch dass er sich Zutritt zu ihrer Wohnung verschafft hatte, stand auf einem anderen Blatt. Vielleicht spielte er ein Psychospiel mit ihr und jagte ihr Angst ein, um sein Ziel zu erreichen. Er konnte nicht wissen, dass Anja den Vorfall mit Özgan in ihrem Treppenhaus bereits zu Protokoll gegeben hatte. Sie hatte Bussard davon erzählt und die schriftliche Fixierung ihrer Aussage war nur noch Formsache, falls sie das nicht schon am Wochenende erledigt hatte. Das, was Carlo gegen sie in der Hand zu haben geglaubt hatte, war nicht mehr existent. Anja hatte Susanne am Morgen von ihrer Wohnung aus angerufen und erklärt, alles sei in Ordnung. Falls dieser Carlo nach dem Anruf in Anjas Wohnung aufgetaucht war, gab es vielleicht doch Grund, sich Sorgen zu machen. Es könnte eine Konfrontation gegeben haben, in deren Verlauf Anja zu Schaden gekommen war, und Bussard beschloss, auf Nummer sicher zu gehen. Er zog sein Handy aus der Tasche, wählte Smirnas Nummer und wies den Kollegen der KTU an, Anjas Mobiltelefon zu orten.

13

Mit vor der Brust verschränkten Armen und bewacht von einem uniformierten Kollegen saß der Verdächtige im Vernehmungszimmer. Taifun Kargi war vierundvierzig Jahre alt, nicht besonders groß und hatte wie die meisten türkischstämmigen Menschen tiefschwarze Haare. Er war unrasiert und trug einen braunen Anzug, der schon bessere Tage gesehen hatte, aber keine Krawatte. Der Blick aus seinen dunklen Augen war unverhohlen feindselig. Bussard hatte nichts anderes erwartet, denn die meisten Menschen, die vorbestraft waren und zu einer Vernehmung vorgeführt wurden, betrachteten Polizeibeamte als natürliche Feinde, selbst wenn sie unschuldig waren und nur als Zeugen gehört wurden.

»Wie geht es Ihrer Frau, Herr Kargi?« Bussard setzte sich dem Verdächtigen gegenüber. Das Gesicht des Kommissars war weder freundlich noch unfreundlich und auch aus seinem Tonfall konnte man nicht auf seine Stimmung schließen.

Kargi hatte die Frage offensichtlich nicht erwartet. »Was wollen Sie von meiner Frau?«

»Ich? Nichts. Warum fragen Sie?«

»Sie haben doch gerade nach meiner Frau gefragt.«

»Ja, das stimmt.« Bussard nickte bedächtig. »Ich habe gehört, dass Sie sich getrennt haben.«

»Was geht Sie das an?«

»Keine Ahnung, sagen Sie es mir.«

Bereits in den ersten Sekunden, nachdem Bussard ein Vernehmungszimmer betreten hatte, entwickelte er ein Gefühl für sein Gegenüber. Menschenkenntnis gehörte zum Handwerkszeug eines guten Ermittlers und nach mehr als zwei Jahrzehnten fiel es dem Kommissar in den meisten Fällen nicht schwer, jemanden richtig einzuschätzen. Der Kommissar wirkte völlig unbeteiligt, doch er beobachtete den Verdächtigen aufmerksam. Kargi verschanzte sich, was sich in seiner defensiven Körperhaltung ausdrückte. Bussard vermutete, dass Kargis Widerstand schnell zerbröseln würde, wenn er ihn verunsicherte, anstatt ihn frontal anzugreifen. Ohne seine Mimik zu verändern registrierte er, dass Kargi die verschränkten Arme plötzlich öffnete und sich aufrecht hinsetzte.

»Was wollen Sie eigentlich von mir?«

Bussard wartete einen Augenblick, bevor er mit einer Gegenfrage antwortete. »Was denken Sie, warum wir Sie hergebracht haben?«

»Woher soll ich das wissen? Mir hat keiner was gesagt!«

»Tatsächlich? Das ist seltsam. Eigentlich hätten die Kollegen Ihnen sagen sollen, worum es geht. Vielleicht haben sie es vergessen.«

»Ja, sie haben es vergessen. Also, warum bin ich hier?«

Bussard lehnte sich zurück und verschränkte die Hände im Schoß. »Haben Sie jemanden, der Sie im Laden vertritt?«

»Was? Wieso?« Kargi sah Bussard verblüfft an.

»Ich weiß ja nicht, wie lange die Vernehmung dauern wird. Irgendjemand muss Sie doch vertreten, solange Sie hier sind.«

»Was soll der Scheiß?« Kargis Stimme wurde lauter. »Sagen Sie mir endlich, was Sie von mir wissen wollen!«

»Tja, sehen Sie? Genau das ist das Problem.« Wieder nickte der Kommissar bedächtig. »Ich stelle Ihnen eine einfache Frage, aber Sie beantworten sie nicht. Ich stelle Ihnen eine zweite Frage und die beantworten Sie ebenfalls nicht. Wenn Sie sich weiterhin weigern zu antworten, wird das hier vermutlich sehr lange dauern.«

»Aber Sie haben mich doch noch gar nichts gefragt!« Wieder hatte Kargis Lautstärke ein wenig zugenommen und seine Selbstbeherrschung zeigte einen ersten kleinen Knacks.

»Ich habe Sie gefragt, wie es Ihrer Frau geht.«

»Aber was wollen Sie denn die ganze Zeit von meiner Frau?«

Bussard schüttelte langsam den Kopf. »Sie machen es mir nicht leicht, Herr Kargi. Was ist denn so schwierig daran, meine Frage zu beantworten?«

»Ich verstehe nicht, was die Frage soll!« In einer hilflosen Geste hob Kargi die Hände und ließ sie wieder auf den Tisch sinken.

»Vielleicht machen wir eine Pause, in der Sie sich sammeln können. Sie scheinen etwas verwirrt zu sein, Herr Kargi.« Bussard erhob sich von seinem Stuhl. »Soll ich in einer Stunde wiederkommen?«

»Wieso in einer Stunde?«

»Damit Sie sich darüber klar werden können, wie eine polizeiliche Vernehmung funktioniert.«

»Was heißt das?«

»Ganz einfach: Ich frage, Sie antworten. Wenn Sie so weit sind, sagen Sie meinem Kollegen Bescheid.« Bussard nickte dem Uniformierten zu und wandte sich zur Tür.

»Halt, warten Sie! Ich antworte ja! Fragen Sie, was Sie wollen.«

Der Kommissar drehte sich wieder um und ging zum Tisch zurück. »Sie wollen meine Fragen beantworten?«

Kargi nickte und Bussard setzte sich wieder.

»Also, dann fangen wir noch einmal an. Wie geht es Ihrer Frau?«

»Meiner Frau geht es gut.«

Bussards Gesprächsführung hatte bewirkt, dass sich die Rollen der beiden am Tisch sitzenden Männer innerhalb weniger Augenblicke verändert hatten. Zu Beginn hatten sich zwei Gegner gegenübergesessen. Kargis Körperhaltung mit den verschränkten Armen und dem zurückgezogenen, nach unten geneigten Kinn hatte signalisiert, dass er bereit gewesen war, einen drohenden Angriff abzuwehren. Ohne sich dessen bewusst zu sein, hatten die Arme sein Herz und das Kinn seinen Hals geschützt, zwei neuralgische Punkte in einem Kampf. Entgegen seiner Erwartung hatte Bussard ihn jedoch nicht attackiert. Es gab keinen Vorwurf und keine Beschuldigung, gegen die er sich zur Wehr setzen musste. Die Verunsicherung, die von ihm Besitz ergriffen hatte, weil er nicht wusste, was die Polizei eigentlich von ihm wollte oder über ihn wusste, zwang ihn, seine Strategie aufzugeben. Mit offenen Armen und den Handflächen auf der Tischplatte sah er den Kommissar erwartungsvoll an, bereit, den Mann auf der anderen Seite des Tisches als Sieger eines Kampfes zu akzeptieren, von dem er nicht einmal wusste, dass er ihn ausgefochten und verloren hatte.

»Schön zu hören, dass es Ihrer Frau gut geht. Hat sie die Trennung gut überwunden?«

Kargi zuckte unschlüssig mit den Achseln. »Ich glaube schon.«

»Warum haben Sie sich getrennt?«

»Das geht niemanden etwas an. Das ist Privatsache.« Kargi lehnte sich zurück und verschränkte die Arme wieder vor der Brust. »Warum wollen Sie das eigentlich wissen?«

Bussard antwortete nicht. Ohne jede Regung sah er Kargi direkt in die Augen. Sekunde um Sekunde verrann, bis der Verdächtige schließlich seine Abwehrhaltung wieder aufgab.

»Wir haben viel gestritten.« Kargi ließ die Arme sinken und unterstrich seine Worte mit einer weiteren hilflosen Geste. »Es war besser, dass wir uns getrennt haben.«

»Hat Ihre Frau ein Verhältnis mit einem anderen Mann?«

»Was? Nein!« Kargi war ehrlich entrüstet. »Nein, sie ist meine Frau, sie hat kein Verhältnis!«

»Und Sie? Haben Sie ein Verhältnis mit einer anderen Frau?« Bussard erkannte in Kargis Blick, dass er den Verdächtigen ertappt hatte.

»Ich bin ein ehrlicher Mann.« Kargi drückte die Brust nach vorn, doch seine Augen sahen an Bussard vorbei und sein Versuch, eine Lüge zu vermeiden, scheiterte kläglich. »Sagen Sie mir endlich, was Sie eigentlich von mir wollen!«

Im Gegensatz zum Verdächtigen setzte Bussard die Geste bewusst ein, als er sich zurücklehnte und die Arme vor der Brust verschränkte. Den Kopf langsam hin- und herwiegend zeigte er Kargi, dass er dessen Aussage anzweifelte. »Freundinnen sind teurer als Ehefrauen. Sie wollen immer Geschenke und mit der Zeit kann das ganz schön ins Geld gehen. Haben Sie deshalb versucht, die Versicherung zu betrügen?«

»Ah, jetzt verstehe ich.« Kargis Züge hellten sich auf, denn er glaubte sich wieder auf sicherem Boden. »Das können Sie vergessen. Die Sache ist schon längst erledigt.«

»Ich weiß. Sie wurden zu einer Bewährungsstrafe verurteilt, aber warum haben Sie uns angelogen?«

»Wieso angelogen? Ich habe doch gerade gesagt, dass die Sache längst erledigt ist, Schnee von gestern.«

»Sie haben behauptet, in der Nacht, als Yavuz Özgan ermordet wurde, bei Ihrer Frau gewesen zu sein, aber das war gelogen.«

Vom abrupten Themenwechsel überrascht hob Kargi die Augenbrauen. Sein Mund stand für einen Moment offen und Bussard ließ ihm keine Zeit zum Nachdenken. »Wir wissen, dass Sie nicht bei Ihrer Frau waren. Sie hat es uns selbst gesagt, also haben Sie für die Mordnacht kein Alibi.«

»Für die Mordnacht?«

»Für die Nacht, in der Sie Yavuz Özgan ermordet haben.«

Mit ungläubigem Blick schüttelte Kargi den Kopf. »Aber ich habe ihn nicht ermordet.«

»Sie haben den Mord sogar angekündigt.«

»Was? Nein, niemals!«

»Wieviel Geld haben Sie Özgan geschuldet?«

»Wieviel Geld?«

Bussards Stimme wurde schärfer. »Wieviel Geld haben Sie Özgan geschuldet?«

»Aber ich ...«

»Wieviel?«

Kargi schluckte. Der Kommissar hatte ihn in die Enge getrieben und instinktiv ging der Blick des Verdächtigen nach rechts und links, als ob er nach einem Ausweg suchte. Schließlich sah er den Kommissar wieder an und nickte. »15.000 Euro.«

»Özgan hat Ihnen das Geld geliehen.«

»Ja.«

»Wie hoch waren die Zinsen?«

»Fünfundzwanzig Prozent.«

»Und das war Ihnen zu viel.«

Kargi legte die Handflächen zusammen. Seine Stimme klang halb beschwörend und halb um Verständnis bittend. »Ich habe nur ein kleines Geschäft. Wie soll ich fünfundzwanzig Prozent bezahlen?«

»Als Sie bei Özgan den Kredit aufgenommen haben, waren Sie mit dem Zinssatz einverstanden.«

»Ich musste doch einverstanden sein, sonst hätte mir Yavuz kein Geld gegeben.«

»Und das Geld brauchten Sie, um Ihre teure Freundin zufriedenzustellen.«

»Nein, nein, das stimmt nicht!« Kargi schüttelte vehement den Kopf. »Ich musste Rechnungen bezahlen, Miete und Strom und so weiter. Mein Lieferant wollte mir keine Ware mehr schicken. Das wäre das Ende gewesen. Ich brauchte das Geld.«

»Aber Sie konnten den Kredit nicht zurückzahlen.«

Mit gesenktem Kopf sah der Verdächtige auf die Tischplatte und seine Antwort war nur noch ein Flüstern. »Nein.«

»Allah wird diesen Hundesohn strafen, der arme Leute bestiehlt. Und wenn ich es mit meinen eigenen Händen tun muss! Das haben Sie doch gesagt, nicht wahr, Herr Kargi?«

»Ich habe das nicht …«

»Das haben Sie zu Ihrer Frau gesagt. Jetzt ist Özgan tot und Sie haben keine Schulden mehr. Ich nenne das ein Motiv.«

»Bitte, Herr Kommissar, ich flehe Sie an.« In Kargis Augen standen Tränen. Er sank in sich zusammen, während seine Hände zu zittern begonnen hatten. »Sie verstehen das nicht. Sie wissen nicht …«

»Was weiß ich nicht?«

Kargi schüttelte den Kopf. Als er ihn sinken ließ, fielen Tränen auf seine Knie.

»Was weiß ich nicht?« Bussard nahm die Schärfe aus seiner Stimme, um den Verdächtigen zum Weiterreden zu animieren, doch Kargi antwortete nicht mehr. Stumm vor sich hin weinend schüttelte er nur noch den Kopf.

<><><>

Der Anruf erreichte den Kommissar gerade in dem Augenblick, als er die Tür des Vernehmungszimmers hinter sich ins Schloss zog. Er hatte beschlossen, dem Verdächtigen zehn Minuten Zeit zu lassen. Danach wollte er die Befragung fortsetzen, um entweder ein Geständnis zu erhalten oder sich von der Unschuld des Mannes zu überzeugen, der weinend auf einem Stuhl saß.

Es war nicht schwierig gewesen, seinen Widerstand zu brechen. Kargi war nicht gerade knallhart. Gerade dieser Umstand ließ Bussard jedoch an der Schuld des Verdächtigen zweifeln. Neben der notwendigen Körperkraft brauchte man einen starken Willen, um einen Menschen mit bloßen Händen zu töten. Kargi besaß diesen starken Willen nicht, doch Bussard wusste, dass auch etwas anderes an diese Stelle treten konnte. Die Kraft, die aus der Verzweiflung erwuchs, wenn man keinen anderen Ausweg mehr sah und nichts mehr zu verlieren hatte, konnte einen Menschen befähigen, einen Mord zu begehen. Nach Einschätzung des Kommissars standen die Chancen fünfzig zu fünfzig und er wollte weder darauf wetten, dass Kargi der Täter war noch dass er den Mord an Yavuz Özgan nicht begangen hatte. Die zweite Hälfte der Vernehmung sollte Klarheit bringen, doch zuvor musste er den Anruf entgegennehmen. Nachdem er sich gemeldet hatte, setzte Smirna ihn darüber in Kenntnis, dass er Anjas Handy geortet hatte. Das Signal kam aus ihrer Wohnung. Bussard dankte dem Kollegen der KTU, ging aber nicht in das Vernehmungszimmer zurück, sondern suchte das Büro auf, in dem Wegner und Stemmer arbeiteten.

»Sasha, Julian, ich muss mit euch reden.« Bussard verlangte von seinen Mitarbeitern absolute Geheimhaltung über die Informationen, die er ihnen zu geben hatte. Erst als beide ihre Zusage erteilt hatten, setzte er sie darüber in Kenntnis, dass Anja vermisst wurde.

Er berichtete von Carlo, dem nächtlichen Eindringen in ihre Wohnung und der Tatsache, dass Anja sich seit dem Morgen nicht gemeldet hatte. »Wir müssen davon ausgehen, dass sie nicht in der Lage ist zu telefonieren. Vielleicht hatte sie einen Unfall, vielleicht steckt auch etwas anderes dahinter. Bevor wir nicht wissen, womit wir es zu tun haben, kommt kein Laut über eure Lippen, verstanden?«

Wegner und Stemmer nickten synchron.

»Ihr telefoniert zuerst die Krankenhäuser ab. Falls es keine Spur von Anja gibt, fahrt ihr zu ihr nach Hause. Smirna hat ihr Handy in ihrer Wohnung geortet. Wenn sie euch die Tür nicht öffnet, ruft den Schlüsseldienst. Ihr müsst euch auf jeden Fall Zugang zu ihrer Wohnung verschaffen.«

»Kein Problem, Chef.«

Für Stemmer schien es sich um einen einfachen Auftrag zu handeln, doch Bussard warnte ihn: »Ihr wisst nicht, was euch in Anjas Wohnung erwartet, Julian. Carlo Manz, das ist sein voller Name, könnte in die Wohnung eingedrungen sein und Anja als Geisel halten. Also, seid vorsichtig und vergesst die Eigensicherung nicht!«

Wieder nickten beide synchron.

»Noch etwas: Anjas Wohnung könnte ein Tatort sein. Falls ihr Anja nicht antrefft, dann fasst nichts an, schon gar nicht ohne Handschuhe. Wenn ihr Spuren eines Kampfes findet, ruft mich sofort an und ich werde die Kollegen der KTU informieren. Noch Fragen?«

Die beiden Ermittler verneinten und Bussard ergriff noch einmal des Wort: »Susanne hat um halb acht mit Anja telefoniert. Jetzt ist es gleich halb zwei. Wir vermissen unsere Kollegin seit sechs Stunden. Ihr wisst, was das bedeutet.«

<><><>

Mit hängendem Kopf saß Kargi im Vernehmungszimmer, als Bussard den Raum betrat. Der Kommissar setzte sich dem Verdächtigen gegenüber. Er hoffte, dass er innerhalb weniger Minuten in Erfahrung bringen würde, ob Kargi ein Mörder war.

»Möchten Sie etwas trinken, einen Kaffee vielleicht oder ein Glas Wasser?«

Kargi schüttelte stumm den Kopf.

»Erzählen Sie mir, was Sie letzten Mittwoch gemacht haben.« Bussard sprach ruhig und freundlich. »Wo und mit wem haben Sie den Abend verbracht?«

Kargi zuckte mit den Schultern. Er sah nicht auf, als er leise antwortete: »Keine Ahnung.«

»Sie erinnern sich doch bestimmt. Letzten Mittwoch, das war vor fünf Tagen. So lange ist das noch nicht her. Wann haben Sie Feierabend gemacht?«

»Um sieben.«

»Was haben Sie anschließend gemacht? Wo haben Sie gegessen?«

»Zu Hause.«

»Mit wem?«

»Allein.«

»Was haben Sie nach dem Essen gemacht?«

»Nichts.«

»Nichts? Sie werden doch irgendetwas gemacht haben.«

Wieder schüttelte Kargi stumm den Kopf.

»Haben Sie einen Spaziergang gemacht oder haben Sie ferngesehen?«

»Keine Ahnung.«

»Wann sind Sie zu Bett gegangen?«

»Weiß nicht. Vielleicht zehn, halb elf.«

»Haben Sie davor mit jemandem telefoniert?«

»Nein.«

Bussard runzelte die Stirn. Es war offensichtlich, dass Kargi niedergeschlagen war. Der Verdächtige saß auf dem Stuhl wie eine Marionette, die man achtlos abgelegt hatte. Sein Kopf, seine Schultern und selbst seine Mundwinkel hingen nach unten. Er hatte resigniert und leistete keinerlei Widerstand, weder physisch noch verbal.

»Özgan hat Ihre Notlage ausgenutzt.« Bussard beugte sich vor und stützte die Unterarme auf den Tisch. Er sah Kargi mit sanftem Blick an und sprach leise und verständnisvoll. »Ihr Geschäft geht schlecht und deshalb mussten Sie sich Geld leihen, aber die Zinsen, die Özgan verlangt hat, waren viel zu hoch. So viel konnten Sie nicht bezahlen. Er kam sogar zu Ihnen nach Hause und hat Sie bedroht.«

Kargi nickte kaum merklich und Bussard sprach leise weiter. »Sie sind nicht um zehn oder halb elf zu Bett gegangen. Sie saßen zu Hause und haben nach einem Ausweg gesucht. Ihre wirtschaftliche Existenz und ihre Zukunft standen auf dem Spiel. Özgan hätte Ihnen alles genommen. Er war ein Kredithai, er kannte weder Gnade noch Erbarmen. Der Hundesohn bestahl arme Leute und Sie waren eines seiner Opfer.«

Bussard legte eine kurze Pause ein, um das Bild, das er mit seinen Worten gezeichnet hatte, einen Moment nachwirken zu lassen. Als er fortfuhr, senkte er seine Stimme um eine Nuance. »Um sich aus Özgans Würgegriff zu befreien, haben Sie keinen anderen Ausweg mehr gesehen. In der Nacht von Mittwoch auf Donnerstag sind Sie zu Özgans Haus gefahren. Sie haben eine Scheibe eingeschlagen und sind in seine Wohnung eingedrungen. Vielleicht wollten Sie einfach nur den Kreditvertrag stehlen oder haben nach Geld gesucht. Özgan ist aber aufgewacht und hat Sie im Flur überrascht. Es kam zum Streit und zum Kampf, bei dem Özgan unglücklicherweise starb. Sie wollten ihn nicht ermorden. Sie wollten nur, dass er nicht so hohe Zinsen verlangt und Ihnen mehr Zeit gibt, die Schulden zurückzuzahlen, nicht wahr?«

Kargi schüttelte langsam seinen hängenden Kopf, ohne aufzusehen. »Nein, ich war nicht in seinem Haus. Ich habe ihn nicht ermordet.«

»Aber wir kennen doch Ihr Motiv. Özgan wollte Sie vernichten. Ihm ging es nur ums Geld, alles andere war ihm egal. Er hat jeden Cent aus seinen Opfern herausgepresst. Sie waren dabei nicht der Einzige. Özgan war ein Hurensohn, der ganze Existenzen zerstört hat. Jeder Richter auf der Welt wird das verstehen.«

»Ich habe Yavuz nicht ermordet.«

»Ihrer Frau gegenüber haben Sie doch schon angekündigt, dass Sie Özgan mit Ihren eigenen Händen zur Strecke bringen wollten.« Bussard beugte sich noch weiter vor und versuchte, in Kargis Augen zu sehen. »Erzählen Sie mir, was in der Nacht passiert ist. Reden Sie sich alles von der Seele und Sie werden sehen, dass es dann leichter ist. Sie haben es hinter sich.«

Wieder schüttelte Kargi den Kopf. »Ich habe Yavuz nicht ermordet. Das hätte doch überhaupt nichts genützt.«

Der letzte Satz hatte Bussard überrascht. »Was meinen Sie damit?«

Zum ersten Mal seit Minuten hob der Verdächtige den Kopf und sah dem Kommissar direkt ins Gesicht. »Yavuz ist tot, aber die Schulden bleiben.«

»Bei wem?«

»Die Schulden bleiben immer.« Kargi nickte müde und sein Kopf sank langsam wieder nach unten.

»Wer übernimmt den Kredit? An wen müssen Sie zahlen?«

Der Verdächtige antwortete nicht, doch Bussard hatte eine Idee. »Sehen Sie mich an.«

Kargi reagierte nicht. Bussard schlug mit der flachen Hand auf den Tisch und der Knall ließ Kargi zusammenfahren. Erschrocken sah er den Kommissar an, während Bussard einen Namen präsentierte: »Kaya Yilderim.«

Ein rasches Aufflackern in Kargis Blick verriet, dass der Kommissar ins Schwarze getroffen hatte.

<><><>

Wegner legte den Zeigefinger auf den Mund und nickte dem Mann des Schlüsseldienstes zu, der ihnen die Tür geöffnet hatte, dann verabschiedete er ihn flüsternd: »Schicken Sie die Rechnung an die Ermittlungsgruppe Gewaltverbrechen.«

Der Türöffner packte leise sein Werkzeug ein, nickte den Beamten noch einmal zu und stieg die Treppe hinab. Die beiden Ermittler zogen ihre Dienstpistolen, entsicherten sie, und mit dem Ellenbogen drückte Wegner vorsichtig die Tür einige Zentimeter auf. Aus der Wohnung drang kein Geräusch, doch falls sich Manz in der Wohnung aufhielt, war er gewarnt. Wegner hatte an der Haustür mehrmals auf den Klingelknopf gedrückt und hatte, als keine Reaktion erfolgt war, den Schlüsseldienst angerufen. Falls Manz sie erwartete, wollten sie nicht in eine Falle laufen. Sie trugen zwar Schutzwesten, doch die nützten wenig, wenn man eine Kugel zwischen die Augen bekam.

Durch den Türspalt spähte Wegner ins Innere der Wohnung. Er erkannte einen kleinen Flur und eine offene Tür, die zum Wohnzimmer führte.

»Bereit?«, flüsterte er und Stemmer nickte.

Langsam und vorsichtig drückte Wegner die Tür mit dem Ellenbogen weiter auf. Noch immer war kein Geräusch zu hören. Mit vorgehaltener Waffe trat er in den Flur, wo ein Läufer seine Schritte bis zur Lautlosigkeit dämpfte. Stemmer folgte ihm mit angehaltenem Atem, denn für den jungen Beamten war es der erste potenziell gefährliche Einsatz, seit er ein Jahr zuvor zur Kripo versetzt worden war.

Die offene Tür erlaubte einen großzügigen Blick ins Wohnzimmer. Drei Viertel des Raumes konnte Wegner überblicken, ohne jemanden zu sehen. Zentimeterweise beugte er sich weiter vor, bis er schließlich den ganzen Raum im Visier hatte. Falls sich niemand hinter dem rechten der beiden Sessel versteckte, hielt sich niemand im Wohnzimmer auf. So leise wie möglich schlichen die beiden Beamten in den Raum und Wegner überzeugte sich davon, dass auch der Platz hinter dem Sessel leer war.

Es fanden sich keine Spuren eines Kampfes. Das Wohnzimmer war sauber und aufgeräumt. Anja war offensichtlich zu Hause ebenso ordentlich wie in ihrem Job. Mit einem Kopfnicken deutete Stemmer auf den Tisch. Neben einem Schlüsselbund lag ein Smartphone.

Zwei Räume grenzten an das Wohnzimmer an. Eine der beiden Türen stand eine Handbreit offen und verriet, dass sich die Küche dahinter verbarg. Wegner bedeutete Stemmer mit einem Kopfnicken, den Raum zu inspizieren, während sein Blick ständig zwischen der Küche und der geschlossenen Tür auf der anderen Seite des Wohnzimmers hin und her ging. Mit der Waffe voraus näherte sich Stemmer der Küche. Er drückte die Tür auf, bis ein Widerstand der Bewegung Einhalt gebot. Niemand hielt sich in der Küche auf und nachdem er hinter die Tür gesehen hatte, drehte er sich zu Wegner um und schüttelte den Kopf. Mit einem Blick verständigten sich die beiden Beamten und näherten sich vorsichtig der geschlossenen Tür. Bereit, sofort zu schießen, wenn die Situation dies erforderte, nickten sie sich zu. Da Wegner keine Handschuhe trug, drückte er die Klinke mit dem Ellenbogen der freien Hand nieder, während er mit seiner Waffe auf den entstehenden Spalt zielte. Er atmete einmal tief durch, dann stieß er die Tür mit dem Fuß auf.

Auch das Schlafzimmer war leer. Niemand lag unter dem Bett und niemand versteckte sich im Schrank. Stemmer wollte seine Waffe wieder in das Holster stecken, doch Wegner schüttelte den Kopf. Mit einem geflüsterten »Badezimmer« setzte er sich in Bewegung. Sie durchquerten das Wohnzimmer, gingen in den Flur und blieben vor der letzten Tür stehen, die nicht geschlossen, sondern nur angelehnt war. Wieder tauschten die beiden Beamten einen stummen Blick, dann zielten beide mit ihren Waffen auf die Tür. Wegner spürte plötzlich ein mulmiges Gefühl in der Magengegend. Er schluckte und schließlich stieß er die Tür mit dem Fuß auf.

14

Der Anruf aus der Telefonzentrale des Präsidiums überraschte Bussard. Mit hochgezogenen Augenbrauen lauschte er der Information, die ein Kollege ihm übermittelte. Er bedankte sich, steckte sein Handy ein und ging wieder ins Vernehmungszimmer, wo Kargi noch immer auf dem Stuhl saß. Es war durchaus möglich, dass der Verdächtige gelogen hatte. Kargi konnte Özgan ermordet haben und bei der Vernehmung die Mitleidstour fahren, doch Bussard vertraute auf sein Gefühl. Er ging davon aus, dass er den gesuchten Mörder noch nicht vor sich hatte.

»Erzählen Sie mir von Kaya Yilderim.«

»Yilderim?« Erschrocken schüttelte Kargi den Kopf.

»Sie kennen ihn doch. Was wissen Sie über ihn?«

»Ich sage nichts, gar nichts.«

Bussard setzte sich wieder an den Tisch, lehnte sich zurück und verschränkte die Arme vor der Brust. Kargi wollte nicht über Yilderim sprechen, weil er Angst hatte. Um mehr zu erfahren, musste der Kommissar die Schraube etwas weiter anziehen. »Ich will offen zu Ihnen sein, Herr Kargi. Es sieht nicht gut aus.«

Der Verdächtige reagierte nicht und Bussard fuhr fort: »Sie schuldeten Özgan Geld und Sie konnten weder die Raten noch die Zinsen zahlen. Das ist Ihr Motiv. Sie haben für die Tatnacht kein Alibi, also hatten Sie auch die Gelegenheit, die Tat zu begehen. Außerdem haben Sie vorher gedroht, Özgan zu ermorden. Das hat Ihre Frau ausgesagt.«

Kargi reagierte immer noch nicht und der Kommissar zog den logischen Schluss: »Ein Motiv, kein Alibi und die Morddrohung, das reicht nicht nur für einen Haftbefehl. Die Staatsanwaltschaft wird Sie des Mordes anklagen, das Gericht wird Sie verurteilen und Sie gehen für die nächsten fünfzehn Jahre ins Gefängnis.«

Der Verdächtige zuckte resignierend mit den Schultern. Offensichtlich wollte er lieber unschuldig ins Gefängnis gehen als etwas über Yilderim aussagen. Bussard wartete eine Weile, doch Kargi unternahm keinen Versuch, seinen Kopf aus der Schlinge zu ziehen.

»Sie haben gesagt, dass Sie Özgan nicht ermordet haben.« Bussard beugte sich vor und legte die Handflächen auf den Tisch. Er signalisierte Offenheit und seine Stimme bekam einen warmen, hilfsbereiten Unterton. »Helfen Sie mir zu beweisen, dass Sie nicht der Mörder von Yavuz Özgan sind.«

»Ich habe Yavuz nicht ermordet.«

»Ich weiß, das sagten Sie schon, aber es gibt nichts, was Ihre Unschuld beweist.« Bussard versuchte, den Blick des Verdächtigen mit seinen Augen zu fixieren. »Was hat Yilderim mit der Sache zu tun?«

»Ich weiß es nicht.«

»Yilderim und Özgan haben gemeinsame Sache gemacht. Jetzt schulden Sie Yilderim das Geld, das Sie von Özgan erhalten haben und Sie haben Angst vor ihm.«

»Bitte, ich kann nichts sagen.« Kargis Augen flehten darum, ihn zu verschonen und eine einzelne Träne rann über seine Wange. Bussard erkannte, dass er die Schraube weit genug angezogen hatte. Selbst die Aussicht, für einen Mord, den er nicht begangen hatte, fünfzehn Jahre ins Gefängnis gehen zu müssen, schreckte Kargi weniger als die Rache, die er befürchtete, wenn er etwas Belastendes über Yilderim sagte.

»Sie werden Yilderim das Geld nicht zurückzahlen müssen.« Bussard nickte dem Verdächtigen aufmunternd zu. »Ich habe gerade erfahren, dass er am Stuttgarter Flughafen verhaftet wurde. Sie haben keinen Grund mehr, sich vor ihm zu fürchten. Also, sagen Sie mir, was Sie über ihn wissen. Was hat Yilderim mit dem Mord an Özgan zu tun?«

Kargi sah Bussard lange an, bevor er schließlich ein weiteres Mal den Kopf schüttelte. »Sie kennen ihn nicht, Herr Kommissar. Sie kennen Yilderim nicht.«

<><><>

Gegen fünfzehn Uhr traf Sahin wieder im Präsidium ein. Als Bussard ihm berichtete, wie viel Angst Kargi vor Yilderim hatte, war Sahin nicht überrascht. Sein Informant hatte ihm einiges erzählt, das genau in dieses Bild passte. Yilderim war eine Unterweltgröße, die überall ihre Finger im Spiel hatte. Den älteren und einflussreichen Männern in der türkischen Gemeinde passte der Emporkömmling nicht, der Traditionen verachtete. Yilderim hatte als Drogendealer begonnen, doch er hatte schnell das Metier gewechselt. Seine neue Kundschaft im Kunstgeschäft war reicher und weit weniger auffällig als die Kiffer und Junkies, mit denen er zuvor Geschäfte gemacht hatte. Er verfügte über gute Kontakte in den Nahen Osten und die einzigen Leute, denen er stets großzügig begegnete, waren Zollbeamte. Die Geschäfte mit orientalischen Kunstgegenständen, die heimlich ausgegraben und niemals katalogisiert wurden, liefen ebenso gut wie der Handel mit Raubkunst aus den Kriegsgebieten in Syrien und im Irak. Seine weitreichenden Beziehungen im Transportwesen nutzte er für einen neuen Geschäftszweig, der ihm quasi in den Schoß gefallen war. Kriegsflüchtlinge zahlten hohe Preise, um nach Europa zu kommen. Wer nicht über ausreichend Bargeld verfügte, musste seine Schulden später abarbeiten. Niemand, der Yilderims Dienstleistungen in Anspruch nahm, lehnte sich dagegen auf, wenn er sicher sein wollte, dass seine Familie zu Hause unbehelligt blieb. Die Macht und den Einfluss sowie den Erfolg Yilderims hatte sich Özgan zunutze gemacht. Er hatte Gelder gewaschen und mit seinen Provisionen nicht nur sein Haus finanziert, sondern liquide Mittel mit hohen Zinsen an türkische Landsleute verliehen. Das Inkasso bei säumigen Zahlern hatte Özgan dabei selbst besorgt, zum Teil bei eigenen Schuldnern, zum Teil aber auch bei Yilderims Kunden aus den Kriegsgebieten. Niemand wollte sich Yilderim zum Feind machen, denn man fürchtete ihn mehr als alle Behörden, jeden Staatsanwalt und jeden Richter. Obwohl er erst dreißig Jahre alt war, eilte ihm der Ruf voraus, nach dem Staatspräsidenten der mächtigste Mann der Türkei zu sein.

»Ist das nicht etwas übertrieben?«

»Natürlich ist das übertrieben.« Sahin grinste und zwinkerte mit einem Auge. »Du kennst doch den Orient, alles Märchen aus Tausendundeiner Nacht.«

»Aber dieses Märchen hat ziemlich reale Hintergründe.«

»Stimmt. Yilderim ist gerissen. Er ist seit zehn Jahren im Geschäft, aber es gab noch kein einziges Ermittlungsverfahren gegen ihn. Dass er unter seinem eigenen Namen reist, zeigt, wie sicher er sich fühlt.«

Nachdenklich kratzte sich Bussard am Kopf. »Hat dein Informant etwas, das wir gegen Yilderim verwenden können?«

»Nein, nur Märchen, aber nichts Handfestes. Warum fragst du?«

»Er war Özgans Geschäftspartner, aber wir haben nichts, was ihn mit dem Mord in Verbindung bringt. Sobald er an uns überstellt wird, können wir ihn lediglich als Zeugen befragen.«

»Özgan war nicht Yilderims Geschäftspartner.« Sahin hob den Zeigefinger und bewegte ihn hin und her, um seinen Widerspruch zu unterstreichen. »Er war sein Handlanger, Geldwäscher und Mädchen für alles. Ohne Yilderims Okay ist Özgan nicht mal zum Scheißen gegangen.«

»Özgan war ein Befehlsempfänger?«

»Ja, genau das.«

Bussards Handy läutete. Er nahm es aus der Jacke und sah, dass der Anruf von Wegner kam.

»Sasha, wie sieht's aus?« Bussard hörte einige Augenblicke zu, dann schüttelte er den Kopf. »Verflucht! Verdammte Scheiße! Bleibt, wo ihr seid. Ich schicke euch Smirna!«

<><><>

Nachdem Bussard den Leiter der KTU aufgefordert hatte, alles stehen und liegen zu lassen und sofort zu Anjas Wohnung zu fahren, setzte er sich selbst in Bewegung, um den Tatort mit eigenen Augen zu inspizieren. Seit dem Anruf von Wegner waren keine fünfzehn Minuten vergangen, als der Ermittler und der Kriminaltechniker nahezu gleichzeitig eintrafen. Wegner führte sie zu Anjas Badezimmer und deutete wortlos auf die Spuren eines Kampfes. Die Dübel des Handtuchhalters neben den Waschbecken waren halb aus der Wand gerissen, zwei Ringe des Duschvorhangs hingen lose an der Stange, mehrere Flaschen mit Pflegeprodukten lagen auf dem Boden und über die Kacheln neben der Tür zog sich ein roter Streifen. Nach einem Schnelltest bestätigte Smirna, was alle ahnten. »Es ist Blut.«

Bussard rief im Präsidium an und wies Susanne an, Anjas Blutgruppe aus ihrer Personalakte herauszusuchen und sie ihm zu übermitteln, während Smirna die Bestimmung der Tatortspur vornahm. Zwei Minuten später hatte der Kriminaltechniker Gewissheit. »Beide

Blutgruppen stimmen überein. Ich kann hier zwar keinen DNA-Test vornehmen, aber fürs Erste müssen wir davon ausgehen, dass es Anjas Blut ist.«

»Also wurde sie bei dem Kampf verletzt.«

»Ja, aber die Blutmenge ist nicht besorgniserregend. Es führt keine Spur aus dem Badezimmer durch den Flur und wir haben hier auf dem Fußboden auch keine Blutlache. Falls sie sich keine Kopfverletzung zugezogen hat, bei der das Gehirn …«

»Hör auf, Bertold!« Bussard wollte nicht, dass der Kriminaltechniker den Teufel an die Wand malte. »Es gab einen Kampf, bei dem Anja verletzt wurde, Punkt. Wir spekulieren jetzt nicht über die Schwere ihrer Verletzung, denn wir haben Wichtigeres zu tun. Sasha, du rufst Susanne an und lässt dir die Adresse von Carlo Manz geben! Danach forderst du bei der Staatsanwaltschaft einen Haftbefehl und einen Durchsuchungsbeschluss an! Julian, du informierst Polizeirat Neudörfer! Sag ihm alles, was wir im Augenblick wissen!«

Auf der Ablage unter dem Spiegelschrank lag eine Goldkette mit einem Haifischzahn als Anhänger. Mit dem Hinweis, dass das Schmuckstück vom Täter stammte, wies Bussard den Kriminaltechniker an, das Beweisstück zu sichern. Wegner und Stemmer hatten sich bereits ins Wohnzimmer begeben und telefonierten. Nachdem Wegner die Adresse von Carlo Manz in Erfahrung gebracht hatte, forderte Bussard das Mobile Einsatzkommando an. In knappen Worten erläuterte er dem Einsatzleiter den Ernst der Lage und beschwor ihn, auf nichts und niemanden zu warten, sondern sich sofort in Bewegung zu setzen. Er steckte sein Handy ein und sah sich im Wohnzimmer um. Auf dem Tisch lag ein Handy neben einem Schlüsselbund. Es waren zwei Indizien, zwei stumme Zeugen, die auch den letzten Zweifel hinwegfegten. Anja war entführt worden.

»Ich fahre jetzt zu Manz' Wohnung. Ihr könnt in der Zwischenzeit beten, dass wir Anja unversehrt herausholen.« Bussard verließ die Wohnung und hastete die Treppe hinunter. Jede Sekunde zählte. Er sprang in seinen BMW und jagte mit quietschenden Reifen davon. Während der Fahrt fragte er sich, ob er die Entführung hätte verhindern können. Am Samstagmorgen hatte Anja von der Erpressung berichtet. Er hatte zugesagt, darüber nachzudenken, wie man Manz auf die Finger hauen konnte. Um Anjas Privatsphäre zu schützen, hätte die Sache diskret, aber wirkungsvoll über die Bühne gehen sollen. Ihm war sogar eine Idee gekommen, doch er hatte nicht gesehen, dass Gefahr im Verzug herrschte. Vermutlich hatte Manz Anja am Morgen aufgesucht oder ihr sogar aufgelauert. Sie hatte ihm vielleicht gesagt, dass der Grund für die Erpressung nicht mehr bestand, weil sie in der Zwischenzeit Özgans Übergriff zu Protokoll gegeben hatte. Es war zum Streit gekommen, bei dem Manz sie tätlich angegriffen und verletzt hatte. Möglicherweise hatte er die Entführung nicht einmal geplant. Sie hatte sich aus der Situation ergeben, eine Kurzschlussreaktion, und nun hielt er Anja gefangen, ohne zu wissen, was er als Nächstes tun sollte. Bussard hoffte inständig, dass er mit seinen Vermutungen richtig lag, doch er musste damit rechnen, dass Manz seine Geisel missbrauchen würde. Manz hatte bereits versucht, Anja sexuell zu nötigen und Bussard schwor sich, dass der Entführer den Tag bereuen würde, an dem er Anja auch nur ein Haar gekrümmt hatte.

Die Wohnung lag in der Innenstadt, direkt hinter der ehemaligen Bibliothek der Universität. Das Gebäude war im Jahr zuvor abgerissen worden und der Baustelle wegen hatte man eine der Verkehrsadern mit einer

Vollsperrung belegt, was monatelang zu erheblichen Behinderungen führte. Die kleine Seitenstraße hinter der Baustelle wurde von zwei Fahrzeugen des MEK abgeriegelt. Niemand hatte Zugang und wer aus einem der Häuser kam, wurde von den Einsatzkräften sofort aus der Gefahrenzone gebracht. Als Bussard eintraf, herrschte gespannte Erwartung. Die Beamten hatten sich Zugang zum Haus verschafft und das Treppenhaus besetzt. Jeder Fluchtversuch war damit unmöglich. Allerdings hatte noch niemand versucht, Kontakt mit Manz aufzunehmen und keiner wusste mit Sicherheit, ob sich Täter und Opfer überhaupt im Gebäude aufhielten.

»In der Wohnung rührt sich nichts.« Kai Jennewein, der seit zwei Jahren alle MEK-Einsätze in Freiburg leitete, stand am Treppenabsatz und deutete auf die Wohnungstür. »Wir konnten eine Kamera unter dem Spalt durchschieben, doch wir haben niemanden gesehen. Der Sichtbereich ist ziemlich begrenzt.«

»Also könnten sich der Täter und sein Opfer auch in einem der anderen Zimmer aufhalten?«

»Möglich. Wir wissen es nicht.«

»Dann wissen wir auch nicht, ob er uns bemerkt hat.« Bussard spürte ein nervöses Kribbeln im Magen. Er war angespannt und Adrenalin strömte durch seine Adern. »Verfluchte Scheiße! Manz hat meine Partnerin in seiner Gewalt.«

»Ich weiß. Hat der Täter schon eine Forderung gestellt?«

»Nein, das ist keine Lösegeldgeschichte. Hier geht es um etwas anderes.«

Jennewein hob fragend die Augenbrauen, doch Bussard schüttelte den Kopf. »Wir müssen uns Zugang zur Wohnung verschaffen, jetzt sofort! Schicken Sie Ihre Leute rein!«

»Keine Verhandlung? Kein Versuch, ihn zur Aufgabe zu überreden?«

»Nein, verdammt! Schicken Sie Ihre Leute rein! Was immer geschieht, nehme ich auf meine Kappe, aber beeilen Sie sich!«

»Wissen wir etwas über die Bewaffnung des Täters?«

»Nein, wir wissen nicht einmal, ob er überhaupt eine Waffe besitzt.«

Einen Augenblick lang sah der Einsatzleiter den Kommissar skeptisch an. »Sie übernehmen die Verantwortung für den Einsatz?«

»Ja, Mann, das habe ich doch gerade gesagt.«

»Okay.« Jennewein wandte sich an seine Leute. »Wir gehen rein!«

Es dauerte nur wenige Augenblicke, das Schloss zu knacken, doch Bussard erschien die Zeit endlos. Die Ungewissheit zerrte ebenso an seinen Nerven wie die Gefahr, in der Anja schwebte. Sollte es in der Wohnung zu einem Schusswechsel kommen, konnte eine verirrte Kugel ein Leben innerhalb einer Sekunde beenden. Er hoffte inständig, dass Manz nicht bewaffnet war.

Ein Beamter des Mobilen Einsatzkommandos drückte die Tür geräuschlos auf. Mit vorgehaltenen Waffen schlichen die Männer lautlos in den Flur. Bussard wartete mit angehaltenem Atem und es kostete ihn Mühe, ihnen nicht sofort zu folgen und in die Wohnung zu stürmen. Nach der längsten halben Minute seines Lebens erschien endlich einer der Beamten in der offenen Tür. »Sicherheit vorhanden. Zielpersonen nicht anwesend.«

Bussard wollte die Aussage nicht wahrhaben. »Anja ist nicht in der Wohnung?«

»Nein, es befinden sich keine Personen in der Wohnung.«

»Scheiße!« Der Kommissar verließ seinen Posten auf der Treppe, drängte am MEK-Beamten vorbei und lief in die Wohnung. Nach wenigen Augenblicken hatte er sich selbst überzeugt. Vom Täter fehlte ebenso jede Spur wie vom Opfer.

15

Der Anblick bestätigte jedes Klischee, das über Junggesellen in Umlauf war. Getragene Kleidung verteilte sich über alle Zimmer und in Blumentöpfen vertrocknete Pflanzen boten ein trauriges Bild. Überall lagen leere Chipstüten, Bierflaschen, Schokoladenpapiere, Pizzaschachteln und Werbeflyer herum, zuweilen überzogen von einer dünnen Staubschicht. Im Spülbecken stapelte sich ungewaschenes Geschirr, der Herd war verkrustet und im Schlafzimmer verriet die schmutzige Bettwäsche, dass Manz Laken und Bezüge vermutlich seit Monaten nicht mehr gewechselt hatte. Für die Annahme, dass sich Anja in den Räumen aufgehalten hatte, gab es auf den ersten Blick keinen Hinweis. Da Smirna in ihrer Wohnung beschäftigt war, sicherte sein Kollege Mallmann die Spuren in Manz' Wohnung. Falls es irgendeinen Hinweis auf Anja zu finden gab, würde er ihn entdecken. Bussard zog Schubladen auf und durchstöberte ihren Inhalt, als sein Handy läutete. Smirna berichtete, dass der Kriminaltechniker etwas in Anjas Wohnung entdeckt hatte, das sich der Kommissar persönlich ansehen sollte.

Fünfzehn Minuten später kehrte Bussard in Anjas Wohnung zurück. In Smirnas düsterem Blick erkannte der Kommissar sofort, dass etwas nicht in Ordnung war. »Was ist los, Bertold? Was hast du gefunden?«

»Schau es dir selbst an.« Smirna führte Bussard ins Badezimmer und deutete auf den Spiegelschrank. »Was siehst du?«

»Einen Spiegel.«

»Und darüber?«

»Eine kleine Topfpflanze. Warum fragst du?«

Smirna nahm den Blumentopf vom Spiegelschrank, stellte ihn ins Waschbecken und bog die Blätter auseinander.

»Was zum Henker ist das?« Die Frage war überflüssig, denn Bussard ahnte bereits, um was es sich bei dem kleinen, länglichen Gegenstand handelte.

»Eine Kamera mit Funksender.« Mit einem Kopfnicken deutete Smirna auf die Badezimmertür. »Wir haben noch mehr gefunden. In jedem Zimmer gibt es eine.«

»Manz hat sie beobachtet?«

»Nicht nur das.« Smirna bückte sich und griff hinter den Ablauf des Waschbeckens. Als er sich wieder aufrichtete und die Hand öffnete, sah Bussard einen knopfgroßen, schwarzen Gegenstand. »Wir haben auch Mikrophone wie dieses hier gefunden, ebenfalls in jedem Zimmer.«

»Das Schwein hat sie komplett überwacht?«

»Ja, so sieht's aus. Die Geräte haben nur eine geringe Reichweite, deshalb haben wir uns noch einmal genau umgesehen. Auf dem Schlafzimmerschrank fanden wir hinter einem Koffer eine Empfangsstation und einen zusätzlichen Sender. Dessen Reichweite ist allerdings erheblich größer.«

»Und das heißt?«

»Das heißt, dass wir keinen Anhaltspunkt haben, an welchem Standort die Signale dieses Senders empfangen werden. Er könnte überall in der Stadt stehen, sogar im Umland. Schlimmstenfalls befindet er sich in einem Auto und ist damit mobil.«

»Verdammte Scheiße!« Wütend schlug Bussard mit der Faust gegen die Badezimmerkacheln. »Ruf Mallmann an! Er soll Manz' Wohnung auf den Kopf stellen. Erklär ihm, wonach er suchen soll!«

Die Vorstellung, dass Anja beobachtet und belauscht worden war, widerte Bussard an. Der Täter hatte jede ihrer Bewegungen verfolgt, ohne dass sie irgendetwas davon geahnt hatte. Sie war weder beim Essen allein gewesen noch im Schlaf und höchstwahrscheinlich hatte er sich daran aufgegeilt, sie im Bad zu begaffen, aus der Dusche kommend oder auf dem Klo sitzend.

»Er hat sich Zutritt zu ihrer Wohnung verschafft, um Kameras und Mikrophone zu installieren.« Der Kommissar spürte, wie die Wut in seinen Eingeweiden brodelte. »Weißt du, was das heißt?«

»Das heißt, dass er vermutlich einen Nachschlüssel hat.«

Bussard schüttelte den Kopf und sah Smirna mit blitzenden Augen an. »Das heißt, dass er alles von langer Hand geplant hat! Die Entführung war keine spontane Idee, keine Kurzschlussreaktion.«

»Und wenn die Entführung geplant war ...«

»... dann hat er sich im Vorfeld auch einen Ort organisiert, an dem er Anja versteckt halten kann! Verfluchte Scheiße!«

<><><>

Die Nachricht verbreitete sich wie ein Lauffeuer bei der Freiburger Polizei. Eine entführte Kollegin versetzte jeden Beamten in Alarm. Auf Bussards Veranlassung hin berief Polizeirat Neudörfer eine Besprechung ein, an der Beamte aus allen Abteilungen teilnahmen.

»Nach unserem derzeitigen Erkenntnisstand haben wir es mit einem Stalker zu tun.« Nach Neudörfers einführenden Worten hatte der Chef der Freiburger Kripo das Wort dem Leiter der Ermittlungsgruppe Gewaltverbrechen erteilt und Bussards eindringliche Stimme verdeutlichte allen den Ernst der Lage. »Carlo Manz hat versucht, Anja sexuell zu nötigen, allerdings erfolglos. Deshalb hat er Kameras und Mikrophone in ihrer

Wohnung platziert, wobei wir in diesem Punkt nicht ganz sicher sind. Möglicherweise hat er Anja auch über einen längeren Zeitraum beobachtet und belauscht. Fakt ist jedenfalls, dass Anja verschwunden ist. In ihrem Badezimmer haben wir Kampfspuren entdeckt, unter anderem eine blutige Spur an den Kacheln an der Wand. Die Blutgruppe stimmt mit Anjas Blutgruppe überein und im Augenblick müssen wir davon ausgehen, dass sie verletzt ist. Die Blutmenge an den Kacheln lässt allerdings keinerlei Rückschlüsse auf die Schwere ihrer Verletzung zu. Den PKW von Carlo Manz haben wir in der Nähe seiner Wohnung sichergestellt. Er wird derzeit von der KTU untersucht. Vielleicht findet Smirna Hinweise auf Anjas derzeitigen Aufenthaltsort. Anjas Wagen steht bei ihrer Wohnung. Falls also, wovon wir ausgehen, Manz für die Entführung ein Fahrzeug verwendet hat, wissen wir im Moment nichts darüber. Einige Kollegen sind bereits dabei, Anjas Nachbarn zu befragen und wir hoffen auf den einen oder anderen sachdienlichen Hinweis, der uns vielleicht eine heiße Spur liefert. Im Augenblick haben wir noch keinen Anhaltspunkt, wo wir nach Anja suchen sollen.«

Die Anspannung zeigte sich in allen Gesichtern. Ein Kollege fragte nach dem Täter und Bussard berichtete vom aktuellen Erkenntnisstand. »Carlo Manz ist eins fünfundachtzig groß und untersetzt, hat dunkle Haare und grünblaue Augen. Er ist fünfunddreißig Jahre alt, deutscher Staatsbürger und wohnhaft in Freiburg. Die Durchsuchung seiner Wohnung brachte bislang noch keine nennenswerten Erkenntnisse, wobei sein Computer gerade ausgewertet wird. Manz ist nicht vorbestraft, aber vor zwei Jahren gab es ein Ermittlungsverfahren gegen ihn. Er soll eine Frau sexuell genötigt haben, wobei die Anzeige später zurückgezogen wurde. Es gab einen persönlichen Kontakt zwischen ihm und Anja.

Soweit wir wissen, haben sich die beiden bei einem Tanzkurs kennengelernt.«

»Was, glauben Sie, wird der Täter fordern?«

Bussard sah Neudörfer an und schüttelte den Kopf. »Meinem Gefühl nach wird der Täter keine Forderungen stellen. Er wollte Anja und jetzt hat er, was er will.«

Alle Anwesenden teilten den gleichen Gedanken, doch niemand sprach ihn aus. Was der Täter von ihrer Kollegin wollte, konnte sich jeder im Raum nur allzu gut vorstellen.

»Wir müssen so schnell wie möglich so viel wie möglich über Carlo Manz erfahren.« Der Kommissar deutete auf Wegner. »Sasha wird das koordinieren. Wir stellen eine Gruppe von Beamten zusammen, die Informationen sammeln. Sasha teilt die Leute ein und verteilt die Aufgaben. Ich will, dass jeder befragt wird, der den Namen Manz buchstabieren kann. Sobald Susanne uns Namen liefert, die sie auf seinem Rechner findet, nehmt ihr euch die Leute vor. Befragt die Leute aus dem Tanzkurs, seine Schulkameraden und seinen Frisör. Sobald wir seine Verbindungsdaten ausgewertet haben, setzt sich die nächste Welle in Bewegung. Julian wird euch Namen und Adressen liefern. Diejenigen, denen keine spezielle Aufgabe zugewiesen wurde, schwärmen aus und halten die Augen offen. Alle Funkgeräte bleiben permanent eingeschalten, aber ich will kein privates Gequatsche hören, verstanden? Ihr wisst, was auf dem Spiel steht. Anja ist eine von uns und solange wir sie nicht gefunden haben, drehen wir jeden Stein in der Stadt um! Ich will, dass jeder ein Bild von Carlo Manz auf seinem Handy hat und dass in jedem Einsatzwagen Fotos von ihm hängen. Prägt euch seine Visage ein! Wenn wir ihn finden, dann finden wir auch Anja!«

Die Beamten der verschiedenen Abteilungen verließen eilig den Besprechungsraum, während Techniker eine Einsatzzentrale einrichteten. Alle Informationen mussten an einem zentralen Punkt zusammenlaufen, damit im Eifer des Gefechts nichts verloren ging. Bussard leitete die gesamte Suchaktion, während Wegner als Kopf der Einsatzzentrale fungierte. Es war Montagabend, kurz vor siebzehn Uhr, doch kein einziger der Freiburger Polizeibeamten dachte an den Feierabend.

Eine halbe Stunde später wurde Bussard darüber informiert, dass Kaya Yilderim im Präsidium eingetroffen war. Er sollte zum Fall Özgan vernommen werden, doch der Kommissar wollte sich nicht damit beschäftigen. Özgan war tot und die Aufklärung des Mordes hatte keine Priorität mehr. Bussards Gedanken galten allein Anja und so wies er Sahin an, die Vernehmung durchzuführen. Eine andere Person jedoch, die vernommen werden sollte, interessierte Bussard brennend. Zwei Kollegen der Streife hatten die Frau abgeholt und zum Präsidium gebracht. Als man sie in sein Büro brachte, gebärdete sie sich ziemlich ungehalten. »Was soll das? Warum bin ich wie ein Verbrecher verhaftet worden?«

»Sind Sie Bernadette Mainau?«

»Natürlich bin ich das! Und wer sind Sie?«

»Mein Name ist Bussard und ich versichere Ihnen, dass Sie nicht verhaftet sind.« Der Kommissar deutete auf einen Stuhl. »Bitte nehmen Sie Platz, Frau Mainau.«

»Sagen Sie mir zuerst, was ich hier soll!«

»Ich muss mit Ihnen über Carlo Manz sprechen.«

Frau Mainau verzog angewidert das Gesicht. »Carlo? Den soll von mir aus der Geier holen.«

»Bitte setzen Sie sich.« Bussard deutete noch einmal auf den Stuhl. Über die Meinung zu Carlo Manz musste er die Zeugin nicht befragen, denn das Gesicht der gutaussehenden Frau, die der Kommissar auf Anfang dreißig schätzte, sprach Bände. Bernadette Mainau hatte eine gewisse Ähnlichkeit mit Anja. Ebenso wie Bussards Kollegin war sie mittelgroß, schlank und hatte braune Haare. Frisur, Makeup und Kleidung verrieten, dass sie großen Wert auf ihre äußere Erscheinung legte und der Kommissar wusste sofort, welchen Frauentyp Manz bevorzugte. »Wir haben einen Notfall und jede Minute zählt. Ich hoffe, dass Sie uns weiterhelfen können.«

Der kleine rhetorische Trick funktionierte perfekt. Frau Mainau nahm Platz und sah den Kommissar interessiert an. »Wobei brauchen Sie meine Hilfe? Ist etwas passiert?«

»Eine unserer Kolleginnen wurde entführt und wir vermuten, dass Manz etwas damit zu tun hat. Deshalb brauchen wir dringend möglichst viele Informationen über ihn.«

»Da haben Sie aber Glück.« Sie strich ihren Rock glatt, verschränkte die Hände im Schoß, drückte den Rücken durch und hob das Kinn. »Ich kann Ihnen einiges über Carlo erzählen, glauben Sie mir.«

»Ja, das glaube ich. Deshalb haben wir Sie herbringen lassen.« Bussard wusste, dass er ihr nicht lange schmeicheln musste, damit sie ihm alles erzählte, was sie über Manz wusste. »Tut mir leid, wenn Sie einen falschen Eindruck gewonnen haben. Sie sollten nicht denken, Sie seien verhaftet, aber uns läuft die Zeit davon. Sie sind eine wichtige Zeugin und ich musste so schnell wie möglich mit Ihnen sprechen.«

»Schwamm drüber.« Sie schenkte Bussard ein gönnerhaftes Lächeln. »Was wollen Sie wissen?«

»Vor zwei Jahren haben Sie Strafanzeige gegen Manz erstattet. Erzählen Sie mir, was damals vorgefallen ist.«

Frau Mainau lehnte sich zurück und ihr Blick verdüsterte sich. »Der Hurensohn wollte mich zwingen, mit ihm in seinem Auto zu ficken.«

»Wie kam es dazu?«

»Wir haben uns auf Lisas Hochzeit kennengelernt. Lisa ist eine gute Freundin und die Hochzeit war in Titisee. Sven, ihr Mann, ist von dort und Lisa ist zu ihm gezogen. Ich habe ihr gleich gesagt, dass das nichts für mich wäre, da draußen auf dem Land, wo abends um sieben die Bürgersteige hochgeklappt werden, aber Sie wissen ja, wie das ist. Wenn man verliebt ist, wird die ganze Welt rosarot.«

Bussard befürchtete, die Vernehmung könnte sich stundenlang hinziehen, wenn er den Redefluss der Zeugin nicht in die richtigen Bahnen lenkte. »Und Manz war auch bei dieser Hochzeit?«

»Carlo? Ja, er war auch dort. Sven kannte ihn von irgendwoher. Eigentlich wäre das nicht weiter aufgefallen. Es waren an die hundert Leute eingeladen, aber Carlo trug einen hellblauen Anzug und dazu grüne Schuhe. Können Sie sich das vorstellen, grüne Schuhe zu einem hellblauen Anzug? Sven meinte, Carlo wäre wahrscheinlich farbenblind.«

»Und weiter?«

»Er ist den ganzen Abend um mich herumgeschwänzelt, also Carlo, nicht Sven. Ständig war er in meiner Nähe und hat mich beobachtet. Richtiggehend ausgezogen hat er mich mit seinen Blicken. Ich habe mir zuerst nichts dabei gedacht. Als Frau ist man es ja gewohnt, dass einem die Männer bewundernde Blicke zuwerfen. Das passiert mir jeden Tag, wissen Sie? Carlo hat mir Getränke geholt und mich zum Tanzen aufgefordert. Das war auch ganz nett, denn es gibt nicht viele Männer, die tanzen können, aber als Mann war er einfach nicht mein Typ, verstehen Sie? Männer müssen ein gewisses Niveau haben …«

Bussard schickte ein stummes Stoßgebet zum Himmel. Die Zeugin strapazierte seine Geduld und je länger sie redete, desto mehr verlor sich jede Ähnlichkeit mit Anja, deren Bild ständig vor seinem geistigen Auge präsent war. »Was hat Manz getan, das Sie veranlasst hat, Strafanzeige zu erstatten?«

»Er hat die Situation ausgenutzt, schamlos, verstehen Sie?«

»Welche Situation?«

»Ich hatte doch kein Auto dabei, weil ich mit Lisas Bruder nach Titisee gefahren bin. Wenn ich geahnt hätte, was passiert, hätte ich mir ein Hotelzimmer genommen. Mir ist doch erst viel später klar geworden, was für ein mieser Dreckskerl Carlo ist.«

»Sie waren in seinem Auto?«

»Das habe ich doch gerade gesagt.« Die Zeugin sah den Kommissar an, als wäre er schwer von Begriff. »Ich hatte kein Auto dabei, weil ich mit Lisas Bruder nach Titisee gefahren bin.«

Bussard unterdrückte einen Seufzer. »Und die Rückfahrt?«

»Zurück bin ich mit Carlo gefahren. Er hat mich gefragt, ob ich mitfahren will nach Freiburg, aber unterwegs ist er irgendwo abgebogen. Das wäre eine Abkürzung, hat er gesagt. Es war ja dunkel und hat geregnet und plötzlich standen wir mitten im Wald, verstehen Sie? Mitten im Wald!«

»Und dann hat er Sie belästigt?«

Mit wütendem Blick sah Frau Mainau Bussard an. »Das Schwein hat gesagt, wenn ich es nicht mit ihm treibe, schmeißt er mich einfach aus dem Auto!«

»Und weiter?«

»Was hätte ich denn machen sollen? Es war Nacht und es hat geregnet.« Die Wut im Blick der Zeugin war der Empörung gewichen und ihre Stimme bekam einen anklagenden Ton. »Sie wissen ja gar nicht, was da alles hätte passieren können. Ich habe gehört, dass es wieder Wölfe im Schwarzwald gibt. Was hätten Sie denn gemacht, nachts, ganz allein im Wald? Mir blieb doch gar nichts anderes übrig, als die Beine breit zu machen, aber gleich am nächsten Tag habe ich den Hurensohn angezeigt.«

»Aber die Anzeige haben Sie später wieder zurückgenommen.«

»Ja, meine Anwältin hat mir das geraten. Sie hat gesagt, dass es keine Zeugen gibt und dass Carlos Anwalt mich bestimmt fragen würde, wieviel ich getrunken hatte. Vor Gericht hätte ich keine guten Karten, weil ich ja auch keine Verletzungen hätte, die eine Vergewaltigung beweisen würden.« Sie beugte sich vor, senkte die Stimme und lächelte verächtlich. »Außerdem hat es nur eine Minute gedauert und ich bin ja nicht daran gestorben. Manchmal muss eine Frau eben Opfer bringen.«

Bussard nickte bedächtig, obwohl sein Puls höher war als gewöhnlich. Er hatte eine Geschichte gehört, aber nichts erfahren, das ihn weiterbrachte. »Sie haben sich während des Abends doch bestimmt mit Manz unterhalten. Worüber haben Sie gesprochen?«

»Aber das ist doch schon zwei Jahre her.« Sie sah ihn an, als hätte er soeben versucht, ihr ein unmoralisches Angebot zu machen. »Woher soll ich das denn noch wissen?«

»Erinnern Sie sich vielleicht an irgendetwas, das er gesagt hat? Hat er einen bestimmten Ort erwähnt, vielleicht eine Hütte, ein geheimes Plätzchen oder etwas in der Art?«

»Keine Ahnung.« Die Zeugin zuckte mit den Achseln und sah gelangweilt aus dem Fenster, dann wandte sie plötzlich wieder interessiert den Kopf. »Hat Carlo tatsächlich eine Frau entführt?«

»Möglicherweise.«

»Naja, sie wird wahrscheinlich nicht viel zu leiden haben. Bei mir hat es jedenfalls nur eine Minute gedauert.«

Bussard bezweifelte, dass Bernadette Mainau ihm etwas Tröstendes hatte sagen wollen. Die Vernehmung war reine Zeitverschwendung und er stand hinter seinem Schreibtisch auf. »Danke, dass Sie sich Zeit genommen haben.«

»War das schon alles?«

»Ja, das war schon alles.«

Die Zeugin erhob sich von ihrem Stuhl und lächelte selbstbewusst. »Schön, dass ich Ihnen helfen konnte. Wenn Sie Carlo verhaften, können Sie ihn meinetwegen gleich erschießen. Sie würden der Welt damit einen Gefallen tun.«

<><><>

Die Kollegin, die Bussard auf dem Flur traf, erinnerte ihn immer an Liza Minelli. Sie war nicht sehr groß, was sie jedoch mit ihren High Heels auszugleichen versuchte. Ihr Markenzeichen waren dunkelblaue oder schwarze Hosenanzüge mit Nadelstreifen und ihre Frisur, die in erster Linie für die Ähnlichkeit mit der berühmten Sängerin verantwortlich war. Heidi Peters, die ein abgeschlossenes BWL-Studium vorweisen konnte, leitete das Wirtschaftsdezernat, in dem Anja bis zu ihrer Versetzung zur Ermittlungsgruppe Gewaltverbrechen gearbeitet hatte. »Neue Erkenntnisse?«

»Nein, leider noch nicht. Wir haben noch keine Spur von Anja.«

Heidi sah Bussard mit großen Augen an und der Kommissar spürte, was sie empfand. Sie war mit Anja befreundet und machte sich ebenso große Sorgen wie er, versuchte aber tapfer, ihre Besorgnis zu verbergen. »Ich habe gehört, dass es eine Zeugin gibt.«

»Das war ein Schuss in den Ofen. Ich habe sie gerade vernommen, aber sie hat nichts Sachdienliches berichten können.«

»Steht sie mit der Entführung irgendwie in Verbindung?«

»Nein, ganz im Gegenteil. Manz hat sie vor zwei Jahren mal zum Sex genötigt und deshalb hat sie ihn damals angezeigt. Das war alles. Über Manz selbst konnte sie nichts sagen.«

Heidi schüttelte den Kopf. Sie war Polizistin, doch es gab nichts, was sie tun konnte, um Anja zu helfen. Zur Untätigkeit verdammt musste sie sich in Geduld üben, auch wenn es ihr schwer fiel. »Warum sollte ich eigentlich zu dir kommen?«

»Anja war doch letzten Freitag in deiner Abteilung.«

Heidi nickte. »Sie hat Buchhaltungsunterlagen von eurem Mordopfer durchgearbeitet.«

»Hat sie mit dir darüber gesprochen?«

»Ja, sie hat von Scheinfirmen und Geldwäsche berichtet.«

»Okay, dann werde ich dir jetzt jemanden vorstellen.« Bussard ging auf den Vernehmungsraum zu und Heidi folgte ihm. Als er die Tür öffnete und ihr den Vortritt ließ, sah sie zwei Männer an einem Tisch sitzen, von denen sie keinen kannte.

Bussard verzichtete auf eine Vorstellung. »Wie sieht's aus, Ilkay? Hat er irgendetwas zu sagen?«

Sahin schüttelte den Kopf. »Unser Freund Yilderim weiß nichts, überhaupt nichts. Er hat nichts gesehen, nichts gehört und nichts gesagt. Außerdem hat er noch nie etwas Illegales getan und er kennt auch niemanden, der Özgan heißt.«

»Ja, genauso ist das.« Yilderims Lächeln hatte etwas Wölfisches an sich und Bussard erkannte auf den ersten Blick, dass dieser Mann gefährlich war. Obwohl der

Beschuldigte lässig auf dem Stuhl saß, die Beine übereinandergeschlagen und die Hände entspannt auf seinem Oberschenkel liegen hatte, strahlte er Bedrohlichkeit aus. Sein Lächeln erreichte seine Augen nicht, denn mit seinem Blick taxierte er seine Gegner. »Ihr Kollege hier hat etwas von einem Mord erzählt, mit dem ich nichts zu tun habe. Offensichtlich gibt es auch keine Beweise gegen mich. Habe ich recht?«

»Wir können beweisen, dass Sie Yavuz Özgan kannten und wir können beweisen, dass Sie mit ihm illegale Geschäfte gemacht haben.« Bussards letzte Bemerkung war ein Bluff, doch Yilderim ging dem Kommissar nicht auf den Leim.

»Was spielt das für eine Rolle, ob ich Özgan gekannt habe?«

»Sie haben uns angelogen.«

»Na und? In meiner Heimat lügt jeder die Polizei an. Alle wissen das und es interessiert niemanden.«

»Haben Sie Yavuz Özgan ermordet?«

»Nein.«

»Ist das auch gelogen?«

»Sie haben doch überhaupt nichts gegen mich in der Hand, sonst hätten Sie mir doch schon längst die Mordwaffe oder einen Fingerabdruck präsentiert.« Mit dem Zeigefinger schnippte Yilderim einen Fussel von seiner Hose, dann stand er auf und zupfte an seinen Manschetten. »Sie können nicht beweisen, dass ich etwas mit dem Mord an Özgan zu tun habe. Ich bin nicht verhaftet, also werde ich jetzt nach Hause gehen.«

»Nein.« Bussard erwiderte Yilderims Lächeln auf die gleiche Weise. »Das ist meine Kollegin Peters vom Wirtschaftsdezernat. Wir haben Özgans Buchhaltung konfisziert und Frau Peters hat eine Menge Fragen. Wenn Sie alle Fragen zur ihrer Zufriedenheit beantwortet haben, wird Frau Peters entscheiden, ob Sie nach Hause gehen können. Ich würde allerdings nicht darauf wetten.«

16

Um achtzehn Uhr trafen sich einige Beamte im Besprechungszimmer, doch es gab noch keine heiße Spur. Die Kollegen der KTU arbeiteten mit Hochdruck. Alles, was sie in den Wohnungen von Anja und Manz sichergestellt hatten, wurde kriminaltechnisch untersucht und ausgewertet, doch es war noch nicht gelungen, Querverbindungen herzustellen. Smirna ging davon aus, dass Anja sich nie in Manz' Wohnung aufgehalten hatte. Auf den Kameras und den Mikrophonen fanden die Kollegen keine Fingerabdrücke. Über die Herkunft der technischen Geräte ließ sich in der Kürze der Zeit ebenfalls nichts herausfinden. Sicher war lediglich, dass es sich nicht um Spielzeug aus einem Elektronikmarkt, sondern um professionelles Equipment handelte. Der PC des Verdächtigen war in dieser Hinsicht sauber. Susanne fand weder heimlich aufgenommene Fotos, Videos oder Tonaufnahmen von Anja noch Software, die mit Kameras und Mikrophonen in Verbindung hätte stehen können. Diese Erkenntnis führte jedoch nur zu dem Schluss, dass Manz seinen Heimcomputer nicht für die Überwachung verwendet hatte. Dass er mit einem anderen Gerät an einem anderen Ort gearbeitet hatte, ließ sich nicht einmal ansatzweise ausschließen. Die Untersuchung von Manz' PKW stand noch aus und Smirna hoffte, dass er wenigstens eine winzige Blutspur finden würde, die bewies, dass sich Anja in dem Wagen aufgehalten hatte. Die Fäden, die Täter und Opfer verbanden und die aufzuspüren rudimentärer Teil jeder Ermittlungsarbeit war, interessierten Bussard jedoch nicht. Ungeduldig und angespannt wartete er darauf, dass einer der Beamten auf einen Hinweis stoßen würde, wo sie nach Anja suchen sollten, denn Manz aufzuspüren gelang nicht, solange er sich versteckt hielt und sein Handy ausgeschaltet ließ.

Alle Informationen liefen bei Wegner zusammen. Wann immer ein neuer Name auftauchte, schickte er sofort zwei Beamte zur jeweiligen Adresse. In weniger als einer Stunde waren bereits dreißig Personen aus Manz' Umfeld vernommen worden, ohne dass sich daraus ein einziger Hinweis auf ein mögliches Versteck ergeben hätte. Niemand wusste etwas von einem Unterschlupf, einer Hütte, einem Gartenhäuschen, einer Garage oder sonst einem Objekt, das er gemietet hatte oder das ihm auf andere Weise zur Verfügung stand. Keiner der Befragten hatte Manz im Lauf des Tages oder des Vortages gesehen. Als letzten bekannten Aufenthaltsort konnten die Beamten ein Lokal ermitteln, das er in der Nacht von Samstag auf Sonntag gegen ein Uhr verlassen hatte. Danach verlor sich seine Spur und die Ermittler gingen davon aus, dass er den Sonntag dazu genutzt hatte, die Entführung vorzubereiten. Eine entscheidende Frage war, an welchem Ort er diese Vorbereitungen getroffen hatte. Die Auswertung des Bewegungsprofils seines Handys ergab, dass er nach seinem Kneipenbesuch nach Hause gegangen war und die Funkzelle in der Nähe seiner Wohnung datierte das letzte Signal auf Sonntag, 0:03 Uhr.

Nachdem die Besprechung beendet war, wandte sich Sahin an Bussard. »Nur ganz kurz: Yilderim ist nicht unser Mann. Er hat Özgan nicht ermordet.«

»Bist du sicher?«

»Yilderim wurde am Stuttgarter Flughafen verhaftet, aber nicht bei der Ausreise, sondern der Einreise. Er ist nachweislich aus der Maschine gestiegen, die in Istanbul gestartet war. Laut seinem Pass hat er sich in den letzten drei Wochen in der Türkei aufgehalten. Ich habe seine Flugdaten gecheckt, alles sauber.«

»Vielleicht …« Bussard dachte daran, dass Yilderim auch mit dem Auto oder dem Schiff nach Deutschland gereist sein könnte, um die Einreisekontrollen zu umgehen, doch er verwarf den Gedanken gleich wieder. Dem Verdächtigen standen einfachere Möglichkeiten zur Verfügung, als tagelang mit dem Auto über den Balkan und wieder zurück zu fahren, nur um sich ein Alibi zu besorgen. »Bleib an der Sache dran, Ilkay. Vielleicht hat Yilderim jemanden mit dem Mord beauftragt. Dass er Dreck am Stecken hat, rieche ich zehn Meter gegen den Wind.«

»Stimmt schon, Bussard, aber in der Özgan-Sache haben wir im Moment noch nichts gegen ihn in der Hand.«

»Das geht mir auch am Arsch vorbei!« Bussard schüttelte unwillig den Kopf. »Solange wir nichts über Anja wissen, ist alles andere zweitrangig!«

<><><>

Sie schlief noch immer und er hoffte, dass er die Dosis nicht zu hoch gewählt hatte. Seine medizinischen Kenntnisse beschränkten sich in erster Linie auf die Anatomie. Er wusste genau, welche Körperstellen er mit welcher Intensität treffen musste, um eine gewünschte Wirkung zu erzielen. Mit einem einzigen Schlag konnte er einen Gegner kampfunfähig machen oder töten, je nachdem, und der Tod trat durch eine Atemlähmung, einen Herzstillstand oder einen Genickbruch ein. Seine Kenntnisse der Physiologie dagegen waren ziemlich beschränkt. Er kannte Drogen, die bestimmte Reaktionen im Körper hervorriefen, und andere, die den Geist beeinträchtigten. Über Wechselwirkungen, Unverträglichkeiten oder allergische Reaktionen wusste er nichts, doch bei der Vorstellung an eine Überdosierung spürte er deut-

lich die lähmende Furcht, die ihn mit ihrer hässlichen Fratze angrinste.

Ihr Atem ging ruhig und gleichmäßig. Sie schlief friedlich wie ein Baby. Ob sie träumte, wusste er nicht, denn die Pupillen hinter den geschlossenen Lidern bewegten sich nicht. Seit zwei Stunden saß er nun schon am Bett, ihr Gesicht betrachtend und auf ihren Atem lauschend. Eigentlich hätte es ihm nichts ausgemacht, bis zum jüngsten Tag damit fortzufahren. Er stellte keine großen Ansprüche und ihre Gegenwart hätte ihm vollkommen genügt. Irgendwann jedoch musste sie aufwachen, denn er hatte sie nicht betäubt, um ein Koma hervorzurufen. Er wollte mit ihr sprechen, ihre Stimme hören und wissen, warum sie gegangen war. Dass sie ihm das Herz gebrochen hatte, gestand er sich nicht einmal selbst ein, doch er wusste, dass er sie mehr liebte als alles andere auf der Welt. Dass sie ihn ebenfalls liebte, stand außer Frage. Er hatte es in ihren Augen gesehen.

Zeit und Raum hatten sich verändert, ohne dass er es bemerkt hatte. Für ihn hatte sie ihn erst am Tag zuvor verlassen, doch er hatte sie zurückgeholt. Der Gedanke, dass sie jenen Hügel überschritten hatte, um nie mehr zurückzukehren, war unerträglich gewesen. Sie hatten sie mitgenommen, doch er hatte sofort bezweifelt, dass sie freiwillig gegangen war. Sie hatte sich nicht wehren können. Zu sehr war sie in den gesellschaftlichen Strukturen gefangen gewesen, die ihr eine Auflehnung unmöglich gemacht hatten. Ohne Hilfe wäre sie für immer eine Gefangene geblieben, von Männern unterjocht, die im Namen Allahs Frauen als Sklavinnen hielten. Man hätte sie gedemütigt, entrechtet und schlimmstenfalls hingerichtet, wenn man ihrer überdrüssig geworden wäre. Er hatte das gewusst, aber im entscheidenden Augenblick hatte er nicht handeln können. Seine Befehle waren eindeutig gewesen und eine Missachtung war für ihn selbstverständlich nicht infrage gekommen. Nun aber hatte er die Gelegenheit beim Schopf gepackt. Er hatte sie befreit und kein Taliban sollte es jemals wieder wagen, seine dreckigen Finger nach ihr auszustrecken.

<><><>

»Sorry, aber wir haben hier einen Notfall. Es ist gut möglich, dass wir die Nacht durchmachen müssen. Mehr kann ich dir im Augenblick leider nicht sagen.«

»Kein Problem. Melde dich einfach wieder, wenn du Zeit hast.«

»Mach ich, aber es kann sein, dass ich dich erst morgen wieder anrufe.«

»Schon gut. Job ist Job und eine Nacht ohne dich werde ich schon noch überstehen. Ich träume von dir.«

»Ja, okay, bis irgendwann.« Bussard unterbrach die Verbindung und steckte sein Handy ein. Er stand auf dem Hof des Präsidiums und rauchte eine Selbstgedrehte. Eigentlich hatte er sich auf den Abend und die Nacht mit Isa gefreut und ihr war es vermutlich ebenso ergangen, doch die Ereignisse hatten ihnen einen Strich durch die Rechnung gemacht. Immerhin konnte er sich mit dem Gedanken trösten, dass sie seine Absage ohne Murren akzeptierte. Isa war eben doch easy. Er kannte sie erst seit wenigen Tagen, doch er hatte das untrügliche Gefühl, dass sich etwas entwickeln würde, das Bestand hatte. Die Vorstellung, dass sie die Frau sein sollte, mit der er den Rest seines Lebens verbrachte, war fast zu schön, um wahr zu sein.

Der Kommissar zog an seiner Zigarette und inhalierte tief. Der Gedanke an Isa hätte ihn eigentlich lächeln lassen sollen, doch die Sorge um Anja zerfurchte sein Gesicht. Bernadette Mainau hatte gemutmaßt, dass

Anja in der Gewalt von Carlo Manz nicht viel zu leiden haben würde. Eine Entführung allerdings genügte, um ein Trauma auszulösen, ebenso wie eine Vergewaltigung. Es war nicht einfach, den Gedanken zu verscheuchen, was Anja ertragen musste und wie sehr sie später darunter zu leiden haben würde, vorausgesetzt, es gelang Bussard und seinen Kollegen, sie lebend zu befreien.

Bussard trat seine Zigarette aus und kehrte ins Präsidium zurück. Solange er beschäftigt war und konzentriert arbeitete, waren die Gedanken an das »Was wäre, wenn …« nicht ganz so präsent. Als er die Einsatzzentrale betrat, schnippte Wegner mit den Fingern, um auf sich aufmerksam zu machen.

»Ja, ja okay, habe ich notiert, danke!« Wegner legte den Telefonhörer auf und sprang von seinem Stuhl auf. »Wir haben einen Leichenfund, männlich.«

»Hinweise auf Gewalteinwirkung?« Bussard hatte die Frage automatisch gestellt, weil sie die Grenze der Zuständigkeit definierte. Wenn die entsprechenden Hinweise gefunden wurden, nahm die Ermittlungsgruppe Gewaltverbrechen ihre Arbeit auf. In der angespannten Situation jedoch war ein Leichenfund das Letzte, das Bussard gebrauchen konnte.

»Ja, es gibt Hinweise auf Gewalteinwirkung. Die Leiche soll ziemlich übel zugerichtet sein.« Wegner hielt einen Notizzettel in der Hand, doch es war überflüssig, einen Blick darauf zu werfen. Den Namen des Opfers und den Ort des Leichenfundes hatte er bereits in seinem Gedächtnis gespeichert. »Die Leiche liegt auf der Baustelle der alten Unibibliothek. Die Information ist zwar noch nicht bestätigt, doch es könnte sich um Carlo Manz handeln!«

<><><>

Die Baustelle war weiträumig abgesperrt. Das Polizeiaufgebot, das wesentlich größer war als üblich, lockte immer mehr Schaulustige an. Sie drängten sich jenseits des Absperrbandes, schossen Handyfotos und nahmen Videos auf, obwohl es nichts zu sehen gab. Minuten später kursierten in den sozialen Netzwerken bereits Gerüchte, dass beim Einsturz der Freiburger Unibibliothek Menschen verschüttet und getötet worden waren. Beweisfotos gab es in Hülle und Fülle, nur den Wahrheitsgehalt der Sensationsmeldungen suchte man vergeblich.

Der Fundort der Leiche lag nur einen Steinwurf von der Wohnung des Toten entfernt. Auch wenn das blutverschmierte Gesicht erhebliche Verletzungen aufwies, war die Ähnlichkeit mit Carlo Manz unverkennbar. Stemmer, der jüngste Beamte in Bussards Team, durchsuchte die Taschen der Leiche. Nach seinem Studium an der Fachhochschule und zwei Jahren bei der Bereitschaftspolizei war der Kommissaranwärter schon an seinem ersten Arbeitstag ein Jahr zuvor mit einem ermordeten Mathematikprofessor konfrontiert worden. Seinem jugendlichen Übermut, begleitet von der verständlichen Unsicherheit des Berufsanfängers, hatte Bussard schnell Zügel angelegt. Stemmer schickte sich an, ein guter Ermittler zu werden. Nur die für die erfolgreiche Arbeit notwendige Diskretion hatte er noch nicht verinnerlicht. Als Vertreter einer Generation, für die es alltäglicher Usus war, die unbedeutendsten Kleinigkeiten und die uninteressantesten Belanglosigkeiten dem weltweit unbegrenzten Datenstrom zu übereignen, tat er sich noch schwer damit, der Vertraulichkeit des Wortes den gebührenden Stellenwert einzuräumen.

»Hat er einen Ausweis bei sich, Julian?«

»Moment.« Stemmer zog einen Geldbeutel aus der Gesäßtasche des Toten. Als er das gesuchte Dokument fand, wedelte er damit in der Luft. »Er ist es!«

Der Kommissar warf seinem Mitarbeiter einen tadelnden Blick zu und Stemmer senkte sofort die Stimme. »Es ist Carlo Manz.«

»Scheiße!« Die Anspannung, unter der Bussard stand, hatte sich innerhalb eines Augenblicks verdoppelt. »Scheiße! Scheiße! Scheiße!«

Er kickte einen Geröllklumpen zur Seite und sah sich suchend um. Von seinem Standort im Stadtzentrum aus erstreckte sich das Häusermeer kilometerweit in jede Richtung. Anja konnte in einem Häuschen in einer Schrebergartensiedlung am Stadtrand liegen oder nur zwei Straßen entfernt in einem Keller. Es gab nicht den kleinsten Anhaltspunkt, wo sie gefangen gehalten wurde, und der Mann, den Bussard danach hätte fragen können, lag tot zwischen Schutt und Steinen.

»Wo ist Münchrath?«

»Keine Ahnung.«

»Ruf ihn an! Er soll sich beeilen!«

»Ich hab keine ...« Bussards wütender Blick ließ Stemmer verstummen. Er nahm sein Handy und rief im Präsidium an, um sich die Handynummer des Rechtsmediziners übermitteln zu lassen, dann setzte er sich mit dem Pathologen in Verbindung. Eine Minute später erstattete er Bericht: »Der Professor hatte einen Verkehrsunfall, nichts Schlimmes, nur Blechschaden. Es wird aber noch eine Weile dauern, bis er da ist. Er sagt, wir sollen warten und die Leiche nicht anfassen.«

»Uns läuft die Zeit davon!« Bussard wandte sich um und ging zur Leiche zurück. Dass Manz nicht mehr lebte, war offensichtlich. Sein Gesicht war zerschlagen, Mund und Nase waren blutverkrustet und ein breiter Kratzer zog sich über die Stirn und das linke Auge. Es schien, als habe Manz schwere Prügel bezogen. Möglicherweise war er sogar totgeschlagen worden. Die genaue Todesursache interessierte den Kommissar in diesem Augenblick jedoch nicht. Er musste wissen, wo sich Manz vor seinem Tod aufgehalten hatte, und er hoffte, dass Pathologie und Kriminaltechnik diese Frage beantworten konnten, so schnell wie möglich.

Irgendjemand hatte der Welt einen Gefallen getan. Bussard teilte die Meinung von Bernadette Mainau nicht, denn der Jemand hatte der Welt einen Bärendienst erwiesen. Manz war tot und sein Mörder hatte ein zweites Menschenleben auf dem Gewissen, wenn sie Anja nicht bald fanden. Im günstigsten Fall, sofern sie mit Wasser und Nahrung versorgt war, konnte sie vielleicht eine Woche überleben. In der Nacht fielen die Temperaturen nicht unter zehn Grad und notfalls konnte sie sich in ihrem Gefängnis mit gymnastischen Übungen warm halten. Wenn sie aber gefesselt war und kein Wasser zur Verfügung hatte, sanken ihre Überlebenschancen rapide. Länger als drei Tage würde ihr Körper nicht standhalten, bevor Anja an Nierenversagen qualvoll sterben würde.

»Julian, du bleibst hier, bis Münchrath kommt. Die Kollegen von der KTU sollen die Hufe schwingen. Wir brauchen jede Information, die wir kriegen können.«

»Alles klar, Chef.«

»Schick Beamte in die umliegenden Häuser! Sie müssen mit jedem sprechen, der im Umkreis von einhundert Metern wohnt oder arbeitet. Irgendjemand muss etwas gehört oder gesehen haben, schließlich sind wir hier mitten in der Stadt. Ich fahre ins Präsidium zurück. Ruf mich sofort an, sobald sich etwas ergibt!«

<><><>

Auch Polizeirat Neudörfer war die Anspannung anzumerken. Bussard unterrichtete den Chef der Freiburger Kripo über den Leichenfund und die Bedeutung des

Mordes an Carlo Manz für die Suche nach Anja. Neudörfer wirkte fahrig. Hinter seinem Schreibtisch sitzend nahm er einen Stift zur Hand und legte ihn wieder weg, nestelte an seiner Krawatte herum und trommelte mit den Fingerspitzen auf der Tischplatte. Er stand auf, ging ein paar Schritte und setzte sich wieder, während die Nervosität ihn schneller sprechen ließ als gewöhnlich. »Wie wollen Sie jetzt weiter vorgehen?«

Bussard hatte eine Entscheidung getroffen, die ihm selbst nicht gefiel. Eine andere Lösung sah er jedoch nicht. »Wir müssen die Medien informieren und einen Aufruf starten. Ohne sachdienliche Hinweise aus der Bevölkerung werden wir Anja nicht finden.«

»Haben Sie denn überhaupt keine Spur?«

»Nein, haben wir nicht.« Der Kommissar bewegte stakkatohaft die Zehen in seinen Stiefeln. Seine Nervosität war nicht so offensichtlich wie die seines Chefs, doch nicht weniger ausgeprägt. Anja wurde seit zwölf Stunden vermisst und die Uhr tickte gegen sie.

»Veranlassen Sie, was immer Ihnen nötig erscheint. Sie haben freie Hand, Bussard, aber bitte ...«, der Polizeirat sah den Ermittler flehend an, »... bringen Sie Frau Hill lebend und unversehrt zurück.«

Bussard nickte, doch er konnte nichts darauf erwidern. Eine Garantie konnte er nicht geben, selbst wenn er nichts lieber getan hätte. Er stand von seinem Stuhl auf und ging zur Tür. Als er die Klinke drückte, wandte er sich noch einmal um. »Wenn Sie etwas tun wollen: Beten Sie, dass wir Anja bald finden!«

Nach seinem Gespräch mit dem Kripochef suchte der Kommissar Thomas Rombach auf. Er bat den Pressesprecher der Freiburger Polizei, einen Aufruf in den Medien zu starten und unterrichtete ihn über den Stand der Ermittlungen. Rombach reagierte prompt und berief eine Pressekonferenz ein, an der Bussard jedoch nicht teilnehmen wollte. Eine halbe Stunde später erklärte Rombach den Vertretern von Presse, Funk und Fernsehen, was sie tun konnten, um das Leben einer Polizistin zu retten. Die Meldung über die vermisste Beamtin der Freiburger Kripo war nur wenige Minuten später im Radio der Aufmacher in den Zwanzig-Uhr-Nachrichten des Südwestrundfunks.

<><><>

In der Einsatzzentrale liefen die Telefone heiß. Wegner befehligte einen ganzen Stab von Beamten, die mehr oder weniger sachdienliche Hinweise aus der Bevölkerung entgegennahmen. Von den üblichen Spinnern und Wichtigtuern abgesehen gab es jedoch niemanden, der etwas über den Aufenthaltsort von Anja sagen konnte. Manche Informationen wurden sofort als falsch oder zumindest nicht relevant entlarvt. Anderen mussten die Beamten nachgehen, wobei sich jedes Mal herausstellte, dass der Anrufer nicht Anja gesehen hatte, sondern höchstens eine Frau, die ihr entfernt ähnlich sah. Zwei Mitbürger berichteten von einer Schlägerei in der Nähe der abgerissenen Unibibliothek, die sich allerdings schon in der Nacht vom Samstag auf den Sonntag ereignet hatte. Zu jeder vollen Stunde wurde die Nachricht im Radio wiederholt, doch als es auf Mitternacht zuging, hatten die Beamten noch immer keine heiße Spur.

Jeder zweite an der Suchaktion Beteiligte wurde nach Hause geschickt, damit er am nächsten Morgen frisch und ausgeruht seine Arbeit wieder aufnehmen konnte. Wegner übernahm während der Nachtschicht die Einsatzleitung und so konnte Bussard sich fünf Stunden Schlaf gönnen. Der Kommissar bezweifelte zwar, dass er überhaupt ein Auge würde zutun können, doch er schlief tatsächlich tief und fest. Gegen sechs Uhr stand er wieder auf, gönnte sich eine Tasse Kaffee und eine Selbstgedrehte, schickte Isa ein »Guten Morgen« per SMS und fuhr wieder ins Präsidium. Bei der ersten Lagebesprechung berichtete Wegner, dem die Spuren der schlaflosen Nacht ins Gesicht geschrieben standen, dass die Quantität der Anrufe nach Mitternacht merklich abgenommen hatte, die Qualität jedoch immer noch nahe der Nulllinie vor sich hin dümpelte. Als um acht Uhr der offizielle Schichtwechsel stattfand, wurde Anja seit vierundzwanzig Stunden vermisst.

17

Der Kommissar nahm den Obduktionsbericht entgegen. Da er gerade mit Smirna telefonierte, dankte Bussard dem Kollegen von der Pforte mit einem stummen Kopfnicken. Auch die Beamten der KTU hatten die Nacht durchgearbeitet. Die Ergebnisse waren jedoch alles andere als zufriedenstellend. Manz' Fingerabdrücke konnten an Anjas Wohnungstür und in ihrem Wohnzimmer nachgewiesen werden, aber in seiner Wohnung gab es keine Spuren der vermissten Beamtin. In seinem PKW, den die Kriminaltechniker in der Nacht untersucht hatten, konnten ebenfalls keine Spuren gesichert werden, die Anjas Aufenthalt in dem Wagen bewiesen hätten. Manz musste sich für die Entführung ein anderes Fahrzeug organisiert haben. Auch bei der Suche nach Manz' Mörder gab es noch keine Erfolgsmeldung. Die Kleidung des Getöteten hatte weder einen Hinweis auf den Täter noch einen Hinweis auf Anjas Aufenthaltsort geliefert. Der einzige Strohhalm, den Bussard in der Hand hielt, war der Bericht aus der Rechtsmedizin. Vielleicht hatte Münchrath die Tatwaffe bestimmen können, die entgegen jeder Wahrscheinlichkeit direkt zum Täter führen würde. Bussard wusste selbst, dass der Wunsch Vater des Gedankens war, doch etwas anderes hatte er nicht. Er wollte gerade den Aktendeckel öffnen, als ihn eine Stimme in seinem Rücken ansprach. »Morgen, Bussard.«

Der Kommissar wandte sich um. »Morgen, Ilkay.«

»Habt ihr schon etwas?«

»Nein. Abgesehen von Manz' Leiche haben wir überhaupt nichts.«

Sahin schüttelte den Kopf. »Das ist doch alles nicht wahr, oder?«

Bussard setzte zu einer Antwort an, unterließ es aber dann doch zu sprechen. Er wünschte selbst, dass er aus dem Alptraum aufwachen würde. Die Sorge um Anja strapazierte seine Nerven, doch die Hilflosigkeit war noch schwerer zu ertragen. Falls Manz nicht mit jemandem gesprochen und das Versteck verraten hatte, gab es niemanden, der Anjas Aufenthaltsort kannte.

»Glaubst du, dass Carlo Manz zufällig ermordet wurde?«

Bussard warf Sahin einen skeptischen Blick zu. »Was willst du damit sagen?«

»Mir kommt das alles ziemlich merkwürdig vor.«

»Ich verstehe immer noch nicht, worauf du hinauswillst.«

Sahin sah sich um, obwohl niemand in Bussards Büro war, der sie hätte belauschen können. »Wie viele Morde gibt es in Freiburg im Jahr?«

»In manchen Jahren nur einen, in anderen vielleicht zwei oder drei. Das ist ungefähr die Bandbreite.«

»Und wie viele Entführungen?«

»Entführungen sind ebenso selten wie Morde.«

Sahin sah seinen Kollegen eindringlich an. »Wenn im Durchschnitt alle paar Monate ein Mensch in Freiburg ermordet wird, ist es doch mehr als unwahrscheinlich, dass ausgerechnet der Mann, der eine Polizistin entführt hat, Opfer eines Mordes wird, ohne dass ein Zusammenhang zwischen den beiden Taten besteht, oder?«

»Ein Zusammenhang lässt sich derzeit weder beweisen noch ausschließen und Wahrscheinlichkeitsrechnungen helfen uns im Augenblick auch nicht weiter. Nach deiner Theorie müsste es eine Person geben, die beide Taten miteinander verknüpft, aber wir haben nicht den leisesten Anhaltspunkt dafür, dass ein zweiter Täter in Anjas Entführung involviert ist. Ich halte es für ausgeschlossen, dass es einen Streit unter Komplizen gab, der für Manz tödlich endete. Stalker sind Einzeltäter. Sie operieren heimlich und machen nicht gemeinsame Sache mit anderen.«

»Ich habe auch nicht an einen Komplizen gedacht.«

»Sondern?«

Wieder sah Sahin sich um und senkte seine Stimme, als er weitersprach: »Alle Kollegen stehen unter Strom, weil das Entführungsopfer eine von uns ist, eine aus der Familie, verstehst du? Das geht jeden persönlich an.«

»Und?«

»Stell dir vor, ein Kollege entdeckt Manz in der Nacht in der Nähe der Baustelle. Vielleicht waren sie auch zu zweit auf Streife und einer oder beide kennen Anja persönlich. Sie wollen Manz verhaften und sofort wissen, wo er Anja gefangen hält. Schließlich dürfen sie keine Zeit verlieren. Manz verrät das Versteck nicht und sie wollen es aus ihm herausprügeln.«

Sahins Überlegungen waren folgerichtig, aber überaus heikel. In der Sache konnte Bussard nicht widersprechen, doch er wollte auch nicht laut darüber diskutieren. »Vorsicht, Ilkay! Das ist sehr dünnes Eis!«

»Hast du eine bessere Erklärung?«

»Ich habe überhaupt keine Erklärung, aber solange wir keine Indizien haben, die in diese Richtung deuten, solltest du deine Theorie besser für dich behalten.«

»Woran ist Manz gestorben?«

Bussard schlug den Aktendeckel auf und überflog den Bericht. »Münchrath schreibt, dass Manz infolge heftiger Schläge und/oder Tritte gegen den Kopf gestorben ist, die eine Hirnblutung ausgelöst haben. Einen Hinweis auf eine Tatwaffe nennt er nicht. Er geht davon aus, dass es sich um Faustschläge und Fußtritte handelt. Vergleichbare Verletzungen fanden sich auch im Brust-, Bauch- und Rückenbereich.«

»Na also!« Sahin tippte mit seinem Finger etwas zu heftig auf den Bericht in Bussards Hand und die Akte fiel zu Boden. Er hob sie auf, schloss den Deckel und schlug sie freundschaftlich gegen Bussards Brust. »Hier hast du doch alles, was du brauchst. Manz wurde totgeschlagen und du weißt selbst, wie unwahrscheinlich es ist, dass er ganz zufällig zur falschen Zeit am falschen Ort war. Ich jedenfalls glaube nicht an einen solchen Zufall.«

Bussard gefielen die Überlegungen seines Kollegen ganz und gar nicht, doch er musste sich selbst eingestehen, dass sie nicht nur logisch, sondern sogar naheliegend waren. Die Familie hielt zusammen. Niemand wusste das besser als er, denn er hatte selbst schon manchen Sachverhalt geschönt oder geradegebogen, um jemanden aus seinem Team aus der Schusslinie zu nehmen, wenn der Betreffende Mist gebaut hatte. Was er im Kleinen tat, wurde im Großen zum ungeschriebenen Gesetz. Sobald jemand aus der Familie in Not geriet, standen die Kollegen bedingungslos zusammen. Die Reihen wurden geschlossen und es galt die Devise: Alle für einen! Eine entführte Kollegin und die Befürchtung, dass sie in ihrer Gefangenschaft vergewaltigt wurde, war eines der schlimmsten denkbaren Szenarien, das die Familie persönlich betraf. Damit jedoch hatte jeder Freiburger Polizeibeamte ein Motiv, den Ort von Anjas Gefangenschaft aus Manz herauszuprügeln. Es spielte nicht einmal eine Rolle, ob der jeweilige Beamte im Dienst gewesen war. Jeder hatte am Tag zuvor ein Foto von Manz in der Hand gehabt und deshalb kannte jeder das Gesicht des meistgesuchten Mannes der Stadt, dessen Leiche nun in der Rechtsmedizin lag. Falls sich Sahins Theorie als richtig erwies, hatte Manz' Mörder das Falsche aus den richtigen Gründen getan und war dabei zu weit gegangen.

»Ich werde nicht in unser eigenes Wespennest stechen, solange ich keinen triftigen Grund dazu habe.« Bussard nahm die Akte wieder an sich und legte sie auf den Schreibtisch. »Falls du recht hast, Ilkay, werden wir das herausfinden, aber falls du unrecht hast, wird der Teufel los sein, wenn du die Kollegen unter Generalverdacht stellst. Dann kannst du dir gleich einen neuen Job suchen.«

»Wieso Generalverdacht?«

»Hast du einen bestimmten Kollegen in Verdacht?«

»Nein.«

»Eben!« Bussard ging auf Sahin zu, bis sein Gesicht nur noch zwei Handbreit von dem des Kollegen entfernt war. »Du und ich haben gerade unter vier Augen darüber gesprochen. Dabei belassen wir es, solange wir nichts anderes haben. Im Mordfall Manz ermitteln wir in alle Richtungen, aber oberste Priorität hat Anja. Zuerst müssen wir sie finden, alles andere kommt später.«

<><><>

Es kam gar nicht so selten vor, dass ein Streit eskalierte. In vielen Fällen wurde er sogar provoziert. Orte und Zeiten waren dabei unerheblich. Auf Bahnhöfen und Volksfesten, in Omnibussen oder auf offener Straße wurden Menschen Opfer von Gewaltverbrechen. Die Täter, die meist unter Alkohol- oder Drogeneinfluss standen, suchten sich einen X-Beliebigen aus, der dann Opfer ihrer Gewaltausbrüche wurde. Ein einziges Wort konnte als Vorwand genügen, sofern es überhaupt eines Vorwands bedurfte, und niemand war schwach oder gebrechlich genug, um verschont zu werden. In einer Freiburger Straßenbahn war ein Sehbehinderter von einem Faustschlag niedergestreckt worden, weil er um den von einem jungen Mann besetzten, aber für Behinderte reservierten Sitzplatz gebeten hatte. Nach der Attacke war der Täter geflohen, doch in vielen Fällen endeten die Gewalttaten weitaus schlimmer. Die Brutalität war grenzenlos und wer zu Boden ging, wurde gnadenlos mit Hieben und Tritten malträtiert, selbst wenn er schon längst das Bewusstsein verloren hatte. Manche Opfer überlebten die Gewaltexzesse mit viel Glück, doch oft genug trugen sie bleibende Schäden davon. Manchmal, vor allem, wenn Überwachungskameras oder Zeugen die Tat gefilmt hatten, wurde in den Medien darüber berichtet, doch in mehr als neunzig Prozent der Fälle erfuhren lediglich Polizeibeamte und das medizinische Personal von Kliniken von den Taten. Als Leiter der Ermittlungsgruppe Gewaltverbrechen kannte Bussard diese Straftaten zur Genüge. Was er an jedem anderen Tag des Jahres als verabscheuungswürdig bezeichnet hätte, mutierte an diesem Dienstag für ihn jedoch zur Quelle der Hoffnung. Ein mit Crystal Meth zugedröhnter Heranwachsender war ihm als Täter zehnmal lieber als ein Kollege, der die Kontrolle über sich und die Situation verloren hatte. Sahins Theorie war wie ein Echo, das einfach nicht enden wollte. Immer wieder sah Bussard die Szene vor seinem geistigen Auge, in der ein Uniformierter auf Manz einprügelte und ihm die Frage stellte, wo Anja versteckt sei. Die innere Logik der Theorie und die Gesetze der Wahrscheinlichkeit sprachen eindeutig dafür. Bussards Erfahrung hatte ihn jedoch gelehrt, dass in manchen Fällen die nächstliegende Lösung nicht die richtige war.

Der Kommissar schüttelte unwillig den Kopf. Sollte Manz tatsächlich nur ein zufälliges Opfer gewesen sein, würde sein Mörder Anjas Aufenthaltsort nicht kennen. Bestand aber eine Beziehung zwischen Täter und Opfer, wäre Anjas Rettung von der Ergreifung des Mörders abhängig. Beim Gedanken, dass der Zeitfaktor die entscheidende Rolle spielte, sah Bussard auf seine Uhr. Es war kurz vor acht und er hoffte, dass Anja die Nacht unbeschadet überstanden hatte.

Den Obduktionsbericht, den er eine halbe Stunde zuvor in Sahins Gegenwart überflogen hatte, wollte der Kommissar noch einmal aufmerksam lesen. Vielleicht ergab sich daraus doch noch ein Hinweis auf den Täter. Er schlug den Aktendeckel auf, lehnte sich zurück und begann mit der Lektüre. Eine Minute später hielt er verdutzt inne. Eine Angabe in Münchraths Bericht passte nicht zu den übrigen Umständen. Im ersten Augenblick vermutete Bussard, dass dem Rechtsmediziner ein Fehler unterlaufen war. Münchrath hatte sich vielleicht nur verschrieben, doch der Kommissar kannte den Pathologen lange und gut genug, um zu wissen, dass Münchrath jedes Dokument, das seine Unterschrift trug, zweimal überprüfte, bevor er es aus der Hand gab. Die Vorahnung, dass gleich etwas aus den Fugen geraten würde, beschlich Bussard, als er zum Telefonhörer griff.

Eine Minute später knallte er den Hörer auf die Gabel. Münchrath hatte bestätigt, dass alle Angaben im Obduktionsbericht korrekt seien und die Aussage wirkte wie eine Dampframme auf den Ermittler. Der Schock war Bussard in die Glieder gefahren und er spürte ein heißes Gefühl im Nacken, während ein kalter Schauer über seinen Rücken lief. Sekunden später schnellte er wie eine angespannte Feder von seinem Stuhl hoch. Im Laufschritt hastete er in die Einsatzzentrale, in der die Telefone in den frühen Morgenstunden wieder häufiger läuteten.

»Sasha! Trommele alle verfügbaren Leute zusammen! Sofort! Lagebesprechung in drei Minuten!«

Überrascht sah Wegner von seinem Schreibtisch auf. Auf die Frage nach dem Grund für die Aktion verzichtete er, denn ein Blick in Bussards Gesicht genügte, um zu wissen, dass etwas Entscheidendes passiert sein musste.

Bussard sah auf seine Armbanduhr. Der Sekundenzeiger bewegte sich viel zu langsam und die drei Minuten dehnten sich endlos, während nach und nach einige Beamte in der Einsatzzentrale eintrudelten.

»Leute, wir haben ein Problem!« Die drei Minuten waren um und der Kommissar wartete nicht auf eventuelle Nachzügler. Alle Augen waren auf ihn gerichtet und in den Gesichtern herrschte angespannte Erwartung. »Gestern Abend ist etwas granatenmäßig schiefgelaufen und das stellt unsere Suche nach Anja auf den Kopf!«

<><><>

Stemmer wusste, dass er Mist gebaut hatte, den größten seiner kurzen Laufbahn bei der Polizei, und ein furchteinflößender Begriff geisterte durch seine Gedanken: EDEKA – Ende der Karriere. Geduckt und den Kopf zwischen die Schultern gezogen saß er auf einem Stuhl in Bussards Büro und wartete auf das Donnerwetter, das ihm bevorstand. Dass sein Vorgesetzter sauer war, konnte man getrost als Untertreibung des Jahres bezeichnen. Bussard kochte vor Wut.

»Wie kann ein einzelner Mann nur so dämlich sein?« Die Stimme des Kommissars fegte über den Anwärter hinweg wie ein Orkan über die Höhen des Schwarzwalds. »Ist dir überhaupt klar, was du angerichtet hast?«

Stemmer nickte schuldbewusst, ohne etwas zu erwidern.

»Anjas Leben hängt an einem seidenen Faden!« Bussards Stimme wurde noch lauter und es schien, als würden seine Augen Funken sprühen. »Der kleinste Fehler kann für sie tödlich enden! Was ist, wenn wir sie wegen deiner Schlamperei nicht mehr rechtzeitig finden?«

Die Antwort auf diese Frage wollte sich Stemmer nicht vorstellen. Ihm war ein fataler Fehler unterlaufen und er betete, dass die Konsequenzen nicht so schlimm ausfallen würden, wie Bussard angedeutet hatte. Es gab nichts, was er in diesem Augenblick tun konnte. Der Fehler ließ sich nicht mehr korrigieren und die latente Angst um seine Kollegin steigerte sich zur lähmenden Furcht, die ihm schier die Luft abschnürte.

»Wenn du Strafzettel schreiben willst, dann geh zum Gemeindevollzugsdienst! Dort kannst du Scheiße bauen, ohne dass das groß ins Gewicht fällt, aber du bist hier bei der Kripo!« Bussards zorniges Gesicht ließ Stemmer noch weiter in sich zusammensinken. »An deinem Job hängt Verantwortung, Julian, Verantwortung für Menschen! Geht das in deinen gottverdammten Schädel?«

Der junge Beamte ließ den Kopf hängen und schloss die Augen. Er wollte nichts mehr sehen und nichts mehr hören. Dass der Anschiss, den er gerade kassierte, mehr als verdient war, wusste er selbst. Bussards Ausbruch störte ihn in diesem Augenblick ebensowenig wie die beruflichen Konsequenzen, die ihm noch bevorstanden. Das Einzige, das ihn wirklich interessierte und wofür er durch die Hölle gegangen wäre, war die erfolgreiche Rettung seiner Kollegin. Als Bussard wenige Minuten zuvor in der Einsatzzentrale davon berichtet hatte, was am Abend zuvor schiefgelaufen war, hatte Stemmer sofort gewusst, dass er allein die Schuld dafür trug. Bussard hatte ihn am Tatort aufgefordert, auf Münchrath zu warten, da sich der Rechtsmediziner infolge eines Verkehrsunfalls verspäten würde. Der Pathologe war schließlich eine halbe Stunde später am Tatort eingetroffen. Stemmer hatte ihn kurz mit den Umständen des Leichenfundes vertraut gemacht und war danach ins Präsidium gefahren. Beim Verlassen der Baustelle hatte er noch nicht geahnt, dass ihm ein Fehler mit möglicherweise fatalen Folgen unterlaufen war. Er hatte nicht gewartet, bis der Rechtsmediziner seine Arbeit am Tatort beendet hatte und er hatte vor allem nicht die wichtigste Frage gestellt!

Münchrath hatte während des späten Abends die Leiche obduziert und gegen Mitternacht seinen Bericht geschrieben. Niemand hatte sich bei ihm gemeldet und so hatte er nicht gewusst, dass den Ermittlern eine entscheidende Information fehlte. Dass der Fall wegen Anjas Entführung oberste Priorität hatte, war dem Pathologen völlig klar gewesen, und so hatte er seinen Bericht auf dem Nachhauseweg selbst zum Präsidium gebracht. Da Bussard zu jenem Zeitpunkt nicht mehr im Gebäude gewesen war, hatte Münchrath dem diensthabenden Beamten an der Pforte erklärt, dass das Schriftstück dem Leitenden Ermittler sofort ausgehändigt werden müsse, sobald der Kommissar wieder im Präsidium sei. Der Beamte hatte den Obduktionsbericht kurz nach sieben Uhr morgens dem Kommissar ausgehändigt, während Bussard mit Smirna telefoniert hatte. Fast im selben Augenblick war Sahin ins Büro gekommen, um mit dem Leitenden Ermittler über die Theorie zu sprechen, wonach Manz' Mörder ein Polizeibeamter sein könnte. Kurz nach halb acht schließlich hatte Bussard sich den Bericht vorgenommen und erst dann das entscheidende Detail entdeckt: Manz' Todeszeitpunkt. Nach Münchraths Einschätzung war Carlo Manz zwischen Samstag, 23 Uhr, und Sonntag, 1 Uhr, ermordet worden!

»Wir hätten gestern Abend schon wissen können, dass Manz nicht unser Mann ist! Zwölf Stunden haben wir dadurch verloren!« Bussard schlug mit der Hand auf den Tisch und Stemmer fuhr erschrocken zusammen.

»Es tut mir leid, Bussard, ehrlich. Ich kann dir gar nicht sagen, wie leid es mir tut. Wenn ich könnte, würde ich die Uhr zurückdrehen.«

»Scheiße, Julian! Du kannst die Götter anrufen, dass uns nicht am Ende die verlorene Zeit fehlt!« Bussard holte tief Luft, hielt sie einen Moment an und atmete geräuschvoll wieder aus. Er hatte Dampf abgelassen und dem jüngsten Mitglied seines Teams den Kopf gewaschen. Stemmer wusste genau, was er angerichtet hatte. Welche Konsequenzen seine Schlamperei nach sich ziehen würde, musste sich erst noch zeigen.

»Okay, die Sache ist passiert und wir können nichts mehr daran ändern.« Der Kommissar rief sich selbst zur Räson. Die Zurechtweisung weiter in die Länge zu ziehen nützte niemandem, Anja am wenigsten. Die Lage hatte sich verändert und die Ermittler mussten handeln.

»Werde ich jetzt vom Dienst suspendiert?«

»Suspendiert? Nein, wieso?« Bussard stand hinter seinem Schreibtisch auf, ging auf Stemmer zu und hielt ihm den Zeigefinger unter die Nase. »Hier läuft keiner davon, merk dir das. Solange wir Anja nicht gefunden haben, arbeiten alle mit Hochdruck, zweihundert Prozent. Das gilt auch für dich! Du gehst jetzt in die Einsatzzentrale und machst Telefondienst. Über deine Sorgfaltspflichten muss ich dich nicht weiter belehren, oder?«

»Nein.« Stemmer stand auf und schluckte. Er wollte wissen, ob er ein Disziplinarverfahren oder zumindest einen Eintrag in seine Personalakte zu erwarten hatte, doch er verzichtete auf die Frage. Sein berufliches Schicksal interessierte an diesem Tag niemanden.

»Was stehst du noch hier rum? Sieh zu, dass du ans Telefon kommst!«

Stemmer nickte, lief zur Tür und drehte sich noch einmal um. »Danke, Bussard.«

Als sich die Tür hinter ihm geschlossen hatte, schüttelte der Kommissar den Kopf. Stemmer hatte einen Fehler gemacht. Er war ein junger Beamter, der erst über ein Jahr Erfahrung bei der Kripo verfügte. Dass Berufsanfänger Fehler unterliefen, war ebenso natürlich wie die Tatsache, dass auch alte Hasen nicht davor gefeit waren. Grundsätzlich war Bussard geneigt, jedem eine zweite, manchmal sogar eine dritte Chance zu geben. Als Leiter der Abteilung gehörte es auch zu seinen Aufgaben, junge Beamte anzuleiten. Wenn ihnen Fehler unterliefen, war der Lernerfolg wichtiger als eine Bestrafung. Solange er sah, dass die Leute sich anstrengten, verzichtete er auf Disziplinierungsmaßnahmen. Von seinen Teammitgliedern forderte er selbstständiges Denken und Handeln und deshalb gestand er ihnen auch zu, Fehler zu machen. Nach außen stellte er sich stets vor seine Leute und wenn jemand Mist gebaut hatte, stand er dafür gerade. Über seinen Führungsstil dachte er nicht nach, denn nach seinem Selbstverständnis waren die Mitglieder seines Teams seine Schutzbefohlenen, für deren Wohl und Wehe er verantwortlich war. Stemmers Versäumnis vom Vortag hatte jedoch eine andere Qualität. Bussard wusste, dass der weitere Werdegang des jungen Mannes nicht von ihm als Chef der Abteilung abhing, sondern von dem Umstand, wie die Entführung enden würde. Stemmers Zukunft bei der Polizei war untrennbar mit Anjas Schicksal verknüpft.

18

Carlo Manz hatte Anja nicht entführt, denn er war schon mehrere Stunden tot gewesen, als die Kommissarin am Montagmorgen ihre Wohnung aufgesucht hatte, um sich nach der Nacht bei Susanne für den Dienst umzuziehen. Manz hatte sich jedoch definitiv in Anjas Wohnung aufgehalten, was seine Fingerabdrücke in ihrem Wohnzimmer zur Genüge bewiesen. Er hatte sie erpressen und zum Sex nötigen wollen. Bussard kannte zwar nur Susannes Darstellung des Sachverhalts, doch er hatte keinen Grund, an ihren Worten zu zweifeln. Da Manz' Ermordung zeitlich weit vor Anjas Entführung lag, war die Frage, ob es einen Zusammenhang zwischen den beiden Straftaten gab, völlig offen. Sicher war nur, dass es eine dritte und womöglich sogar eine vierte Person geben musste: der Mörder von Manz und der Entführer von Anja.

In Gedanken versunken stand der Kommissar am Fenster seines Büros, das dem Betrachter einen weiten Blick über den Freiburger Westen bis hinüber zu den Vogesen im nahen Frankreich bot, doch Bussard nahm die Aussicht nicht wahr. Manz' Todeszeitpunkt hatte alles verändert und das Bild, das sich die Ermittler hinsichtlich Anjas Entführung von der Tat und dem Täter gemacht hatten, war in sich zusammengestürzt. Sie hatten Manz sexuelle Begierde unterstellt, ein klares Motiv, das erklärte, warum keine Lösegeldforderung gestellt worden war. Da er jedoch nachweislich nicht der Täter war, verfing auch das Motiv nicht mehr. Selbst die Entführung an sich war fraglich geworden. Bei genauerer Betrachtung musste Bussard der Tatsache in die Augen sehen, dass sie für die Entführung keine stichhaltigen Beweise hatten. Anja war verschwunden und in ihrer

Wohnung hatte es einen Kampf gegeben. Es war durchaus möglich, dass sie längst nicht mehr am Leben war und ihr Mörder die Leiche mitgenommen hatte, um sie verschwinden zu lassen. Ein anderes Indiz konnte plötzlich ebenfalls völlig neu gedeutet werden. Bisher hatten die Ermittler angenommen, dass Manz die Kameras und Mikrophone in Anjas Wohnung angebracht hatte. Davon durften sie jedoch nicht mehr ausgehen, denn die Geräte konnten auch von dem Mann stammen, der für Anjas spurloses Verschwinden verantwortlich war, sofern es sich überhaupt um einen Mann handelte. Den Gipfel der Ungereimtheiten stellte jedoch die Kette mit dem Haifischzahn dar. Sie hatte Manz gehört und war erst nach dessen Tod in Anjas Wohnung aufgetaucht.

Dass die Kette eine zentrale Rolle spielte, stand für Bussard außer Frage. Sie war der Knotenpunkt, an dem die Fäden zusammenliefen. Wer sie in Anjas Badezimmer platziert hatte, war allerdings völlig unklar. Der Kidnapper hatte das Schmuckstück eindeutig nicht als falsche Spur hinterlassen, um den Verdacht auf Manz zu lenken. Anja hatte die Kette bereits am Sonntagmorgen entdeckt, vierundzwanzig Stunden vor der Entführung.

Wie ein Schachspieler dachte Bussard über alle möglichen Varianten nach. Manz konnte die Kette in Anjas Bad hinterlassen haben, bevor er von jemandem ermordet worden war, der Anja nicht entführt hatte. Mörder und Entführer wären demnach zwei verschiedene Personen. Das war zwar möglich, erschien dem Kommissar allerdings höchst unwahrscheinlich, denn es wäre ein unglaublicher Zufall gewesen, wenn es keine Verbindung zwischen dem Verschwinden der Polizistin und dem Mord an ihrem Erpresser gegeben hätte. Gerade die Erpressung wertete Bussard als äußerst starkes Indiz für einen Zusammenhang. Vielleicht hatte der Täter

Kenntnis von Manz' Erpressungsversuch gehabt und hatte quasi als Anjas Beschützer den Erpresser getötet. Susanne hatte versichert, dass Anja ausschließlich ihr allein von der Szene im Treppenhaus und Manz' Besuch erzählt hatte, niemandem sonst. Falls der Unbekannte tatsächlich über die Erpressung Bescheid gewusst hatte, konnte er sein Wissen nur über die Kameras und Mikrophone in Anjas Wohnung erlangt haben. Wann die Geräte installiert worden waren, wusste Bussard nicht, doch wenn der Unbekannte sie angebracht hatte, dann war Manz nicht der Stalker, für den ihn die Ermittler gehalten hatten. Diese Rolle schien nun neu besetzt zu sein, doch möglicherweise war der Unbekannte nicht einmal ein Stalker im klassischen Sinn, sondern eher jemand, der seine Hand schützend über Anja hielt. Die Überwachung erhielt dadurch eine neue Definition, denn er hatte Anja nicht überwacht, sondern über sie gewacht, wobei das Eine das Andere nicht ausschloss. Aller Wahrscheinlichkeit nach hatte der Unbekannte Manz als Bedrohung eingestuft und die Bedrohung beseitigt, die Mission erfüllt, um danach unerkannt wieder im Dunkel der Nacht zu verschwinden.

Bussard fragte sich, wie der Schutzgeist mit seinem Schützling in Kontakt gekommen war. Es musste sich um eine Person aus Anjas näherem Umfeld handeln. Da Smirna an ihrer Wohnungstür keine Einbruchspuren gefunden hatte, musste der Unbekannte einen Schlüssel besitzen, den er nur von Anja selbst erhalten haben konnte. Entweder hatte sie ihm den Schlüssel freiwillig überlassen oder er hatte sich heimlich ein Exemplar angefertigt, wofür er ein Original benötigt hatte. In beiden Fällen musste er direkten Kontakt zu ihr gehabt haben und der Kommissar war davon überzeugt, dass es eine Beziehung zwischen seiner Partnerin und dem Unbekannten geben musste. Auch ein weiteres Puzzleteil passte perfekt in diese Theorie. Unzählige Schläge und Tritte mussten auf Manz eingeprasselt sein, bevor er an den Folgen der Gewalteinwirkung gestorben war. Unterstellte man eine Beziehung zwischen Anja und dem Unbekannten, dann hatte er als Manz' Mörder sein Opfer gezielt ausgewählt. Es handelte sich um eine Beziehungstat, bei der Manz nicht einfach nur getötet sondern tödlich bestraft worden war. Es war kein schneller Tod durch eine Kugel oder einen Messerstich gewesen, sondern eine langsame und äußerst gewalttätige totale Vernichtung, für die nur Hass als Motivation infrage kam. Selbst der Ort der Ermordung passte in dieses Gedankenkonstrukt. Der Täter hatte sein Opfer zwischen Schutt und Trümmern entsorgt, ohne sich die Mühe zu machen, die Leiche zu verstecken. Es schien, als habe er Manz einfach weggeworfen.

Gedankenverloren schüttelte Bussard den Kopf. Bis zu diesem Punkt waren seine Überlegungen plausibel, doch unter der Prämisse, dass Anja einen geheimnisvollen Beschützer hatte, ergab die Entführung überhaupt keinen Sinn.

<><><>

»Wir müssen Anjas Freundes- und Bekanntenkreis durchkämmen. Der Täter muss aus ihrem näheren Umfeld kommen.«

»Bist du sicher?«

»Nein, aber es ist wenigstens ein Punkt, an dem wir ansetzen können.«

Susanne sah hinter ihrem Monitor auf und schüttelte den Kopf. Um das Leben ihrer Freundin zu retten, tat sie alles, was in ihrer Macht stand, doch sie hatte das zermürbende Gefühl, als sei das viel zu wenig. »Ich habe Anjas Notebook komplett links gemacht und jeden Namen, den ich gefunden habe, an die Kollegen weitergegeben. Soweit ich weiß, hat sich daraus aber keine Spur ergeben.«

»Dann müssen wir die Suchparameter ändern.«

»Und woran denkst du?«

Der Kommissar erläuterte seine Theorie von Anjas heimlichem Beschützer. »Unser Mann könnte jemand sein, der sich bei der Polizei beworben hat, aber abgelehnt wurde. Überprüfe die Hintergründe sämtlicher männlicher Personen, auf deren Namen du gestoßen bist.«

»Dann suchen wir nach einem verkappten Superhelden?«

»Vielleicht. Ich weiß es nicht und eine andere Erklärung für die Tatumstände habe ich nicht.«

Die EDV-Spezialistin verzog skeptisch das Gesicht. »Anja hat nie etwas in der Art erwähnt und ich bin sicher, dass sie nicht damit einverstanden wäre, wenn sie davon wüsste.«

»Ich wette, dass sie nichts davon wusste. Die Kameras in ihrer Wohnung hätte sie auf keinen Fall geduldet.«

»Das sehe ich auch so.« Susanne lehnte sich zurück, verschränkte die Arme vor der Brust und zog die Stirn in Falten. »Eines verstehe ich allerdings nicht. Warum hat der heimliche Superheld Anjas Entführung nicht verhindert?«

Der Kommissar zuckte unschlüssig mit den Achseln. »Entweder ging das einfach zu schnell und er konnte nicht rechtzeitig eingreifen oder er ist selbst der Entführer.«

»Aber wenn er sich als heimlichen Beschützer sieht, der unerkannt bleiben will, wird er Anja doch nicht entführt haben. Das passt doch nicht zusammen.«

Bussard dachte einen Augenblick nach. Er hatte das Gefühl, die richtigen Teile zu besitzen, doch es gelang ihm nicht, das Bild zusammen zu setzen. »Wenn der Beschützer Anja nicht entführt hat, gibt es einen zweiten Täter, über den wir jedoch nicht das Geringste wissen. Ein zweiter Täter wäre allerdings eine Katastrophe.«

»Warum?«

»Es gibt keine Lösegeldforderung. Bei Manz haben wir angenommen, dass sexuelle Begierde sein Antrieb wäre. Da wir es offensichtlich mit einem anderen Täter zu tun haben, der keine Forderungen stellt, können wir über sein Motiv nicht einmal spekulieren. Wir können im Gegenteil nur darauf hoffen, dass wir es tatsächlich mit einer Entführung zu tun haben.«

Als Susanne die Konsequenz dessen, was Bussard gerade gesagt hatte, bewusst wurde, wich die Farbe aus ihrem Gesicht und sie konnte ihre Gedanken nicht einmal in Worte fassen. »Oh, mein Gott! Du meinst ...«

»Nein, ich meine nicht.« Der Kommissar spürte sofort, was in der EDV-Spezialistin vor sich ging. »Solange wir keine handfesten Beweise haben, gehe ich davon aus, dass Anja lebt und bei guter Gesundheit ist.«

»Und was machen wir jetzt?«

»Du machst genau das, was ich dir gesagt habe. Vergiss nicht, dass Anja unsere Hilfe braucht. In diesem Augenblick sitzt sie irgendwo und wartet darauf, dass wir sie herausholen.«

Bussard nickte seiner Mitarbeiterin aufmunternd zu, dann drehte er sich um und ging zur Tür. Als er die Klinke in die Hand nahm, kam ihm plötzlich ein neuer Gedanke. Er drehte sich um und schnippte mit den Fingern. »Angenommen, wir haben es mit zwei Tätern zu tun, dem Beschützer, der wahrscheinlich die Kameras installiert hat und der vermutlich Manz' Mörder ist, und dem Entführer. Wenn das stimmt, verwette ich meinen alten Hut darauf, dass der Beschützer die Entführung aufgezeichnet hat!«

»Und wenn wir den Beschützer finden …«, Susannes Gesichtszüge hellten sich wieder auf, denn sie sah zumindest einen Silberstreif am Horizont, »… dann finden wir auch den Entführer.«

<><><>

Das Einfamilienhaus lag in einer ruhigen Wohngegend im Stadtteil Günterstal, der zwar durch eine Straßenbahnlinie mit Freiburg verbunden, jedoch räumlich von der Stadt durch Wiesen und Schrebergärten getrennt war. Als Bussard auf den Klingelknopf drückte, wappnete er sich für das Gespräch, das er mit den Bewohnern des Hauses führen musste.

»Ja?«

Obwohl Bussard der Frau, die ihm die Tür öffnete, noch nie begegnet war, wusste er auf Anhieb, dass sie die Person war, mit der er sprechen musste. Die Ähnlichkeit mit ihrer Tochter war unübersehbar.

»Guten Tag, Frau Hill. Mein Name ist Bussard, Kripo Freiburg.«

»Bussard? Sind Sie der Chef meiner Tochter?«

»Ja, ich leite die Abteilung, für die Anja arbeitet. Kann ich bitte reinkommen?«

Frau Hill wirkte erschrocken. »Ist etwas passiert? Ist Anja etwas zugestoßen?«

»Das wissen wir im Augenblick noch nicht, deshalb muss ich mit Ihnen sprechen.«

»Wieso wissen Sie das nicht? Was ist denn mit Anja?«

»Können wir das bitte drinnen besprechen?«

Anjas Mutter schlug die Hand vor den Mund und trat zur Seite. Obwohl Bussard sich vorsichtig ausgedrückt hatte, ahnte sie, dass etwas Schlimmes vorgefallen sein musste. Sein ernster Blick und seine besorgte Miene hatten ihr bereits verraten, dass sie Grund hatte, sich Sorgen zu machen. Sie führte ihren Besucher in die Küche und Bussard registrierte, dass sie blass geworden war. Da er befürchtete, sie könnte gleich den Boden unter den Füßen verlieren, forderte er sie auf, sich zu setzen.

Frau Hill sank auf einen Stuhl. Ihre Finger zitterten ebenso wie ihre Unterlippe. »Sagen Sie doch etwas! Was ist mit Anja?«

»Anja wird vermisst.« Bussard wählte seine Worte mit Bedacht. Ob seine Partnerin noch lebte, konnte er weder bestätigen noch dementieren, doch solange es keine Gewissheit über Anjas Schicksal gab, bestand immer noch Hoffnung. »Gestern Morgen, gegen halb acht, hat Anja ihre Wohnung betreten. Sie hatte bei einer Kollegin übernachtet und ist nach Hause gegangen, um sich umzuziehen. Zum Dienst ist sie jedoch nicht erschienen und wir haben seither nichts von ihr gehört. Sie ist nicht in ihrer Wohnung und ihr Handy ist ausgeschaltet.«

»Aber es muss doch etwas passiert sein, sonst wären Sie doch nicht …« Frau Hill brach mitten im Satz ab und schlug abermals die Hand vor den Mund.

»Alle verfügbaren Beamten suchen nach Ihrer Tochter.«

»Aber … aber dann denken Sie doch, dass ihr …«

Die unausgesprochene Frage hing in der Luft. Während die Sekunden verrannen, schien sie den gesamten Raum einzunehmen und Bussard wusste, dass er antworten musste. Es gab keine Möglichkeit, mit Frau Hill zu sprechen, ohne ihr reinen Wein einzuschenken. Sie war Anjas Mutter und hatte ein Recht darauf zu erfahren, warum die gesamte Freiburger Polizei fieberhaft nach ihrer Tochter suchte.

»Vor ein paar Tagen wurde Anja von einem Mann belästigt, den sie in einem Tanzkurs kennengelernt hat.

Er wurde aufdringlich und sie hat ihn zurückgewiesen. Die Leiche dieses Mannes haben wir gestern gefunden und wir vermuten, dass Anjas Verschwinden damit zusammenhängt.«

Die nüchterne Beschreibung des Kommissars löste bei Anjas Mutter einen Gedanken aus, der für den Ermittler bis dahin unvorstellbar gewesen war. »Oh mein Gott! Anja hat diesen Mann ermordet?«

»Nein, Frau Hill, ganz im Gegenteil.« Bussard war selbst über die Monstrosität der Vorstellung erschrocken und er beeilte sich, die Wogen wieder zu glätten. »Wir haben den Mörder des Mannes zwar noch nicht ermittelt, aber wir gehen davon aus, dass Anja diesen Mann nicht getötet hat. Es sieht eher so aus, als habe jemand Ihrer Tochter damit einen Gefallen tun wollen.«

»Was? Was sagen Sie da?«

»Ich weiß, dass das schwer vorstellbar ist, aber es scheint, als habe Anja einen unbekannten Beschützer. Wir glauben, dass dieser Unbekannte von der Belästigung erfahren hat und dass er den ... Belästiger daraufhin tötete.« In Gedanken atmete Bussard auf, denn er hatte gerade noch die Kurve gekriegt und das Wort »Erpresser« vermieden. »Wir glauben auch, dass Anja nichts von diesem selbsternannten Beschützer wusste, doch wir müssen annehmen, dass ihr Verschwinden damit in Zusammenhang steht.«

»Ich verstehe das alles nicht.« Der Schock über die Nachricht war noch nicht abgeklungen und Anjas Mutter schüttelte ungläubig den Kopf. »Ich verstehe das nicht.«

»Das ist auch schwer zu verstehen, Frau Hill, aber wir brauchen Ihre Hilfe.«

»Meine Hilfe?«

»Ja.« Bussard sprach leise, aber eindringlich. »Wir nehmen an, dass der Gesuchte ein Bekannter von Anja ist. Vielleicht ist er in der Vergangenheit schon als Beschützer oder Helfer oder Freund aufgetreten. Möglicherweise hat er sie begleitet, damit sie nachts nicht alleine nach Hause gehen muss oder etwas in der Art. Vielleicht kennt Anja ihn von früher, zum Beispiel ein Klassenkamerad, der ihr auf dem Schulhof geholfen hat, wenn sie in Schwierigkeiten war. Kennen Sie jemanden aus dem Umkreis Ihrer Tochter, auf den diese Eigenschaften passen könnten?«

»Ich weiß nicht.« Frau Hill schüttelte immer noch den Kopf. »Ich weiß es nicht.«

»Vielleicht war es eine unglückliche Liebe, ein Junge, der seine Zuneigung bewies, indem er sich selbst zu Anjas Leibwache erklärt hat. Jemand, der sie immer beschützt hat.«

»Keine Ahnung. Anja war eigentlich nie so.«

»Wie meinen Sie das?«

»Anja war schon als Kind ziemlich selbstbewusst. Manchmal habe ich gedacht, sie wäre ein halber Junge. Puppen haben sie nie besonders interessiert. Sie ist lieber auf Bäume geklettert und hat Fußball gespielt. Ab und zu kam sie abends mit Schrammen nach Hause, weil sie sich mit jemandem geprügelt hatte.« Das Reden über ihre Tochter half Anjas Mutter, der lähmenden Angst zu begegnen. »Einen Beschützer hat Anja nie gebraucht, ganz im Gegenteil. Sie hat schon früh davon gesprochen, dass sie Polizistin werden will.«

»Hat Anja in der letzten Zeit angedeutet, dass sie sich beobachtet oder verfolgt fühlt?«

»Nein, überhaupt nicht.«

»Wann haben Sie zuletzt mit ihr gesprochen?«

»Das war am Samstag ... nein, warten Sie, am Freitag. Genau, letzten Freitag haben wir telefoniert. Sie hat gesagt, dass es gut wäre, wenn sie türkisch könnte, weil sie gerade mit einem Fall befasst ist, wo es um türkische Rechnungen geht. Sie war wie immer.« Bei der Erinnerung an das Telefonat stiegen Frau Hill die Tränen in die Augen. Schlimmer noch als eine Todesnachricht war die Ungewissheit über das Schicksal des eigenen Kindes. »Ist Anja entführt worden?«

»Tut mir leid.« Bussard seufzte. »Wir wissen es nicht.«

»Aber Sie glauben doch, dass sie entführt wurde, oder nicht?«

Der Kommissar wollte die Frage nicht beantworten, weil er es selbst nicht mit Sicherheit wusste, aber er nickte trotzdem.

»Oh Gott! Was wird er ihr antun?«

»Ich bin sicher, dass er ihr nichts antun wird.« Bussard war sich bewusst, dass er nicht nur Anjas Mutter trösten wollte. Dass sie bei ihren Ermittlungen einen zweiten Täter in Betracht zogen, über dessen Motive sie nichts wussten, musste er vor ihr verheimlichen. Die Vorstellung, dass ihre Tochter von einem Unbekannten entführt worden war und gefangen gehalten wurde, war ohnehin schlimm genug. Er musste Zuversicht ausstrahlen, ungeachtet seiner eigenen Angst und Sorge. »Nach unserer Einschätzung glaubt der Täter, Anja beschützen zu müssen, also wird er ihr auch kein Haar krümmen. Vermutlich hat er sie entführt, weil er glaubt, dass sie nur bei ihm in Sicherheit wäre. Ich denke, dass Anja diesen Mann kennt, ohne etwas von seiner Obsession geahnt zu haben. Deshalb sprechen wir mit allen Freunden und Verwandten. Irgendjemand kennt diesen Mann und wir gehen jedem Hinweis nach.«

»Aber ich weiß doch nicht, wer das sein könnte.« Frau Hill wischte sich die Tränen aus den Augen und sah den Kommissar flehend an. »Sie finden Anja doch, oder?«

Bussard griff nach ihrer Hand und drückte sie. »Wir werden Anja finden.«

»Versprechen Sie mir das?«

Der Kommissar drückte ihre Hand noch einmal und nickte zuversichtlich. Auch wenn er Anjas Mutter ansprach, galt das Versprechen in erster Linie ihm selbst. »Ich werde so lange nach Anja suchen, bis ich sie gefunden habe. Das verspreche ich Ihnen!«

<><><>

Mit der Bitte, ihn unter allen Umständen anzurufen, falls ihr ein Name einfiel, hinter dem sich der Gesuchte verbergen könnte, überreichte Bussard Anjas Mutter eine Visitenkarte und verabschiedete sich. Nachdem er das Haus verlassen hatte, rief er in der Einsatzzentrale an. Wegner teilte ihm mit, dass in der Zwischenzeit die beiden Zeugen ausfindig gemacht worden waren, die in der Nacht vom Samstag auf den Sonntag eine Schlägerei in der Nähe der abgerissenen Unibibliothek beobachtet hatten. Ihre Vernehmung hatte eine vage Täterbeschreibung geliefert. Gesucht wurde ein Mann mittlerer Größe mit kurzgeschorenen Haaren, der militärisch aussehende Kleidung getragen hatte. Die Aussagen gaben wenig her, da es in Freiburg Dutzende Männer gab, auf die eine solche Beschreibung passte, aber immerhin hatten die Ermittler einen ersten Anhaltspunkt. Das tödliche Ende der Schlägerei hatte jedoch niemand beobachtet, da Manz und sein Mörder im nächtlichen Dunkel der Baustelle verschwunden waren.

Es war genau zwölf Uhr, als Bussard im Präsidium eintraf. Anja wurde seit achtundzwanzig Stunden vermisst und der Entführer hatte sich nicht gemeldet, um Forderungen zu stellen. Mit jeder Stunde schwand die

Chance, sie lebend zu finden. Die Anspannung, unter der die Beamten standen, regierte den Umgangston im gesamten Präsidium. Fragen wurden zu scharf formuliert und Antworten wurden zu schneidend gegeben. Eine latente Feindseligkeit breitete sich langsam unter den Kollegen aus wie ein Virus, der alle befallen hatte. Jeder, der eine Frage zu Anjas Verbleib beantworten sollte, fühlte sich angegriffen, weil er keine Antwort wusste. Die Ungewissheit zerrte an allen Nerven, die ohnehin zum Zerreißen gespannt waren.

In seinem Büro am Schreibtisch sitzend las Bussard die Vernehmungsprotokolle, doch einen versteckten, unbemerkten Hinweis suchte er vergeblich. Zwei Männer hatten einen handgreiflichen Streit ausgetragen. Wer den Streit begonnen hatte und worum es überhaupt gegangen war, hatte keiner der beiden Zeugen sagen können. Sie hatten die Szene nur aus der Ferne beobachtet, ohne sich zu nähern oder gar einzugreifen. Einen Notruf bei der Polizei hatten beide nicht in Erwägung gezogen. Die Frage, ob sich die Zeugen der unterlassenen Hilfeleistung schuldig gemacht hatten, hätte eigentlich gestellt werden müssen, doch niemand schenkte diesem Punkt Beachtung. Das Augenmerk der Beamten lag ausschließlich auf der Suche nach ihrer vermissten Kollegin.

Der Kommissar hatte seine Lektüre gerade beendet, als die Tür seines Büros aufflog und gegen die Wand knallte. In der Eile war Wegner die Klinke aus den Fingern geglitten. »Wir haben einen Augenzeugen!«

»Einen Augenzeuge für den Mord an Manz?«

»Nein! Jemand hat Anjas Entführung beobachtet!«

Bussard konnte kaum glauben, was er soeben gehört hatte. »Wo ist der Zeuge?«

»Der Mann ist im Vernehmungsraum. Er heißt Freyler und wohnt im Haus gegenüber von Anja.«

Bussard sprang von seinem Stuhl auf, hastete an Wegner vorbei, stürmte aus seinem Büro und lief den Flur entlang. Wenige Augenblicke später riss er die Tür des Vernehmungsraums auf und der ältere Mann, der wartend auf dem Stuhl saß, fuhr erschrocken zusammen.

»Sie sind Herr Freyler?«

»Ja.«

Bussard spürte die Anspannung, die sich innerhalb von Sekunden verdoppelt hatte. Sein Puls beschleunigte sich bei der Vorstellung, dass der Zeuge eine heiße Spur liefern könnte und er musste sich selbst ermahnen ruhig zu bleiben. »Erzählen Sie mir, was Sie beobachtet haben!«

»Gestern Morgen, so gegen Viertel vor acht, habe ich etwas gesehen. Ich habe mir zuerst nichts dabei gedacht, doch als ich heute Morgen im Büro gehört habe, dass eine Polizistin vermisst wird ...« Freyler, ein kleiner Mann Anfang sechzig mit schütterem Haar und biederer Kleidung, sah den Kommissar um Entschuldigung bittend an. »Ich konnte ja nicht ahnen, dass es eine Entführung war.«

»Was genau haben Sie gesehen?«

»Ich war gerade in der Küche und von dort aus sieht man genau auf das Haus gegenüber. Dort ist doch letzte Woche Herr Özgan ermordet worden.«

»Stimmt, aber was haben Sie gestern Morgen beobachtet?«

»Ich habe meine Nachbarin gesehen, Frau Hill, die über Herrn Özgan wohnt, oder gewohnt hat. Er lebt ja nicht mehr, obwohl sie ja immer noch dort wohnt. Auf jeden Fall kam sie aus dem Haus. Ein Mann hat sie festgehalten. Sie konnte kaum laufen. Zuerst habe ich gedacht, sie wäre vielleicht betrunken, aber so früh am Morgen?« Freyler schüttelte den Kopf und zuckte mit den Achseln.

»Jedenfalls hat er sie mehr geschleift, als dass sie gegangen ist. Er hat sie auf den Beifahrersitz gesetzt und ist davongefahren. Ich dachte, er bringt sie bestimmt ins Krankenhaus. Wer denkt denn auch an so etwas?«

»Würden Sie den Mann wiedererkennen?«

Der Zeuge sank ein wenig in sich zusammen und kratzte sich unterhalb seines rechten Ohrs, eine unwillkürliche Geste der Unsicherheit. »Naja, vielleicht.«

»Beschreiben Sie ihn!«

Wieder kratzte sich Freyler am Kopf. »Er war vielleicht so um die vierzig und hatte ein schmales Gesicht.«

»Und die Haare?«

»Kurz, ganz kurz, nur ein paar Millimeter.«

Auch wenn die Beschreibung ebenso vage war wie die der beiden Zeugen der Schlägerei, stimmten sie zumindest in einem Detail überein. Es war noch viel zu früh, um Schlüsse daraus zu ziehen, doch Bussard konnte sich nicht gegen den Wunsch wehren, Manz' Mörder und Anjas Entführer mochten ein und dieselbe Person sein. »Sie sagten, der Entführer habe die Frau in ein Auto gesetzt. Was war das für ein Wagen?«

»Ein Geländewagen. Er hatte fast direkt vor der Haustür geparkt. Deshalb habe ich das Ganze auch nicht so genau gesehen.«

»Können Sie den Wagen näher beschreiben? Haben Sie sich vielleicht sogar das Kennzeichen gemerkt?«

Freyler richtete sich wieder auf. Die Beschreibung des Fahrzeugs fiel ihm offensichtlich leicht. »Es war ein Mercedes G-Modell, NATO-oliv. Das war ja auch so merkwürdig. Ich habe zuerst gedacht, jemand von der Bundewehr würde Frau Hill abholen.«

Bussard hob überrascht die Augenbrauen. »Wie kommen Sie auf die Bundeswehr?«

»Na, wegen dem Wagen, NATO-oliv, und der Mann trug einen Tarnanzug.«

Auch das zweite Detail stimmte überein. Die kurzgeschorenen Haare hätten eine zufällige Synchronie sein können, doch in Kombination mit der militärischen Kleidung wurden sie zu handfesten Indizien. Bei zwei Straftaten, die zu unterschiedlichen Zeiten an unterschiedlichen Orten begangen worden waren und für die ein Zusammenhang mehr als wahrscheinlich war, hatten unterschiedliche Zeugen unabhängig voneinander übereinstimmende Täterbeschreibungen abgegeben. Bussard hatte das Gefühl, endlich das erste Licht am Ende des Tunnels zu sehen.

»Ist Ihnen etwas an dem Mann aufgefallen, eine Besonderheit, vielleicht eine Narbe, eine Tätowierung oder etwas Ähnliches?«

»Nein, da ist mir nichts aufgefallen.« Freyler richtete sich plötzlich wieder auf. »Aber er trug Knobelbecher, das habe ich genau gesehen!«

In Verbindung mit einem Tarnanzug waren Bundeswehrstiefel nichts Besonderes, aber eine andere Frage brannte Bussard auf den Nägeln. »War Anja bei Bewusstsein, als sie im Auto saß«

»Anja?«

»Anja Hill, Ihre Nachbarin.«

»Ach so, Frau Hill. Ich wusste nicht, dass sie Anja heißt.«

»Und? War sie bei Bewusstsein?«

Der Zeuge pustete die Backen auf und zuckte mit den Schultern. »Da bin ich mir nicht sicher.«

»Hat sie sich bewegt?«

»Hm, vielleicht. Das ist schwer zu sagen. So genau habe ich das nicht gesehen, weil ja der Wagen dazwischen stand.«

»Aber Sie haben doch gerade gesagt, dass Sie die Stiefel des Täters gesehen haben.«

»Ja, er kam ja auch um den Wagen herum, nachdem er Frau Hill auf die Beifahrerseite gesetzt hatte. Als er auf der Fahrerseite einstieg, sind mir die Knobelbecher aufgefallen.«

»Okay, was ist mit dem Kennzeichen des Wagens?«

»Das ist mir auch aufgefallen. Die Nummer weiß ich nicht mehr, aber die Buchstaben: FR – YY. Das passte irgendwie zu dem Geländewagen. Bei NATO-oliv denkt man ja gleich an die Bundeswehr. Die haben doch alle Y-Kennzeichen.«

19

Die Aussage des Zeugen Freyler war wie eine Nadel, die in einen prall gefüllten Ballon stach. Das gesamte Polizeiaufgebot, das zuvor komprimiert und unter höchster Anspannung auf den entscheidenden Hinweis gewartet hatte, entfaltete sein Potenzial explosionsartig. Die Spitze der Nadel bildete der Geländewagen, dessen Kennzeichen mit der Buchstabenkombination »FR - YY« in weniger als einer Minute einem Halter zugeordnet werden konnte. Die Nadel selbst, die sich im Heuhaufen der unendlichen Möglichkeiten verborgen hatte, war die übereinstimmende Täterbeschreibung. Aus der unterschwelligen Aggression, ausgelöst durch den Mangel an Hinweisen und die dadurch entstandene Frustration über die eigene Machtlosigkeit, entwickelte sich innerhalb von Sekunden ein Teamgeist, in dem sich die einzelnen Kräfte nicht addierten, sondern potenzierten. Alle Zahnräder griffen ineinander und die Polizeimaschinerie lief auf Hochtouren.

Das MEK, das ohnehin in Alarmbereitschaft auf den Einsatzbefehl gewartet hatte, setzte sich sofort in Bewegung, während Kripobeamte Informationen über den Täter sammelten. Zur Fahndung ausgeschrieben wurde Jens Kastner, einundvierzig Jahre alt, deutscher Staatsbürger und Halter eines Mercedes G-Modells, dessen Kennzeichen die gesuchte Buchstabenkombination aufwies. Kastners Meldeadresse stimmte mit der Adresse überein, die bei der KFZ-Zulassungsstelle für sein Fahrzeug hinterlegt war. Mehr als ein Dutzend Einsatzfahrzeuge trafen im Stadtteil Zähringen ein, in dem Bussard vor seiner Scheidung gewohnt hatte. Die Adresse des mutmaßlichen Täters lag nur eine Querstraße von dem Haus entfernt, in dem seine Exfrau und seine Kinder lebten.

Im Schutz der Dunkelheit jede Deckung nutzend, um sich unbemerkt an das Haus anzuschleichen, war für die Beamten des Mobilen Einsatzkommandos nicht möglich. Keine Wolke stand am Himmel eines strahlend schönen Tages, als das Haus weiträumig umstellt wurde. Näher als fünfzig Meter wagte sich jedoch kein Beamter heran.

13:13 Uhr las Bussard von seinem Handy ab. Wegner hatte den Kommissar angerufen, um wichtige Informationen zu übermitteln und Bussard gab die Erkenntnisse an den Einsatzleiter des MEKs weiter. »Die Zielperson ist als äußerst gefährlich einzustufen. Wir müssen davon ausgehen, dass Kastner bewaffnet ist. Er ist ehemaliger Bundeswehrsoldat und als Einzelkämpfer ausgebildet. Als Mitglied des Kommandos Spezialkräfte war er in Afghanistan stationiert und verfügt über Kampferfahrung.«

Jennewein nahm die Informationen mit gemischten Gefühlen zur Kenntnis. Ein ehemaliger Elitesoldat war ein anderes Kaliber als ein Hehler oder ein Drogendealer und vor dem Einsatz musste er seine Männer entsprechend instruieren. Zuerst aber brauchte er eine exakte Ortsangabe. »In welcher Wohnung hält sich die Zielperson auf?«

»Das weiß ich noch nicht.« Bussard musste nicht lange nachdenken, um eine Entscheidung zu treffen. »Ich sehe nach.«

Scheinbar ohne Eile, doch innerlich bis in die Haarspitzen angespannt, schlenderte der Kommissar die Straße entlang. Seine schulterlangen Haare, gepaart mit Jeans und Cowboystiefeln, verliehen ihm die perfekte Tarnung. Ein Passant hätte ihn vielleicht für jemanden gehalten, der sich eher am Rand der Gesellschaft aufhielt, sei es ein Künstler oder ein in die Jahre gekommener Vertreter der links-alternativen Szene. Den Kriminalkommissar sah man Bussard jedenfalls nicht an. Seinen Schritt nicht verlangsamend studierte er im Vorübergehen die Namen auf den Briefkästen, dann warf er einen Blick auf die Klingelschilder. Er ging am Haus vorbei, wobei er einen verstohlenen Blick auf die Fenster warf, ohne jedoch etwas hinter den Scheiben erkennen zu können, bog in die nächste Querstraße ab und als er außer Sichtweite war, beendete er seine Runde im Laufschritt.

»In dem Haus wohnen sechs Parteien.« Bussard war etwas außer Atem, als er Jennewein seine Beobachtungen schilderte. »Kastner steht auf der zweiten Klingel von oben, also vermute ich, dass die Wohnung im zweiten Obergeschoss liegt. Es wird wohl eine der beiden Dachwohnungen sein.«

Das Haus lag mitten in einer Wohngegend, was den Einsatz erheblich erschwerte. Bei einem bewaffneten und als äußerst gefährlich einzustufenden Täter bestand immer die Gefahr, dass es zu einem Schusswechsel kam, bei dem Unbeteiligte verletzt oder getötet wurden.

»Die Straße ist vom Haus einsehbar.« Jennewein deutete auf die Dachfenster. »Wir werden mit zwei Fahrzeugen vor das Haus fahren, aber es ist möglich, dass die Zielperson uns bemerkt, sobald wir uns Zutritt verschaffen.«

Der Kommissar ließ seinen Blick über das Haus schweifen. Vielleicht wurde Anja in einer der beiden Dachwohnungen gefangen gehalten, vielleicht auch nicht. Kastner hatte sie am helllichten Tag entführt und dabei in Kauf genommen, dass er und sein Fahrzeug erkannt wurden. Bussard konnte nicht einschätzen, wie groß die Wahrscheinlichkeit war, dass er sie in seine eigene Wohnung gebracht hatte. Üblicherweise wurden Geiseln an geheime Orte gebracht, die nicht leicht zu finden waren, doch Anjas Entführung folgte nicht den üblichen Regeln. Kastners Geisel war nicht Mittel zum Zweck, sondern der Zweck selbst.

»Sollen wir evakuieren?«

»Nein.« Der Einsatzleiter schüttelte den Kopf. »Das würde zu viel Zeit in Anspruch nehmen und die Zielperson wäre vermutlich gewarnt. Wir müssen schnell handeln und das Überraschungsmoment nutzen.«

Auf der Straße und in der Nähe des Hauses waren keine Beamten zu sehen. Glücklicherweise kamen auch keine Passanten aus den Nachbarhäusern und es sah nach einem ruhigen, friedlichen Tag aus. Bussard sah Jennewein fragend an. »Sind Ihre Leute bereit?«

»Das Haus ist umstellt. Alle sind auf Position.«

»Okay, dann werde ich die Haustür öffnen.«

Der Einsatzleiter warf dem Kommissar einen überraschten Blick zu und Bussard umriss seinen Plan. »Ich finde heraus, in welcher Wohnung Kastner wohnt. Sobald ich wieder bei der Haustür auftauche, schicken Sie Ihre Leute los. Ich brauche fünf Minuten.«

Er wartete Jenneweins Antwort nicht ab, sondern verließ seine Deckung und schlenderte so wie Minuten zuvor die Straße entlang. Äußerlich ruhig, doch noch aufgeregter als zuvor, erreichte er das Haus. Ohne zu zögern drückte er auf den untersten Klingelknopf. Sekunden später hörte er den Türsummer und er dankte dem Himmel für den Leichtsinn der Bewohnerin, die ohne nachzufragen die Tür geöffnet hatte.

»Guten Tag.« Bussard zückte seinen Dienstausweis und ging auf die Frau zu, die ihre Wohnungstür geöffnet hatte und ihn interessiert ansah. Mit gedämpfter Stimme stellte er sich vor. »Mein Name ist Bussard, Kripo Freiburg. Treten Sie bitte einen Schritt zurück.«

»Warum? Was ist denn los?«

Freundlich, aber bestimmt drängte er die Frau in ihre Wohnung zurück und schloss die Tür. »Ich muss Sie auffordern, in den nächsten Minuten Ihre Wohnung nicht zu verlassen. Hier im Haus wird gleich ein Polizeieinsatz stattfinden und zu Ihrer eigenen Sicherheit dürfen Sie die Wohnung nicht verlassen, bis wir Entwarnung geben. Haben Sie das verstanden?«

»Ja ... aber ...« Die Frau sah den Kommissar verständnislos an. »Wieso Polizeieinsatz?«

»Ich welcher Wohnung wohnt Herr Kastner?«

»Ganz oben links.«

»Gut, danke.« Bussard sah sie noch einmal eindringlich an. »Bleiben Sie auf alle Fälle in Ihrer Wohnung und halten Sie die Tür geschlossen, bis ich mich wieder melde!«

Mit offenem Mund sah ihm die Frau nach, als er die Wohnung verließ und die Tür hinter sich ins Schloss zog. So leise wie möglich schlich er die Treppe hinauf. Auf der linken Seite des obersten Stockwerks entdeckte er das Klingelschild mit dem Namen Kastner. Auch wenn der Wunsch, sofort selbst die Wohnung zu stürmen, fast übermächtig war, drehte er sich um und schlich die Treppe wieder hinunter. Im Hausflur regte sich nichts und Bussard hoffte, dass kein Bewohner in den nächsten Minuten seinen Kopf aus der Tür strecken würde. Im Erdgeschoss öffnete Bussard die Haustür und blieb im Türrahmen stehen. Er sah nach links und fast augenblicklich bogen zwei schwarze Transporter in die Straße ein, die Sekunden später vor dem Haus hielten. Die Seitentüren wurden geöffnet und die vermummten Beamten stürmten auf ihn zu. Bussard trat zur Seite und hielt die Tür auf. Als der erste Beamte auf seiner Höhe war, rief er ihm leise zu: »Oberstes Stockwerk, links!«

Der Beamte quittierte die Information mit einem Kopfnicken. Zügig, aber nahezu geräuschlos, eilte das Mobile Einsatzkommando die Treppe hinauf.

<><><>

Es war nicht einfach, den Offizier zum Sprechen zu bringen. Immer wieder verschanzte er sich hinter der Weisung, am Telefon keine Auskünfte zu geben oder er verwies darauf, aus Geheimhaltungsgründen nichts sagen zu können. Wegner jedoch blieb hartnäckig. Mit Engelszungen redete der Polizist auf den Soldaten ein und erklärte ihm die Dringlichkeit. Den Ermittler interessierten weder bestimmte Einsätze noch geheime Operationen, sondern ausschließlich die Persönlichkeit eines ehemaligen Einzelkämpfers. »Wir müssen wissen, mit wem wir es zu tun haben.«

Der Offizier am anderen Ende der Leitung schwieg eine Weile, doch endlich gab er nach. Offenbar war er zu der Überzeugung gelangt, dass es kein gutes Licht auf die Bundeswehr werfen würde, wenn er eine Zusammenarbeit mit der Polizei kategorisch verweigerte. Da es sich nicht um einen aktiven, sondern um einen ehemaligen Kameraden handelte, konnte er zumindest ein paar Informationen weitergeben, ohne die nationale Sicherheit der Bundesrepublik Deutschland zu gefährden oder sich des Geheimnisverrats schuldig zu machen. »Major Kastner gehörte einer Eliteeinheit an, die in Afghanistan stationiert war.«

»Eliteeinheiten werden doch nicht aus Wehrpflichtigen gebildet, oder?«

»Nein.«

»Also war Kastner Berufssoldat?«

»Ja.«

»Und warum ist er nicht mehr bei der Truppe?«

»Gesundheitliche Gründe sprachen gegen eine weitere Verwendung.«

»Wurde er im Dienst verwundet?«

»Nein.«

»Aber er hat doch in Afghanistan gekämpft.«

»Major Kastner war in Kunduz stationiert.«

»Und er hatte auch direkte Feindberührung?«

»Vermutlich.«

»Was heißt vermutlich? Er gehörte doch einer Eliteeinheit an, also wurde er doch bestimmt in Feuergefechte verwickelt.«

»Über einzelne Einsätze kann ich Ihnen keine Auskunft geben.«

»Und warum wurde Kastner entlassen?«

»Gesundheitliche Gründe sprachen gegen eine weitere Verwendung.«

»Ja, das sagten Sie schon, aber was genau war der Grund?«

»Bedaure, Herr Wegner, aber medizinische Informationen kann ich Ihnen nicht geben. Sie unterliegen der ärztlichen Schweigepflicht.«

Wegner verdrehte die Augen und atmete einmal tief durch. Das Telefonat zog sich mehr in die Länge, als nötig gewesen wäre. »Wie schätzen Sie Kastner ein?«

Wieder folgte eine Pause, bevor der Offizier antwortete. »Major Kastner hat die beste Ausbildung genossen, die man sich vorstellen kann, und beherrscht den waffenlosen Kampf ebenso wie den Umgang mit allen Arten von Schusswaffen. Er ist in der Lage, jedes Fahrzeug zu führen, verfügt über umfangreiche technische Kenntnisse, vor allem in den Bereichen Telekommunikation, Funk- und Fernmeldetechnik, und ist taktisch geschult. Die Männer der …«

Wegner wollte keine Stellenbeschreibung hören und unterbrach den Offizier. »Ich habe Sie nicht gefragt, was er alles kann, sondern wie Sie ihn einschätzen. Wie gefährlich ist Kastner?«

»Diese Frage kann ich Ihnen wirklich nicht beantworten.«

»Jetzt stellen Sie sich nicht so an, Mann!« Der Ermittler verlor langsam die Geduld. »Kastner hat eine Kollegin von uns entführt! Sagen Sie mir, womit wir bei diesem Mann rechnen müssen!«

Wegner wartete auf die Antwort, doch er erntete nur Schweigen. »Sind Sie noch dran?«

»Ja, ich ... ich befürchte, dass Sie mit allem rechnen müssen.«

»Was heißt das?«

Erneut dauerte es eine Weile, bis der Offizier endlich mit der Sprache herausrückte. »Major Kastner war nicht mehr diensttauglich, weil er einen Realitätsverlust erlitten hatte. Wir mussten ihn aus dem aktiven Dienst entfernen, um ihn und seine Kameraden zu schützen. Soweit ich weiß, war er nach seinem Ausscheiden aus der Truppe weiterhin in ärztlicher Behandlung.«

Die Vorstellung, dass ein zum Einzelkämpfer ausgebildeter Elitesoldat den Bezug zur Realität verloren hatte, nahm Wegner für einen Moment die Luft. Vor seinem geistigen Auge sah er einen schwerbewaffneten Soldaten, der auf alles schoss, was sich bewegte, weil er glaubte, immer noch im Krieg zu sein. Einen gefährlicheren Mann konnte er sich kaum vorstellen. Nachdem er den Namen des Arztes in Erfahrung gebracht hatte, was weitere zwei Minuten seiner kostbaren Zeit in Anspruch nahm, unterbrach er grußlos die Verbindung. Er musste Bussard warnen, so schnell wie möglich.

<><><>

Das Handy begann zu läuten, als die MEK-Beamten die Wohnung stürmten. Der Klingelton *Hells Bells* erschien Bussard wie ein Fanal und er schickte ein stummes Stoßgebet zum Himmel, dass die Hölle nicht gleich losbrechen würde. Den ankommenden Anruf ignorierte er.

Aus der Wohnung drangen die gedämpften Rufe der Beamten: »Polizei! Polizei! Keine Bewegung!«

Angespannt wie eine Feder lauschte Bussard auf die Geräusche. Er hatte nicht den Eindruck, als würde ein Kampf stattfinden. Nicht einmal eine halbe Minute, nachdem die Beamten die Wohnung gestürmt hatten, erschien ein MEK-Mann im Türrahmen. »Sicherheit vorhanden. Eine Person festgenommen. Geisel befindet sich nicht in der Wohnung.«

Obwohl der Beamte vermummt war und seine Stimme gedämpft wurde, hörte Bussard die Worte hart und klar wie Glas – *Geisel befindet sich nicht in der Wohnung*. Er drängte an dem Beamten im Türrahmen vorbei. Vielleicht lag Anja unter dem Bett oder sie steckte im Kleiderschrank. Der Gedanke war irrational und geboren aus der Sorge um seine Partnerin. Als der Kommissar sich in der Wohnung umsah, wurde seine Befürchtung schnell zur Gewissheit. Im Schlafzimmer stand ein niedriges japanisches Futon-Bett, unter dem man nichts verstecken konnte und im offenen Kleiderschrank steckte keine Geisel.

Zwei MEK-Beamte hielten einen am Boden liegenden Mann fest, dessen Hände auf dem Rücken gefesselt waren. Er trug eine graue Jogginghose und ein verwaschenes grünes T-Shirt. Sein linker Fuß steckte in einem ausgetretenen Sneaker, während ihm der rechte Schuh bei der Festnahme vom Fuß gerutscht war. Bussard sah auf den Mann hinunter und er fühlte sich, als habe er gerade etwas Kostbares verloren. Die Hoffnung, die er im Treppenhaus noch gehegt hatte, wich einer wütenden Enttäuschung. Die Haare des Mannes auf dem Boden waren zu lang.

»Wer sind Sie?« Bussard bellte den Festgenommenen an, dessen Kopf auf den Boden gedrückt wurde. »Sagen Sie mir Ihren Namen!«

»Fuck! Lasst mich los!«

»Ihren Namen! Sagen Sie mir Ihren Namen!«

»Kastner, steht doch draußen an der Klingel.«

»Jens Kastner?«

»Sagen Sie den Gorillas, dass sie mich loslassen sollen!«

»Sind Sie Jens Kastner?«

»Nein, Mann, ich bin Björn Kastner. Jens ist mein Bruder.«

»Wo ist Ihr Bruder?«

»Die sollen mich loslassen!«

»Wo ist Ihr Bruder?«

»Fick dich, Bulle!«

Bussard verzichtete darauf, die Frage noch einmal zu wiederholen. Er sah sich in dem Raum um, der Wohn- und Schlafzimmer gleichzeitig war. Außer dem Futon-Bett gab es noch eine Couch, auf der jemand hätte schlafen können, doch weder Kopfkissen noch Decke. Der Kommissar ging ins Badezimmer. Auf dem Waschbecken stand ein Becher mit einer einzelnen Zahnbürste, die den Verdacht erhärtete, dass die Wohnung nur von einer Person bewohnt wurde. Als Bussard ins Wohnzimmer zurückkehrte, lag Björn Kastner immer noch auf dem Boden.

»Setzt ihn auf die Couch.«

Die beiden Beamten packten Kastner an den Armen, hoben ihn auf und setzten ihn auf das Sofa, während der Festgenommene den Kommissar wütend ansah. »Was soll der Scheiß?«

»Ihr Bruder ist unter dieser Adresse gemeldet, aber offensichtlich wohnt er nicht hier.«

»Seine Post kommt hierher, das ist alles.«

»Wo ist er?«

»Das geht Sie einen Scheißdreck an!«

Bussard stand vor Kastner und sah auf ihn hinab. Plötzlich schoss seine Hand nach vorn, packte Kastners Haare und bog dessen Kopf nach hinten. Der Kommissar beugte sich vor, bis sein Gesicht nur noch Zentimeter von Kastners entfernt war und seine Stimme klang gefährlich drohend. »Ihr Bruder hat eine Frau entführt und ich frage Sie jetzt zum letzten Mal: Wo ist er?«

»Ich habe nichts damit zu tun!«

»Wo?« Bussard packte noch fester zu und Kastner schrie auf.

»Au, verdammt! Loslassen!«

Der Kommissar zögerte. Er brauchte die Information über den Aufenthaltsort von Jens Kastner, doch er konnte sie nicht aus dessen Bruder herausprügeln, selbst wenn er das gerne getan hätte. »Die entführte Frau ist eine Polizistin. Entweder sagen Sie mir sofort, wo wir Ihren Bruder finden oder Sie gehen wegen Beihilfe ins Gefängnis.«

»Ich will einen Anwalt.«

Frustriert ließ Bussard Kastners Haare los. Bei Verwandten ersten Grades durfte ein Zeuge die Aussage verweigern, selbst vor Gericht. Gegen Björn Kastner lag nichts vor und er hatte nach einem Anwalt verlangt. Ihn zur Aussage zu zwingen, war nicht möglich und offensichtlich ließ er sich auch nicht einschüchtern. Wieder hörte er die Klänge von *Hells Bells* aus seiner Jacke und plötzlich hatte er die richtige Idee. Er nahm den Anruf an und hörte, was Wegner über den mutmaßlichen Entführer herausgefunden hatte. Bussard erwiderte, dass sie weder Jens Kastner noch Anja unter der angegebenen Adresse gefunden hatten. Schließlich unterbrach er die Verbindung, steckte sein Handy ein und sah sich um. Was er suchte, fand er auf dem Wohnzimmertisch.

»Hey, das dürfen Sie nicht! Das ist mein Handy!«

Der Kommissar schenkte Kastner keine Beachtung. Das Smartphone war eingeschaltet und er brauchte keine PIN, um es zu aktivieren. Im digitalen Telefonbuch fand er einen Eintrag mit dem Namen »Jens«, nach dem er gesucht hatte. Er zog sein eigenes Gerät aus seiner Jacke und rief Smirna an. Dem Kollegen der KTU übermittelte er Jens Kastners Mobilfunknummer mit der Weisung, das Handy zu orten.

»Das dürfen Sie nicht. Das ist privat, wegen Datenschutz.« Kastner wollte aufstehen, doch die MEK-Beamten drückten ihn wieder auf die Couch. Bussard ging in die Küche und schloss die Tür, damit Björn Kastner nicht im falschen Augenblick Alarm schlug. Mit Kastners Handy wählte er die Nummer, die zum Namen »Jens« gehörte, während er mit seinem eigenen Mobiltelefon die Verbindung zu Smirna hielt.

Nach dem zweiten Klingeln meldete sich eine Stimme. »Björn, was ist los?«

Bussard antwortete nicht.

»Björn, bist du dran?«

Mit dem eigenen Handy am Ohr wartete der Kommissar und die Sekunden zogen sich in die Länge, doch endlich meldete sich Smirna wieder. »Wir haben das Gerät geortet!«

Das Display auf Kastners Smartphone zeigte, dass die Verbindung unterbrochen war, doch Bussard hatte bereits alles, was er wollte.

Im Wohnzimmer wandte er sich an den Einsatzleiter, der mit verschränkten Armen wartend bei der Tür stand. »Wir haben Kastners Handy geortet. Es befindet sich am östlichen Stadtrand von Freiburg und bewegt sich Richtung Norden.«

Jennewein nickte seinen Männern zu. »Wir rücken ab!«

»Was machen wir mit ihm?«

Mit einem Blick gab der Einsatzleiter die Frage des Beamten, der Kastner bewachte, an den Kommissar weiter.

»Bringt ihn runter und übergebt ihn den Kollegen der Streife.«

»Wieso bin ich verhaftet?« Kastner, den die beiden Beamten auf die Füße gestellt hatten, versuchte vergeblich, sich ihrem Griff zu entwinden. Bussard ging auf ihn zu und packte ihn noch einmal an den Haaren.

»Behinderung einer polizeilichen Ermittlung, Beihilfe zur Entführung, Gefahr im Verzug – suchen Sie sich etwas aus.«

»Das ist Polizeigewalt!«

Mit der Andeutung eines verächtlichen Lächelns sah Bussard dem Festgenommenen ins Gesicht. Björn Kastner musste in Polizeigewahrsam bleiben, damit er Jens Kastner nicht warnte. Er hatte den Aufenthaltsort seines Bruders nicht verraten und Bussard hatte gar nicht erst den Versuch unternommen, ihn zur Zusammenarbeit zu überreden.

»Sie können sich glücklich schätzen, wenn wir unsere Kollegin lebend und unversehrt finden, sonst werden Sie in der Arrestzelle herausfinden, was wir unter Polizeigewalt verstehen.«

Bevor sich die Beamten auf den Weg machten, instruierte Bussard den Einsatzleiter und berichtete, was er von Wegner erfahren hatte. Jennewein musste das Risiko für seine Leute einschätzen, auch wenn nach Lage der Dinge Kastner als unberechenbar galt. Die Beamten waren zumindest gewarnt und wussten, dass sie vorsichtig sein mussten.

20

Das Türschloss klackte und Anja sah, wie die Klinke nach unten gedrückt wurde. Der Entführer war zurück.

Ihrem Gefühl nach musste es ungefähr Mittag sein. Eine Armbanduhr trug sie nicht und ihr Handy lag in ihrer Wohnung. Etwas spärliches Licht drang durch die Ritzen der Läden vor dem Fenster, die von außen verbarrikadiert und deshalb von innen nicht zu öffnen waren. Vielleicht würde er das Fenster öffnen, denn die Luft im Raum war verbraucht und stickig. Als die Tür aufschwang, fiel Licht in das Zimmer und sie sah die Silhouette ihres Entführers im Türrahmen. Der Umriss seiner Automatik, die er in einem Holster am Oberschenkel trug, zeichnete sich deutlich gegen den helleren Hintergrund ab. »Hallo, Leyla.«

Sie wusste, dass er Jens Kastner hieß. Seinen Namen hatte er ihr am Tag zuvor verraten, doch sie hatte keine Ahnung, warum er sie Leyla nannte.

»Hast du Hunger?« Er trug ein Tablett ins Zimmer und stellte es auf dem Tisch ab.

»Kannst du das Fenster öffnen? Ich brauche frische Luft.«

»Okay.« Er reichte ihr eine Wasserflasche vom Tablett. »Hier, trink etwas.«

Anja nahm die Flasche entgegen. Sie saß im Schneidersitz auf dem Bett, den Rücken gegen die Wand gelehnt und fragte sich, was der Mann beabsichtigte. Er bedrohte sie nicht und hatte sie, seit sie in ihrem Gefängnis aufgewacht war, nicht angerührt. Ihre Frage, ob er Lösegeld erpressen wolle, hatte er überrascht verneint und mit der Gegenfrage geantwortet, warum er das denn tun solle. Als sie nachgehakt hatte, was der

Grund für die Entführung sei, hatte er sie nur angesehen und zaghaft gelächelt.

Kastner verließ das Zimmer und Anja bemerkte, dass er die Tür nicht abschloss. Vermutlich ging er nach draußen, um die Fensterläden zu öffnen. Ihre Gedanken rasten, denn sie musste sofort eine Entscheidung treffen. Ihr blieb wahrscheinlich nicht mehr als eine Minute, um einen Fluchtversuch zu wagen. Wie die Welt außerhalb ihres Gefängnisses aussah, wusste sie nicht, denn sie hatte keine Ahnung, wo sie sich befand. Durch die Ritzen in den Fensterläden hatte sie nichts erkennen können und sie hatte keine Geräusche vernommen, aus denen sie Rückschlüsse auf ihren Aufenthaltsort hätte ziehen können. Nur das Vogelgezwitscher am frühen Morgen hatte ihr verraten, dass sie sich wahrscheinlich nicht mitten in der Stadt befand.

So leise wie möglich verließ sie das Bett. Sie schlich zur Tür und lauschte, konnte aber nichts hören. Mit angehaltenem Atem zog sie die Tür langsam auf und spähte hinaus. Kastner war nirgends zu sehen. Als sie die Tür weiter öffnen wollte, erschrak sie plötzlich über das Licht, das ihren Schatten auf die Tür warf. Der Entführer war draußen und öffnete die Fensterläden. Ein Schwall frischer Luft strömte in den Raum, kühler als sie erwartet hatte. Dankbar atmete Anja tief ein. Durch das offene Fenster erkannte sie eine Wiese, einen Wirtschaftsweg und eine kleine Gruppe Birken. Ihre Ahnung hatte sie nicht getäuscht. Kastners Versteck lag irgendwo auf dem Land.

Durch das offene Fenster konnte sie nicht fliehen, denn sie wäre ihrem Entführer direkt in die Arme gelaufen, aber vielleicht gab es auf der anderen Seite des Gebäudes eine Möglichkeit zu entkommen. Sie schlüpfte durch die Tür und fand sich in einer Art Wohnzimmer wieder, das jedoch mehr einer militärischen Kommandozentrale glich. An einer Wand hing eine Landkarte, in einer Ecke stapelten sich große Metallkisten, auf denen technische Geräte standen, deren Funktion sie nicht erriet, und auf einem Tisch lagen mehrere Magazine, die vermutlich in die Gewehre passten, die neben den Fenstern standen. Sechs Monitore, von denen vier eingeschaltet waren, standen auf zwei aneinandergestellten Arbeitstischen. Anja blieb wie angewurzelt stehen. Die Bildschirme zeigten ländliche Aufnahmen. Sie sah Wiesen und Felder, einen unbefestigten Weg und eine Gruppe von drei Birken, die sie zuvor durch das offene Fenster bemerkt hatte. Allem Anschein nach gab es außerhalb des Hauses mehrere Kameras, mit denen Kastner das Gelände überwachte, um nicht von ungebetenen Besuchern überrascht zu werden.

»Wie fühlst du dich?«

Sie hatte ihn nicht kommen hören. Schon am Tag zuvor war ihr aufgefallen, dass er das Zimmer, in dem er sie gefangen hielt, immer lautlos betrat oder verließ. Nun stand er an der Tür, die in einen Flur führte. Sie wandte sich um und entdeckte eine Art Fotowand. Unzählige unterschiedliche Bilder zeigten alle das gleiche Motiv. Die größte Aufnahme war gerahmt und hing in der Mitte. Es war ein Porträt von ihr!

»Woher hast du diese Fotos?« Der Schrecken hatte sie die Frage laut aussprechen lassen, obwohl sie wusste, was Kastner antworten würde.

»Ich habe sie selbst gemacht. Das Foto im Rahmen ist mein Lieblingsbild. Du siehst so unglaublich schön aus.« Er lächelte und sie erkannte, dass es kein falsches Lächeln war. Wäre die Situation nicht so grotesk gewesen, hätte sie geglaubt, dass er sie verliebt ansah.

»Ich habe das Fenster geöffnet. Es ist schönes Wetter. Vielleicht willst du aber zuerst etwas essen. Wenn du möchtest, können wir danach draußen in der Sonne sitzen. Du musst mir aber versprechen, dass du nicht noch einmal davonläufst.«

<><><>

Den genauen Standort kannten die Beamten nicht. Smirna hatte Kastners Handy zwar orten, aber lediglich den Funkmast benennen können, an dem das Gerät eingeloggt gewesen war. Eine ganze Armada von Einsatzfahrzeugen setzte sich in Bewegung und fuhr in den Freiburger Osten. Die Großfahndung konzentrierte sich auf ein Gebiet, das sich an den Stadtrand anschloss. Nach der Stadtgrenze zog sich vom Dreisamtal abzweigend das Attental nach Norden. Durchgangsverkehr gab es in diesem Tal nicht, denn die Straße endete kurz nach den letzten Häusern und ging in einen Wirtschaftsweg über, der in den Wald führte.

Beim *Gasthaus Faller*, einem Ausflugslokal, das für seine Kuchen berühmt war, sammelten sich die Polizeikräfte. Alle verfügbaren Beamten beteiligten sich an der Suche, während das MEK auf seinen Einsatz wartete. Ein Teil der Beamten folgte dem Wirtschaftsweg, während andere damit begannen, den Wald zu durchkämmen. Es war 13:30 Uhr und sie hatten noch sieben Stunden, bevor die Sonne unterging.

<><><>

Das Haus verfügte über einen Wasser- und einen Stromanschluss, aber nicht über eine Telefonleitung. Handyempfang gab es beim *Steinhäusle* ebenfalls nicht. Auf einem Höhenzug des Schwarzwalds gelegen hatte man einen herrlichen Blick über das Land. In der Nähe erhoben sich der Feldberg, der Tote Mann und der Schauinsland, während man an klaren Tagen bis zu den südlich gelegenen Alpen sehen konnte. Wer das *Steinhäusle* erbaut hatte, wusste heute niemand mehr. Aus einer verwitterten Gravur am Eckstein des Hauses ging nur hervor, dass der Erbauer ein Zeitgenosse Napoleons gewesen war.

Dem alten, windschiefen Gebäude sah man nicht an, dass es mit modernster Technik gespickt war. Im Blattwerk von Bäumen versteckte Videokameras und dem Auge ebenfalls verborgene Bewegungsmelder überwachten das Gelände. Eine autarke Anlage, die über auf dem Dach montierte Solarzellen Strom aus Sonnenlicht gewann und in Akkus speicherte, machte das Anwesen vom öffentlichen Stromnetz unabhängig. Für den Notfall stand ein zusätzlicher Dieselgenerator zur Verfügung. Mehrere Rechner waren zu einem Netzwerk zusammengeschlossen, während eine Satellitenverbindung Kontakt zur Außenwelt ermöglichte. Alle Fenster waren mit starken Holzläden befestigt und nur eine einzige Sicherheitstür gewährte Zugang zum Inneren des Hauses. Neben der technischen Ausrüstung gehörte auch eine Vielzahl von Schusswaffen nebst Munition zum Inventar, die feuerbereit an strategisch wichtigen Punkten im Haus verteilt waren. Kastner hatte das unscheinbare *Steinhäusle* zu einer schwer einnehmbaren Festung ausgebaut.

Auf einer alten Holzbank, deren Farbe längst abgeblättert war, saß Anja neben ihrem Bewacher. Unter anderen Umständen hätte sie die Sonne des frühen Nachmittags genießen können, doch die Frage, ob ihr eine Flucht gelingen könnte, beanspruchte ihre ganze Aufmerksamkeit. Sie war weder gefesselt noch eingesperrt, doch seit er ihr erlaubt hatte, sich im Freien aufzuhalten, ließ Kastner sie nicht aus den Augen. Voraussetzung für eine erfolgreiche Flucht war die Überwältigung ihres Entführers, doch auch wenn sie regelmäßig

Nahkampf und Selbstverteidigung trainierte, hatte sie gegen ihn nicht den Hauch einer Chance. Seine Bewegungen waren so sparsam und geschmeidig wie die einer Raubkatze. Selbst mit halb geschlossenen Lidern auf der Bank sitzend strahlte er Überlegenheit aus.

Am Morgen des Vortages hatte er sie in ihrem Badezimmer überrascht. Sie hatte ihn nicht gehört, bis er plötzlich wie aus dem Nichts auftauchend neben ihr gestanden hatte. Instinktiv hatte sie sich gegen einen Angriff wehren wollen, doch er hatte sie mühelos überwältigt. Es schien, als habe er sich dabei nicht einmal anstrengen müssen. Im Eifer des Gefechts hatte sie sich den Kopf an den Kacheln angeschlagen und eine kleine Platzwunde davongetragen. Die Wunde war harmlos, doch der Hieb, den sie danach hatte einstecken müssen, hatte sie im wahrsten Sinne des Wortes auf einen Schlag außer Gefecht gesetzt. Die Beine waren unter ihrem Körper weggeknickt und er hatte sie aufgefangen, damit sie nicht zu Boden ging. Was danach geschehen war, konnte sie nicht mehr richtig rekapitulieren. Sie erinnerte sich an das Treppenhaus, durch das er sie mehr getragen als geführt hatte. Danach herrschte Dunkelheit. Erst Stunden später war sie in ihrem Gefängnis wieder zu sich gekommen. Am Abend hatte er ihr etwas zu essen gebracht und war auf eine militärische, irgendwie aber auch zurückhaltende Art zuvorkommend gewesen. Ihr Wohlergehen schien ihm am Herzen zu liegen. Offenbar sollte sie nicht das Gefühl haben, eine Gefangene zu sein, doch er ließ auch keinen Zweifel daran, dass er sie nicht würde gehen lassen. Kastner sprach wenig, doch die spärlichen Unterhaltungen mit ihm hatten etwas Skurriles an sich. Er nannte sie Leyla und es schien, als hätten sie und die Unbekannte eine gemeinsame Vergangenheit, von der sie nichts wusste. Wenn es ihr gelang, dieses Mysterium zu ergründen, würde sich daraus vielleicht eine Chance ergeben, sich aus der Gewalt ihres Entführers zu befreien. Was sie brauchte, war der richtige Ansatzpunkt. Sie musste die Frau finden, die Kastner in ihr sah.

»Du hast vorhin gesagt, dass ich nicht noch einmal davonlaufen dürfte. Was hast du damit gemeint?«

Kastner sah sie nicht an. Er wirkte völlig entspannt und sein Blick ging in die Ferne. »Du bist mit ihnen mitgegangen. Ich habe das nicht verstanden. Du hast doch gewusst, was dich erwartet.«

»Was mich wo erwartet?«

»Bei ihnen, bei den Taliban.«

Anja beugte sich vor und versuchte, seinen Blick zu erhaschen. »Ich weiß nicht, was passiert ist. Irgendjemand muss irgendetwas mit mir gemacht haben. Ich kann mich an nichts erinnern.«

»Du erinnerst dich an nichts?« Er sah sie an und sein Blick wurde fast sanftmütig. »Du erinnerst dich auch nicht an mich, an uns?«

Anja schüttelte den Kopf. »Es tut mir wirklich leid, aber dort, wo meine Erinnerung sein sollte, ist nur ein riesiges schwarzes Loch. Ich weiß nicht einmal mehr meinen Namen.«

»Leyla, dein Name ist Leyla. Sie haben dich mitgenommen. Wahrscheinlich haben sie dich unter Drogen gesetzt. Deshalb kannst du dich an nichts erinnern.«

Friedlich auf der Bank vor dem Haus in der Sonne sitzend schuf Anja behutsam eine vertrauliche Atmosphäre. Ihre Erklärung, sich an nichts mehr erinnern zu können, gestattete ihr, eine Rolle zu spielen, ohne das dazugehörige Drehbuch zu kennen. Die Finte half ihr, Fehler aus Unkenntnis zu vermeiden. »Erzähl mir von uns. Wie haben wir uns kennengelernt?«

Kastner sah wieder in die Ferne und ein leises Lächeln überzog sein Gesicht. »Das werde ich nie vergessen. Du bist aus dem Zelt gekommen und ein Windstoß hat dir das Kopftuch weggeblasen. Ich stand zwei Meter neben dir und das Tuch flog genau in meine Hand. Das war kein Zufall, das war Schicksal.«

»Was habe ich in dem Zelt gemacht?«

»Du warst die neue Dolmetscherin, die einzige, die deutsch sprach. Du warst zum ersten Mal bei uns im Lager.«

»Und du? Was hast du gemacht?«

Das Lächeln auf Kastners Gesicht verschwand und seine Züge wurden hart. »Ich habe sie getötet.«

Anja spürte den abrupten Wechsel in seiner Stimmung. Sie befürchtete, dass die leichte Plauderei über die Vergangenheit enden könnte, doch sie musste unbedingt mehr erfahren. Immerhin konnte sie sich zusammenreimen, dass Kastner und Leyla sich im Nahen Osten kennengelernt hatten, wo er als Soldat stationiert gewesen war. Offenbar hatten sie sich ineinander verliebt, doch der Krieg hatte sie getrennt. Dass Kastner darüber nicht sprechen wollte, spürte sie genau, also musste sie seine Gedanken wieder in andere Bahnen lenken. »Wie hast du mich wiedergefunden?«

»Ich habe dich gesehen, unten in der Stadt.« Seine Züge entspannten sich wieder und er lächelte. »Ich konnte es kaum glauben, aber du warst es wirklich. Du bist zurückgekommen.«

»Wie lange war ich weg?«

Das Lächeln wich einem neuen Ausdruck. Kastner zog die Stirn in Falten. Es schien, als würde er angestrengt nachdenken, bevor er schließlich antwortete. »Ich weiß es nicht genau. Vielleicht eine Woche.«

Von der Zeitangabe abgesehen kamen die Antworten leicht über Kastners Lippen. Anja war sicher, dass er die Wahrheit sagte. Kastners Wahrheit galt jedoch für eine Realität, die mit Anjas Realität nichts gemein hatte. Dass er eine Woche zuvor noch im Nahen oder Mittleren Osten bei seiner Leyla gewesen war, galt nicht für ihre Welt. Die Fotos im Haus bewiesen, dass er sie schon eine ganze Weile beobachtet hatte und das gerahmte Porträt hatte er definitiv vor ihrem letzten Frisörbesuch aufgenommen, also war es mindestens drei Wochen alt. Die Aufnahme von ihr und Susanne stammte vom Dienstag der vergangenen Woche, als sie nach dem Training das Gebäude gemeinsam verlassen hatten. Etwas beeinträchtigte Kastners zeitlichen Orientierungssinn und es war zwecklos, weitere Fragen nach dem *Wann?* zu stellen.

»Sind wir ein Paar?« Sie ahnte die Antwort bereits und als er sie ansah, lächelte er wieder.

»Ja, jetzt sind wir ein Paar. Ich lasse dich nie wieder gehen.«

Anja spürte, dass er ihr nichts antun würde. Er liebte sie, auch wenn sie nicht die Frau war, die er in ihr sah. Vermutlich sah sie Leyla ähnlich, denn er hatte sie in der Stadt gesehen und dabei war etwas durcheinander geraten. Ihr Anblick hatte ihn in die Vergangenheit zurückversetzt, die nun die Gegenwart überlagerte. Seine Realität konnte Anja nur vage erahnen, doch es war wichtig, einen Bezug zu ihrer eigenen Realität herzustellen, wenn sie ihm entkommen wollte. Freiwillig würde er sie niemals gehen lassen. In gespielter Gelassenheit lehnte sie sich zurück und ließ ihren Blick über die Höhen des Schwarzwalds streifen. »Es ist schön hier, so ruhig und friedlich.«

»Ja, aber die friedlichen Momente sind selten.«

»Können wir später in die Stadt fahren?« Die Frage klang belanglos, doch Anjas Herz klopfte heftig beim Versuch, ihre Flucht vorzubereiten. »Ich brauche ein paar Sachen.«

Kastner schüttelte den Kopf. »Nein, das ist zu gefährlich.«

»Wieso ist es gefährlich, in die Stadt zu fahren?«

»Du weißt wirklich nichts mehr.« Er sah sie ernst an. »Wir können nicht in die Stadt fahren, vor allem nicht, wenn es dunkel wird.«

»Warum nicht?«

Mit einer vagen Handbewegung schloss er die gesamte Umgebung ein und sein Blick wurde plötzlich stechend. »Es sieht alles so ruhig und friedlich aus, aber hinter jedem Baum und jedem Busch wartet eine Kalaschnikow. Wir sind hier mitten im Kriegsgebiet.«

21

Meter um Meter arbeiteten sich die Einsatzkräfte die bewaldeten Hänge hinauf. Nach einer halben Stunde waren die meisten Uniformen durchgeschwitzt, denn das steile Gelände und der niedrige Bewuchs zwischen den Bäumen erschwerten das Vorwärtskommen erheblich. Ein Gebäude, einen Verschlag oder eine Erdhöhle entdeckten die Beamten nicht.

Zusammen mit Jennewein und dessen MEK-Leuten wartete Bussard beim *Gasthaus Faller*. Obwohl reger Funkverkehr herrschte, gab es keine Erfolgsmeldung. Kastner war in der Nähe, das wusste Bussard mit Sicherheit. Ein Elitesoldat würde ein schwer zugängliches Gelände, in dem es unzählige Möglichkeiten gab, sich zu verstecken, dem Aufenthalt in der Stadt immer vorziehen. In Bussards Vorstellung war Kastner wie John Rambo, der in Tarnkleidung und mit bemaltem Gesicht im Unterholz versteckt auf seine Häscher wartete. Falls er tatsächlich irgendwo auf der Lauer lag, hatte er Anja sicherlich nicht bei sich. Vermutlich hatte er sie in einem Versteck untergebracht, einem Ort, den nur er allein kannte, denn sie war sein Trumpf-Ass in einem Spiel auf Leben und Tod. Sollte es nicht gelingen, den Entführer ohne Waffengewalt zu überwältigen, durfte er bei einem möglichen Schusswechsel auf keinen Fall getötet werden. Zuerst aber mussten sie Kastner finden.

»Gibt es einen Hinweis, warum Kastner Frau Hill entführt hat?« Jennewein stand gegen ein Einsatzfahrzeug gelehnt und vermittelte eine stoische Ruhe, während Bussard sich bemühte, seine Nervosität im Zaum zu halten.

»Nein, wir haben keine Verbindung gefunden. Anja hat früher im Wirtschaftsdezernat gearbeitet. Den Kollegen ist der Name Kastner nie untergekommen. Seit einem Jahr arbeitet sie in meiner Abteilung und wir haben bis dato auch noch nie von ihm gehört.«

»Und früher? Sind sie vielleicht zusammen zur Schule gegangen?«

Der Kommissar schüttelte den Kopf. »Anja kommt ursprünglich aus Norddeutschland. Als sie zehn war, zog ihre Familie nach Freiburg. Kastner ist zehn Jahre älter als sie. Als sie nach Freiburg kam, war er bereits bei der Bundeswehr. Er war in Mittenwald bei einer Gebirgsjägereinheit stationiert, hat eine Ausbildung zum Einzelkämpfer durchlaufen und sich freiwillig für den Einsatz in Afghanistan gemeldet. Es ist sehr unwahrscheinlich, dass sich die Wege von Anja und ihm irgendwann irgendwo gekreuzt haben.«

»Dann hat er sie zufällig ausgewählt?«

»Zufällig? Ich weiß es wirklich nicht.« Bussard zog ein Päckchen Tabak aus der Jacke und drehte sich eine Zigarette. »Wir haben einen Ermittlungsansatz. Es scheint, als hätte sich Kastner zu Anjas Beschützer gemacht und wir gehen davon aus, dass er Carlo Manz getötet hat, weil Manz aus seiner Sicht für Anja eine Bedrohung darstellte. Wie die Verbindung zwischen ihm und Anja zustandekam, ist mir bis jetzt allerdings noch völlig schleierhaft.«

Aus großer Entfernung drang ein charakteristisches Geräusch an Bussards Ohr. Der Klang war unverwechselbar und das Geräusch wurde zunehmend lauter. Instinktiv sah der Kommissar zum Himmel. Der hohen Tannen wegen war sein Sichtfeld begrenzt, doch er musste die Geräuschquelle nicht sehen, um zu wissen, was er hörte. »Wir bekommen Unterstützung.«

<><><>

Im Norden stieg das Gelände noch einige Meter an, bevor der baumbestandene Gipfel den Übergang zum nächsten Tal bildete. Im Osten, Süden und Westen jedoch war der Horizont kilometerweit entfernt. Lange bevor er ihn hörte, sah Kastner den Helikopter, der sich mit mäßiger Geschwindigkeit von Südwesten näherte. »Sie kommen.«

Anja sah den Helikopter ebenfalls. Die Sonne hatte ihren Zenit schon zwei Stunden zuvor überschritten und stand nun fast direkt über dem Hubschrauber. Vor dem strahlend hellen Hintergrund wirkte er völlig schwarz, doch die Kommissarin war sicher, dass die Farben seiner Lackierung grün und weiß waren. Die Kollegen waren auf der Suche nach ihr.

»Geh ins Haus!«

»Warum?«

»Er kommt genau auf uns zu.« Kastner drehte sich zu ihr um und sein Blick duldete keine Widerrede. »Hier draußen wird es bald zu gefährlich.«

»Was hast du vor?«

Er stand auf, packte Anja am Arm und zog sie hoch. Sein Griff war hart, aber nicht schmerzhaft. »Bitte, Leyla, komm mit ins Haus. Ich will nicht, dass dir etwas passiert.«

Kastner war im Krieg und sie erkannte es in seinen Augen. Im Helikopter sah er ein Aufklärungsflugzeug seiner Feinde und sie ahnte, dass es zu einer Tragödie, womöglich sogar zu einer Katastrophe kommen würde, wenn es ihr nicht gelang, das, was ihnen bevorstand, zu verhindern. Widerstandslos ließ sie sich ins Haus führen. Sie musste mit ihm reden und ihn davon überzeugen, dass ihnen keine Gefahr drohte, solange er nicht zu den Waffen griff. »Wir können doch verhandeln.«

»Verhandeln?« Kastner spie das Wort regelrecht aus. »Glaubst du denn, dass sie irgendetwas halten, was sie versprechen? Wer den Brüdern traut, ist schon tot. Die Taliban sind wie Ratten. Man verhandelt nicht mit ihnen, man erschießt sie!«

»Und wenn es keine Taliban sind?«

Er verriegelte die Tür, dann wandte er sich um und schüttelte langsam den Kopf. »Ich bin schon zu lange in diesem Krieg und ich kenne sie. Ich kenne sie alle.«

Jeweils einer von zwei Läden war an jedem der drei offenen Fenster des Raumes geschlossen. Kastner nahm ein Gewehr mit Zielfernrohr, das gegen eine Kommode gelehnt stand. Er ließ sich hinter dem Fenster auf der Südseite auf ein Knie nieder, brachte die Waffe in Anschlag und sah durch das Zielfernrohr. Die Taliban hatten offensichtlich einen alten Heli aufgetrieben, der jedoch über keinerlei Bewaffnung verfügte. Ihre Aufklärungsmission würde deshalb in Kürze enden. Ein Scharfschützengewehr taugte zwar nicht unbedingt als Flugabwehrwaffe, doch falls der Helikopter nicht über schusssicheres Glas verfügte, hatte Kastner eine reelle Chance, den Vogel vom Himmel zu holen.

»Nein!« Anja schrie auf, als der erste Schuss fiel. Sie stürzte auf Kastner zu, doch bevor sie ihn erreichte, hatte er den Abzug bereits zum zweiten Mal durchgezogen.

<><><>

»Verstanden! Ende!« Jennewein klatschte in die Hände. »Es geht los!«

Bussard sah den Einsatzleiter des MEK erwartungsvoll an. »Was ist? Haben wir ihn gefunden?«

»Jemand schießt auf unseren Helikopter. Die Kollegen mussten abdrehen.«

»Wissen wir, woher die Schüsse kamen?«

»Der Schütze hält sich vermutlich auf oder in der Nähe des Gipfels auf.«

Die MEK-Beamten, die wartend bei den Fahrzeugen gestanden hatten, setzten sich rasch in Bewegung. Es dauerte nur Sekunden, bis die Motoren gestartet und die Türen geschlossen wurden, dann rückte das Mobile Einsatzkommando ab.

Bussard sprintete zu seinem Wagen, sprang hinein und nahm die Verfolgung auf. Staub und Steine spritzten unter dem Heck des Fahrzeugs hervor, als er mit durchdrehenden Rädern davonjagte. Im Rückspiegel erkannte er, dass sich weitere Einsatzfahrzeuge anschlossen. Alle fuhren mit maximaler Geschwindigkeit den Waldweg hinauf. Die Uhr auf dem Armaturenbrett zeigte 14:07.

<><><>

»Hurensöhne!« Der Helikopter hatte sich vor die Sonne geschoben und das Zielen damit unmöglich gemacht. Kastner hatte trotzdem zweimal abgedrückt, doch er hatte nur eine Kufe und den Rotor getroffen, ohne nennenswerte Schäden zu verursachen. Einen dritten Schuss konnte er nicht mehr anbringen, denn etwas packte ihn am Arm.

»Leyla, verdammt! Was soll das?« Er sah sie nur kurz an und wandte sich wieder seinem Ziel zu. Enttäuscht musste er feststellen, dass der Helikopter abdrehte und mit hoher Geschwindigkeit ins Tal hinunterflog. Es war überflüssig, noch einmal anzulegen, denn der Heli befand sich schon außer Reichweite.

»Bitte, Jens!« Sie sprach seinen Namen zum ersten Mal aus. »Wenn du schießt, schießen sie auch.«

»Sie schießen auch, wenn ich nicht schieße.«

»Wie viele Menschen müssen noch sterben, bevor das alles endet?«

Kastner zuckte mit den Schultern. »Ich habe den Krieg nicht angefangen.«

»Aber du kannst ihn beenden.«

»So? Glaubst du?« Mit einer Kopfbewegung deutete er nach draußen. »Sie kommen nicht wegen mir. Sie kommen wegen dir!«

»Was habe ich mit ihnen zu tun?«

»Du warst eine von ihnen.« Mit seiner rechten Hand hielt er sein Gewehr im Anschlag, während er mit seiner linken durch ihr Haar fuhr. »Sie wissen, dass du bei mir bist und sie kommen, um dich zu holen, aber das werde ich nicht zulassen.«

»Warum sollten sie mich holen?«

»Sie glauben, dass du sie verraten hast. Deshalb wollen sie dich töten.« Er ließ ihr Haar los und griff nach dem Gewehrschaft. Als er durch das Zielfernrohr sah, packte Anja sein Handgelenk.

»Nein, Jens, bitte! Bitte schieß nicht mehr. Das alles kann immer noch friedlich enden.«

Kastner stellte das Gewehr ab und lehnte es gegen die Wand. Er stand auf und sah sie traurig an. »Es tut mir leid, Leyla, aber es geht nicht anders.«

Mit einer schnellen Bewegung packte er ihren Arm und bog ihn auf den Rücken, während er mit seinem freien Arm ihren Oberkörper umfasste. Mehr aus Überraschung als aus Schmerz schrie Anja auf. Seiner Kraft hatte sie wenig entgegenzusetzen. Er zwang sie auf einen Stuhl und fesselte ihre Hände hinter ihrem Rücken. »Glaub mir, es ist nur zu deinem Besten.«

»Nein, Jens! Mach mich los, bitte!«

Kastner fuhr noch einmal liebevoll durch ihr Haar und schüttelte den Kopf. »Solange ich atme, werden sie dich nicht kriegen.«

Er wandte sich um, ging zum Fenster zurück und nahm seine Position wieder ein.

<><><>

Der erste der beiden schwarzen Transporter bildete die Spitze der Schlange, die mit hohem Tempo bergaufwärts jagte. Jennewein saß auf der Beifahrerseite, den Blick konzentriert auf den Waldweg gerichtet. Als die Steigung abnahm, lichteten sich die Bäume.

»Tempo drosseln!«

Der Fahrer nahm den Fuß vom Gas und schaltete vom dritten in den zweiten Gang. Wenige Augenblicke später erreichten sie den Waldrand. Vor ihnen lag ein sanft ansteigendes Wiesengelände im hellen Schein des frühen Nachmittags, das von einem Bachlauf durchzogen wurde. Die Ufer waren mit Buschwerk bewachsen und dort, wo der Bach unter dem Weg durch ein Rohr floss, stand eine Gruppe von drei Birken, flankiert von Haselnussbüschen. Sie boten den einzigen Sichtschutz in dem weit überschaubaren Gelände. Jenseits des Baches führte der Weg direkt auf ein niedriges Gebäude zu, das etwa dreihundert Meter vom Waldrand entfernt war.

»Stopp!« Jennewein hob die Hand und der Fahrer hielt an. Im Außenspiegel sah der Einsatzleiter, dass die anderen Fahrzeuge aufschlossen. Der Korso kam zum Stillstand.

Jennewein nahm ein Fernglas und richtete es auf das Gebäude. An den Fenstern war jeweils ein Laden geschlossen, während der andere so weit zugezogen war, dass der Zwischenraum einer Schießscharte gleichkam. Nichts regte sich, doch plötzlich tauchte die Mündung eines Gewehrs zwischen zwei Läden auf. Ohne das Fernglas sinken zu lassen, schaltete der Einsatzleiter sein Funkmikrofon ein. »Die Zielperson befindet sich im Haus und ist bewaffnet.«

Eine Autotür wurde geöffnet und zugeschlagen. Auf der Beifahrerseite lief Bussard am zweiten Transporter vorbei und blieb an der Beifahrertür des ersten stehen. »Wie sieht's aus?«

Durch das offene Fenster reichte ihm Jennewein das Fernglas. »Dort, am linken Fenster. Die Zielperson hat ein Gewehr.«

Im vergrößerten Sichtfeld des Fernglases erkannte Bussard die Mündung, die drohend aus dem Fenster ragte. Zwischen dem Bach und dem Gebäude erstreckten sich rund zweihundert Meter offenes Gelände. Bei Tageslicht war es unmöglich, sich dem Haus ungesehen zu nähern und der Weg lag genau im Schussfeld des Gewehrs.

»Wie wollen Sie vorgehen?«

Jennewein überblickte das Gelände und dachte nach. Sofern die Zielperson lediglich mit der Geisel allein im Haus war und keine Komplizen hatte, konnte sie nicht alle vier Seiten des Gebäudes gleichzeitig verteidigen. Rings um das Haus jedoch erstreckte sich offenes und gut einsehbares Gelände. Kastner konnte innerhalb des Hauses die Position wechseln und es war nicht vorhersehbar, an welcher Seite er zu welcher Zeit auftauchen würde. Jeder Versuch, sich dem Haus zu nähern, barg tödliche Risiken und der Einsatzleiter musste seine Leute schützen. »Wir überqueren den Bach und beziehen bei den Bäumen Stellung. Unsere Fahrzeuge nutzen wir als Deckung, aber wir können uns nicht näher heranwagen, solange es noch hell ist.«

»Es dauert noch mindestens sechs, sieben Stunden, bis die Sonne untergeht.«

»So viel Zeit haben Sie zum Verhandeln.«

<><><>

An den Stuhl gefesselt hatte Anja keine Bewegungsfreiheit, doch sie verfügte über einen ungehinderten Blick auf die Monitore, deren Bilder von den Überwachungskameras stammten. Die Kommissarin beobachtete einen schwarzen Transporter, der am Waldrand aufgetaucht war. Er hielt an und ein zweiter schwarzer Transporter stoppte hinter ihm. Es schien, als würden sie die Umgebung der Bäume nicht verlassen wollen. Jemand ging auf den ersten Transporter zu und blieb am Beifahrerfenster stehen.

»Bussard!« Sie hatte den Namen laut ausgesprochen, aber sie wusste nicht, ob sie sich freuen oder eher besorgt sein sollte. Kastner war schwer bewaffnet und er benutzte seine Waffen, ohne zu zögern. Auf den Helikopter hatte er bereits gefeuert und sie hoffte, dass es nicht zu einem Blutbad kommen würde, falls ihre Kollegen sich entschlossen, das Haus zu stürmen. Es gab nichts, was sie tun konnte. An den Stuhl gefesselt musste sie dem Gang der Ereignisse tatenlos zusehen.

Das Monitorbild zeigte, dass Bussard, der mit einem Fernglas das Haus beobachtet hatte, seine Position an der Beifahrerseite des Transporters wieder verließ. Er verschwand aus dem Blickfeld der Kamera und Anja hoffte, dass das auch so bleiben möge, bis Kastner überwältigt war. Der erste Transporter setzte sich in Bewegung und der zweite folgte ihm. Weitere Fahrzeuge auf dem Waldweg, von denen Bussards alter BMW das erste war, blieben zurück. Die beiden Transporter fuhren langsam auf eine kleine Gruppe von Birken zu, während Kastner seinen Beobachtungsposten am Fenster verließ. Er ging zu einem der Arbeitstische, nahm eine Tastatur und begann zu tippen. Nachdem er einen Befehl bestätigt hatte, ging er zum Fenster zurück.

»Was hast du da gemacht?«

Kastner antwortete nicht. Er brachte sein Gewehr in Anschlag und richtete es auf ein Ziel jenseits des Fensters. Anja wandte sich wieder dem Monitor zu. Die beiden Transporter hatten die Birken fast erreicht. Als das erste Fahrzeug den Bach überquerte, wurde es plötzlich angehoben, während eine ohrenbetäubende Detonation die Stille zerriss. Anja schrie auf, als der Transporter in die Luft geschleudert und zur Seite gewirbelt wurde. Er krachte auf die Fahrerseite, rutschte zwei Meter die Böschung hinab und blieb mit dem Heck im Bach liegen, während eine schwarze Rauchwolke langsam gen Himmel stieg.

»Oh, mein Gott!« Starr vor Schreck beobachtete Anja, wie die Seitentür des Transporters, die in dieser Lage schräg gegen den Himmel zeigte, geöffnet wurde. Ein behelmter Kopf erschien und einen Augenblick später krachte ein Schuss. Der Helm wurde von einem Projektil getroffen und die Wucht des Aufpralls schleuderte den Kopf zur Seite. Ob der Mann tödlich getroffen worden war oder ob sein Helm ihm das Leben gerettet hatte, konnte Anja nicht erkennen. Der Kopf verschwand nach unten im Innern des Transporters.

Der zweite Transporter setzte einige Meter zurück und stellte sich quer auf den Weg. Kastner feuerte den nächsten Schuss ab und das Fenster auf der Fahrerseite zerbarst, während Beifahrer- und Seitentür geöffnet wurden. Mehrere MEK-Beamte sprangen aus dem Wagen und gingen hinter dem Fahrzeug in Deckung. Für ihre Kollegen im anderen Transporter konnten sie nichts tun. Eine unmittelbare Gefahr drohte nicht, denn der Bach war kaum mehr als einen Fuß tief. Selbst wenn das Fahrzeug weiter abrutschte, würden sie keinesfalls ertrinken. Den Transporter verlassen konnten sie allerdings nicht, ohne sich ins Schussfeld des Schützen zu begeben.

»Hör auf, Jens! Hör auf zu schießen!«

Kastner reagierte nicht, feuerte aber auch keinen weiteren Schuss ab, denn er konnte kein unmittelbares Ziel ausmachen. Die eine Hälfte seiner Gegner war hinter ihrem Transporter in Stellung gegangen. Sie waren vorläufig in Sicherheit, konnten ihre Deckung jedoch nicht verlassen. Die andere Hälfte saß in ihrem Fahrzeug fest, zumindest diejenigen, die seine Sprengfalle überlebt hatten. Vom strategisch günstigsten Punkt aus beherrschte Kastner das Schlachtfeld.

23

Einige der Kollegen, die aus ihren Dienstfahrzeugen ausgestiegen waren, standen unter Schock. Es grenzte fast an ein Wunder, dass niemand von umherfliegenden Schrapnellen verletzt worden war. Lediglich der Kühler von Bussards BMW 635 CSI hatte einen Treffer kassiert. Dem Drang, ihren MEK-Kollegen zu Hilfe zu eilen, mussten die Polizeibeamten widerstehen. Der Weg zum Bach führte über offenes Gelände und sie hätten sich der Gefahr ausgesetzt, von Kastner wie die Hasen abgeknallt zu werden.

Nach der Detonation war Bussard wie angewurzelt neben seinem Fahrzeug stehen geblieben, doch als Kastner das Feuer aus seinem Gewehr eröffnet hatte, war der Kommissar hinter seinem BMW in Deckung gegangen. Ein uniformierter Kollege hatte es ihm gleichgetan und nun sahen sich die beiden Beamten ratlos an. Die MEK-Leute saßen in der Falle. Sie konnten weder vor noch zurück. Bussard nahm sein Funkgerät und versuchte, Jennewein zu erreichen, doch der Einsatzleiter antwortete nicht.

»Scheiße, Mann.« Der Beamte war blass geworden. »Sind sie tot?«

Bussard sah den Kollegen an und zuckte mit den Achseln. »Vielleicht ist nur das Funkgerät ausgefallen.«

»Was zur Hölle war das?«

»Ich weiß es nicht. Vielleicht war es eine Mine oder ein Sprengsatz mit Fernzündung.«

»Und was machen wir jetzt?«

Das war die Gretchenfrage. Kastner hatte das für die Geiselbefreiung zuständige Team außer Gefecht gesetzt. Damit war die Rettungsaktion vorerst gescheitert. Jennewein hielt sich in dem Transporter auf, der durch die Sprengfalle ins Bachbett geschleudert worden war. Ob er noch am Leben war, ließ sich nicht einschätzen, doch seine Funktion als Einsatzleiter konnte er nicht mehr ausüben.

Der Kommissar wies den Uniformierten an, ihn zu begleiten. Die Beamten zogen sich ein Stück auf dem Waldweg zurück, wo sie im Schutz der Bäume ihr weiteres Vorgehen beraten konnten. Es herrschte eine kritische Pattsituation. Auf der einen Seite konnten sie das Haus nicht stürmen, ohne schwerwiegende Verluste in Kauf zu nehmen, und auf der anderen Seite konnte Kastner nicht entkommen. Der Tag schritt jedoch unaufhaltsam voran. Irgendwann würde die Sonne untergehen und die Nacht hereinbrechen, dann hatten sie eine völlig andere Situation. Bussard entschied, das Haus weiträumig zu umstellen. Die Bäume als Deckung nutzend sollten die Einsatzkräfte einen weiten Ring um das Haus ziehen, immer darauf bedacht, sich nicht offen zu zeigen. Kastner durfte keine Möglichkeit haben, später im Schutz der Dunkelheit zu fliehen. Die schwierigere Frage war jedoch, wie sie ihren mutmaßlich verletzten Kollegen zu Hilfe kommen konnten. Zum Konvoi der Dienstfahrzeuge auf dem Waldweg gehörten auch ein Rettungswagen des Roten Kreuzes sowie ein Notarztwagen, doch die Gefährdungslage ließ deren Einsatz nicht zu.

Bussard sah auf seine Armbanduhr. Es war halb drei am Nachmittag. Die Zeit spielte für ihn, denn Kastner konnte sich nicht ewig verschanzen. Sie spielte aber auch gegen das MEK-Team, denn die Verletzten mussten geborgen und versorgt werden. Der Kommissar brauchte so schnell wie möglich eine gute Idee.

<><><>

»Das Haus ist bestimmt schon längst umstellt. Wir kommen hier nicht mehr raus.«

»Keine Angst, wir haben genügend Munition und genügend Vorräte. Wenn es sein muss, können wir hier wochenlang ausharren.« Kastner sah Anja nicht an. Durch das Zielfernrohr beobachtete er seine Gegner, die sich weiter in den Wald zurückgezogen hatten. Sie waren vorsichtig und hatten offensichtlich Respekt vor ihm und seinem Gewehr.

»Und was ist, wenn die Vorräte aufgebraucht sind?«

Kastner nahm sein Auge vom Fernrohr und wandte sich zu Anja um. Sein Blick war längst nicht mehr so entspannt wie noch eine Stunde zuvor. Auch sein Gesichtsausdruck hatte sich verändert. Er zeigte wilde Entschlossenheit. »Sie werden dich niemals lebend kriegen, Leyla. Niemals!«

»Aber was ist mit mir? Soll ich wochenlang an diesen Stuhl gefesselt bleiben?«

Kastner antwortete nicht. Er wandte sich wieder um und sah durch das Zielfernrohr.

»Bitte, Jens, lass mich wenigstens aufs Klo gehen.«

Es dauerte einige Sekunden, bis Kastner schließlich das Gewehr abstellte und seinen Beobachtungsposten verließ. Aus einer Scheide, die er am Gürtel trug, zog er ein Kampfmesser und schnitt Anjas Fesseln durch. Als sie aufstehen wollte, packte er sie an der Schulter und hielt sie auf dem Stuhl fest. »Wenn du das Haus verlässt, bist du tot. Sie werden dich erschießen.«

»Ich will nur aufs Klo, dringend.«

Kastner ließ sie los und Anja streifte sich die Reste des Seils von den Handgelenken. Als sie ihn fragend ansah, deutete er mit einer Kopfbewegung auf eine Tür. »Bleib vom Fenster weg. Das ist zu gefährlich. Bei den Brüdern gibt es auch welche, die schießen können.«

Anja nickte und suchte eilig das Badezimmer auf. Des geschlossenen Fensterladens wegen war es dunkel im Raum und sie schaltete das Licht ein. Als sie die Tür schloss, sah sie, dass kein Schlüssel im Schloss steckte. Einen Riegel gab es ebenfalls nicht und es gab auch kein Möbelstück, mit dem sie die Tür hätte verbarrikadieren können. So leise wie möglich öffnete sie das Fenster und drückte gegen den Fensterladen, doch er gab nicht nach. Kastner hatte ihn von außen gesichert. Anja konnte sich weder im Bad einschließen noch entkommen. Sie zog ihre Jeans herunter und setzte sich aufs Klo, während sie sich das Gehirn zermarterte, wie sie sich selbst befreien konnte.

<><><>

In jeder sozialen Gruppe gab es Regeln, an die sich die Mitglieder hielten. Oft trugen die ungeschriebenen Gesetze den Namen Ehrenkodex und es war Ehrensache, die Regeln zu respektieren. Bussard hoffte, dass Kastner dem Ehrenkodex der Soldaten folgte, denn das Leben des Kommissars hing davon ab. Er zog seine Schutzweste an, die ihm allerdings nichts nützen würde, sofern der Schütze auf seinen Kopf zielte. Bussard zweifelte nicht daran, dass Kastner das Kriegshandwerk beherrschte und als ehemaliger Elitesoldat im Umgang mit allen Arten von Waffen vertraut war. Das Einzige, das den Kommissar wirklich schützte, war ein jahrhundertealter Brauch.

Im Unterholz fand Bussard einen geeigneten Stecken und von einem Kollegen ließ er sich aus einem Einsatzfahrzeug eine Rolle Klebeband reichen, mit dem er sein Taschentuch am Stecken befestigte.

»Wollen Sie wirklich zum Haus?«

»Ja.«

»Aber der Typ schießt auf alles, was sich bewegt.« Der Uniformierte schüttelte den Kopf. »Er wird Sie umbringen!«

»Das bezweifele ich.« Bussard klang zuversichtlicher als er war. Er vertraute darauf, dass Kastners psychische Instabilität eine der Grundlagen des Soldatenberufs nicht außer Kraft gesetzt hatte, ohne sich dessen jedoch sicher sein zu können. Falls die MEK-Beamten im zerstörten Transporter medizinische Hilfe brauchten, gab es nur einen denkbaren Weg. Bussard atmete einmal tief durch, nahm seine improvisierte Parlamentärflagge und setzte sich in Bewegung. Sein kräftig und schnell schlagendes Herz pochte in seinen Ohren, als er dem Waldweg folgte, bis er die letzten Bäume hinter sich gelassen hatte. Er hatte freie Sicht auf das Haus und wusste, dass Kastner auch freie Sicht auf ihn hatte. Die weiße Flagge hoch über seinen Kopf gehoben ging er langsam weiter, beobachtet von den MEK-Kollegen, die hinter ihrem Transporter in Deckung lagen. Das Betonrohr, durch das der Bach geflossen war, existierte nicht mehr und dort, wo der Übergang gewesen war, hatte die Sprengung einen Krater hinterlassen, der sich stetig mit Wasser füllte. Bussard passierte den neu entstandenen Tümpel auf der höhergelegenen Seite und folgte dem Weg weiter zum Haus. Er hatte schon etliche Meter zurückgelegt, als plötzlich ein Schuss krachte und Dreck vom Boden einen Meter vor ihm aufspritzte.

Der Kommissar blieb stehen. Er wusste, dass Kastner nicht danebengeschossen, sondern ihn lediglich gestoppt hatte. Die Entfernung betrug noch etwa fünfzig Meter und die Distanz war gering genug, um sich durch Rufe zu verständigen. Das untere Ende seiner Fahne auf dem Boden platzierend breitete der Kommissar seine Arme aus, um zu demonstrieren, dass er keine Finte plante.

»Wir bitten um eine Feuerpause, um unsere Verwundeten abtransportieren zu können!« Bussard hatte seine Forderung als Bitte formuliert, weil er hoffte, Kastner damit bei seiner Soldatenehre zu packen.

»Feuerpause gewährt! Sie haben fünfzehn Minuten!«

Von Kastner selbst war nichts zu sehen. Er hatte sich hinter einem Fenster verschanzt und nur die Mündung seines Gewehrs ragte ins Freie.

»Danke!« Bussard nickte, drehte sich um und ging langsam zurück. Er hatte Kastner richtig eingeschätzt, aber er war auch mehr als erleichtert, dass der ehemalige Soldat nicht auf ihn gefeuert, sondern lediglich einen Warnschuss abgegeben hatte. Beim Bach angekommen forderte er die MEK-Leute auf, ihre verletzten Kameraden zu bergen, während er selbst zu den anderen Einsatzkräften zurückging, um den Notarzt und die Sanitäter zu informieren. Der leichtere Teil seiner Mission war erfolgreich verlaufen.

<><><>

Kastners Stimme drang undeutlich bis ins Badezimmer, doch Anja konnte nicht verstehen, was er gesagt hatte. Offenbar hatte er aber nicht mit ihr gesprochen und demnach musste draußen etwas vor sich gegangen sein. Die relative Sicherheit des Raumes nützte ihr nichts, denn es gab nur einen Ausgang, der ins Wohnzimmer führte. Falls das MEK das Haus stürmte, bot das Badezimmer die beste Möglichkeit, unverletzt zu bleiben. Die Kommissarin war jedoch unschlüssig, wie sie sich verhalten sollte. Eigensicherung war wichtig, doch wenn sie ein Feuergefecht verhindern wollte, musste sie ihren Zufluchtsort verlassen und Kastner zum Aufgeben überreden. Sie nahm ihren Mut zusammen, öffnete die Tür und kehrte ins Wohnzimmer zurück.

Am Fenster kauerte Kastner, den Blick durch das Fernrohr nach draußen gerichtet. Mit weichen Knien blieb Anja zwei Meter hinter ihm stehen. Sie spürte die Angst in ihrem ganzen Körper, doch sie musste ihre Stimme sanft und zärtlich klingen lassen. »Jens, liebst du mich?«

Kastner wandte den Kopf und sah sie überrascht an.

»Liebst du mich, Jens?«

»Natürlich liebe ich dich, Leyla.«

»Aber warum willst du mich töten, wenn du mich liebst?«

»Wie meinst du das?« Kastner zog die Stirn in Falten. »Ich will dich doch nicht töten. Ich würde dir niemals ein Haar krümmen, das weißt du doch.«

Anja ging langsam auf ihn zu und ließ sich auf die Knie nieder. »Wir werden beide hier in diesem Haus sterben.«

»Vielleicht.« Sein Blick, der für einen Moment liebevoll gewirkt hatte, wurde wieder hart. »Aber wir werden so viele wie möglich mitnehmen. Wenn sie uns töten wollen, werden sie einen hohen Preis dafür zahlen.«

»Ja, aber am Ende werde ich tot sein.«

»Jeder muss sterben.«

Anja streckte ihre Hand aus und berührte Kastners Wange. »Aber warum muss ich heute schon sterben? Warum müssen wir beide heute sterben?«

»Wir sind im Krieg, Leyla. Die Taliban wollen uns vernichten.«

Ein trauriges Lächeln überzog Anjas Gesicht. Kastner tat ihr leid, auch wenn er sie entführt hatte. Sie litt nicht am Stockholmsyndrom, bei dem sich die Opfer zu den Tätern hingezogen fühlten und sich mit ihnen verbündeten. Anja sah einen Mann, der jeden Bezug zur realen

Welt verloren hatte. Im Krieg musste er Schlimmes erlebt haben. Sein Unterbewusstsein hatte die Gräuel eine Weile lang ausgeblendet, doch wie bei einem Schwelbrand hatte etwas tief in seiner Seele weiter geglommen, bis ein Windstoß das Feuer neu entfacht hatte. Der Krieg war wieder aufgeflammt und hatte Kastner an einen Ort seiner Erinnerung zurückversetzt. Die MEK-Leute hielt er für Taliban und statt der Höhenzüge des Schwarzwaldes sah er den Hindukusch. Es hatte keinen Sinn zu versuchen, ihn ins Hier und Jetzt zurückzuholen. Anja wusste, dass ihr das nicht gelingen würde. Die Einzige, die ihn erreichte, war Leyla. »Ich bin in einer großen Familie aufgewachsen, sieben Brüder und sieben Schwestern. Hast du das gewusst?«

Kastner schüttelte den Kopf. »Nein.«

»Wir waren arm. Meine Familie lebte von dem, was wir anbauten, obwohl bei uns nicht viel wuchs. Der Boden war trocken und karg. Wir hatten nur etwas Gemüse und unsere Ziegen. Wir waren arm, aber glücklich, ja, wir waren eine glückliche Familie.« Anja tauchte tief in ihre Rolle ein. Sie musste Leyla sein, mit Haut und Haar, wenn sie Kastner überzeugen wollte. »Meine Brüder gingen zur Schule, damit sie später einen Beruf lernen konnten, mit dem sie ihre eigenen Familien würden ernähren können. Meine Schwestern und ich wurden von unserer Mutter unterwiesen. Sie brachte uns alles bei, was eine Ehefrau und Mutter wissen musste. Als meine älteste Schwester heiratete, gab es ein großes Fest. Alle Verwandten kamen und wir haben zwei Tage lang gefeiert. Alles war schön bis zu dem Tag, an dem die Soldaten kamen.«

»Die Taliban?«

»Nein, die Russen. Sie waren die ersten. Sie haben unser Land überfallen, die Männer getötet und die Frauen vergewaltigt.« Anjas ausgezeichnete Allgemeinbildung und ein erzählerisches Talent, von dem sie bis zu diesem Augenblick nicht gewusst hatte, dass sie es besaß, halfen ihr, die Geschichte vorzutragen, die Kastner hören sollte. »Die Russen wollten unser Öl, doch es gab Widerstandskämpfer, die sich gegen die Invasoren wehrten. Sie kämpften mit Kalaschnikows gegen Panzer, um ihr Land, ihre Frauen und ihre Kinder zu beschützen. Das waren die Taliban. Die Amerikaner haben sie unterstützt. Sie haben sie mit Waffen und Munition beliefert und mit Informationen versorgt, damit unsere Väter und Brüder wussten, wo sie den Feind angreifen konnten. Viele Jahre lang haben wir Widerstand geleistet und tapfer gegen die Übermacht gekämpft, bis sich die Russen endlich zurückzogen. Es war wie in der Christenbibel, als David den Riesen Goliath besiegt hat. Die Taliban hatten über die Russen triumphiert. Im ganzen Land wurde gefeiert, doch unsere Freude währte nicht lange. Die Amerikaner und ihre Freunde forderten einen hohen Preis für die Hilfe, die sie gewährt hatten. Nachdem die Russen abgezogen waren, ist die NATO einmarschiert und wieder standen fremde Panzer in unseren Dörfern. Sie erklärten die Taliban, die unser Land befreit hatten, zu Gesetzlosen und Fanatikern, die man vernichten müsse. Unsere Freunde, unsere Väter und Brüder starben nun nicht mehr durch russische, sondern durch amerikanische Kugeln. Der Feind trug andere Abzeichen, doch es ging immer noch ums Öl. Die NATO verteidigt nicht die Freiheit am Hindukusch. Sie tötet für die Profite der Ölgesellschaften.«

Aufmerksam beobachtete Anja Kastners Gesicht. Die Härte in seinem Blick war verschwunden und nun sah er sie unschlüssig an.

»Meine Väter und Brüder stehen da draußen. Es ist ihr Land, das sie verteidigen. Du schießt auf sie. Du nimmst den Frauen die Männer und den Kindern die Väter, aber warum? Warum tust du das, Jens?«

»Ich habe meine Befehle.« Seine Stimme klang nicht überzeugend und das Gesagte hörte sich wie eine Entschuldigung an.

»Du gehst in ein fremdes Land, um die Menschen, die dort leben, zu töten. Was willst du tun, wenn du alle getötet hast? Ziehst du dann weiter in das nächste Land, um dort die Menschen auch zu töten?«

»Ich bin Soldat.«

»Ja, du bist Soldat, Jens, aber wofür kämpfst du? Du beschützt nicht die Freiheit, wie man dir glauben machen will. Du beschützt die Leute, die unser Öl stehlen, damit sie noch reicher werden. Auf beiden Seiten sterben Menschen, deine Kameraden und meine Verwandten. Alle sterben nur, damit die Ölgesellschaften noch mehr Geld verdienen. Dafür opferst du dich ... und mich.«

<><><>

Die Viertelstunde war vorüber. Sechs MEK-Beamte hatten gerettet werden können. Jennewein, der Einsatzleiter, und ein weiterer Beamter hatten die Sprengfalle jedoch nicht überlebt. Die Männer aus dem zweiten Transporter hatten ihre Kameraden aus dem havarierten Fahrzeug geborgen und bis zum Wald gebracht, wo Notarzt und Sanitäter die Verletzten versorgten. Kastner hatte seine Zusage eingehalten und nicht auf die Beamten geschossen, die sich inzwischen wieder zurückgezogen hatten.

Der Kommissar stand neben seinem BMW und beobachtete unverwandt das Haus, als er plötzlich von hinten angesprochen wurde.

»Wie ist die Lage, Bussard?«

Er wandte sich um und sah in das Gesicht von Johannes Perlemann. Der Polizeipsychologe, der eine auffallende Ähnlichkeit mit Dustin Hoffman aufwies, gehörte dem Kriseninterventionsteam an, das mittlerweile am Ort des Geschehens eingetroffen war.

»Kastner hat sich verschanzt. Wir kommen nicht an ihn heran und von Anja wissen wir nichts.«

»Ich habe gehört, dass du als Parlamentär erfolgreich warst. Vermutlich hast du einigen Kollegen das Leben gerettet.«

»Scheiß drauf!« Bussard schüttelte unwillig den Kopf. »Solange Anja da drin ist, kann von Erfolg keine Rede sein.«

»Erfolg setzt sich meist aus vielen kleinen Schritten zusammen und ...« Der Psychologe sprach mit einer sanften, freundlichen Stimme, doch der Kommissar schnitt ihm unwirsch das Wort ab.

»Hör auf, Johannes! Das interessiert mich im Augenblick nicht die Bohne. Ich will Anja aus dem Haus holen, lebend und unverletzt!«

»Ich weiß.« Perlemann nickte bedächtig. »Wir müssen mit dem Täter verhandeln.«

»Und was sollen wir ihm anbieten?«

»Wir können ihm mildernde Umstände anbieten, wenn er die Geisel freilässt.«

Bussard lachte auf. »Mildernde Umstände? Das interessiert ihn nicht.«

»Woher willst du das wissen?«

»Ich weiß es eben.«

Perlemann sah zum Haus hinüber. »Was fordert er?«

»Nichts.«

»Nichts?«

»Nein, nichts. Er fordert überhaupt nichts.«

»Dann müssen wir seine Bedingungen herausfinden.«

Wieder lachte Bussard auf. »Es gibt keine Bedingungen, Johannes. Das hier ist keine übliche Geiselnahme. Kastner will kein Lösegeld und keinen freien Abzug. Alles, was er will, ist Anja, und die hat er schon.«

Über Funk informierte ihn die Zentrale darüber, dass eine zweite MEK-Einheit unterwegs war. Man hatte beschlossen zu warten, bis die Nacht hereinbrach, um im Schutz der Dunkelheit das Haus zu stürmen. Der Kommissar nahm die Informationen zur Kenntnis, antwortete aber nicht. Eine gewaltsame Geiselbefreiung wollte er unter allen Umständen vermeiden, denn er wollte Anja nicht der Gefahr aussetzen, ins Kreuzfeuer zu geraten. Er musste mit Kastner reden und ihn zur Aufgabe bewegen.

Bussard nahm seine Fahne, doch Perlemann hielt ihn zurück. »Soll ich das nicht lieber übernehmen? Anja ist deine Partnerin und du bist emotional viel zu tief ...«

»Hör auf zu quatschen, Johannes. Ich gehe! Wenn er mich abknallt, kannst du die Verhandlungen übernehmen.« Der Kommissar ließ den verdutzten Psychologen stehen und machte sich auf den Weg. Er trat zwischen den Bäumen hervor und ging auf das Haus zu. Wie beim ersten Mal überquerte er den Bach oberhalb des neuen Tümpels, dann passierte er die Birken und ging weiter bis zu der Stelle, an der ihn Kastner zuvor mit einer Kugel gestoppt hatte.

»Major Kastner!« Bussard zeigte Respekt, indem er die militärische Anrede verwendete. Wenn es ihm gelang, Kastner in eine Unterhaltung zu verwickeln, gab es womöglich noch Hoffnung auf ein gewaltloses Ende der Geiselnahme. Der Kommissar wartete, doch er erhielt keine Antwort. Kastner musste ihn bemerkt haben, denn Bussard stand im freien Gelände und hatte laut gerufen. Nach einer Minute versuchte es der Kommissar erneut. »Major Kastner! Ich will mit Ihnen reden!«

Noch immer erfolgte keine Antwort. Aus dem Haus drang kein Laut und keine Kugel pfiff Bussard um die Ohren. Unschlüssig, was er als Nächstes tun sollte, setzte der Kommissar die weiße Flagge ab. Er hatte mit jeder möglichen Reaktion gerechnet, aber überhaupt keine Reaktion war schwierig zu deuten. Die Mündung des Gewehrs ragte weiterhin drohend aus dem Fenster, doch ein Vorhang verhinderte den Blick auf den Schützen. Bussard spürte die Anspannung. Die drohende Gefahr verursachte ein heißes Gefühl in seinem Nacken. Er hatte sich bis zu der Stelle vorgewagt, die Kastner mit einer Kugel als Grenze definiert hatte. Was ihn erwartete, wenn er diese Grenze überschritt, konnte Bussard nicht einschätzen, und so versuchte er es ein drittes Mal. »Major Kastner! Machen Sie sich bemerkbar!«

Wieder wartete Bussard und auch diesmal erfolgte keine Reaktion. Seine Nerven waren bis zum Zerreißen gespannt, während die Sekunden langsam verrannen. Fünfzig Meter vor dem Haus stehend konnte er nichts ausrichten, solange Kastner nicht antwortete. Bussard musste jedoch einen Kontakt herstellen und so blieb ihm keine andere Wahl. »Major Kastner! Ich komme jetzt zu Ihnen!«

Bussard atmete tief durch. Als er seinen Fuß nach vorn bewegte, erwartete er einen Schuss, doch kein Laut durchbrach die Stille. Er wagte den zweiten Schritt, dann den dritten, aber Kastner schoss nicht auf ihn. Behutsam setzte er einen Fuß vor den anderen und mit jeder Sekunde kam er dem Haus einen halben Schritt näher. Als er noch etwa zwanzig Meter entfernt war, bemerkte er, dass die Gewehrmündung vom Fenster verschwand.

<><><>

Mit Engelszungen hatte Anja alias Leyla auf Kastner eingeredet, doch es war ihr nicht gelungen, ihn zum Aufgeben zu überreden. Kastner war Soldat und wollte lieber den Soldatentod sterben, als sich zu ergeben. Vielleicht befürchtete er, von den Taliban gefoltert und hingerichtet zu werden, auch wenn er keinerlei Angst zeigte. Das Einzige, das er wirklich zu fürchten schien, war der Verlust seiner geliebten Leyla. Langsam, aber unaufhaltsam breitete sich in Anja die Gewissheit aus, dass nur sie allein den Krieg beenden konnte, in dem Kastner kämpfte.

»Möchtest du etwas trinken?«

Kastner schüttelte den Kopf, ohne sie anzusehen. Seine Aufmerksamkeit galt wieder seinen Feinden. Anja erhob sich und verließ ihren Platz neben ihm. Mit dem Gedanken, dass sie jede Woche dafür trainierte, im Ernstfall richtig zu handeln, sah sie sich um. An jedem Fenster lehnte eine Waffe und es gab keinen Zweifel, dass die Gewehre geladen waren. Alles in ihr sträubte sich dagegen, das zu tun, was getan werden musste, doch es gab keine Alternative. Äußerlich ruhig, doch innerlich gegen den Orkan widerstreitender Gefühle ankämpfend ging sie langsam durch den Raum. Beim rückwärtigen Fenster griff sie nach dem Gewehr, hob es geräuschlos auf, drehte sich um und brachte die Waffe in Anschlag.

»Jens!«

Kastner brummte, ohne sich umzudrehen.

»Jens! Leg deine Waffe auf den Boden und geh vom Fenster weg!«

Wie in Zeitlupe drehte Kastner den Kopf. Als er sie ansah, erkannte sie die Überraschung in seinen Augen.

»Leyla! Was …?«

»Bitte, Jens, leg deine Waffe auf den Boden.«

Ein Knie noch immer auf dem Boden wandte sich Kastner langsam um. Sein Gewehr, dessen Mündung nun nicht mehr aus dem Fenster zeigte, hielt er mit einer Hand fest. Sein Zeigefinger war nur Zentimeter vom Abzug entfernt. »Was soll das, Leyla? Was tust du da?«

»Es ist vorbei.« Anja versuchte, in ruhigem Tonfall zu sprechen, doch sie hatte das Gefühl, als würde die Anspannung ihre Stimmbänder vibrieren lassen. »Leg das Gewehr auf den Boden!«

»Aber du gehörst doch zu mir!« Kastner sah sie ungläubig an. »Wir kämpfen doch für ein gemeinsames Leben!«

»Nein, Jens, wir kämpfen nicht mehr. Es ist zu Ende.«

Fassungslos schüttelte Kastner den Kopf. »Du weißt nicht, was du tust. Du kannst den Taliban nicht trauen, Leyla. Am Tag lachen sie dir ins Gesicht und in der Nacht vergewaltigen sie dich. Warum hatte er wohl einen Schlüssel für deine Wohnung?«

Anja verstand die Frage nicht. »Wer hatte einen Schlüssel zu meiner Wohnung?«

»Dieser dreckige Hurensohn, der dich überfallen hat. Du hast dich gewehrt, aber er wäre in der Nacht zu dir gekommen. Er hätte dich im Schlaf überfallen. Du weißt genau, was er mit dir gemacht hätte, wenn ich ihn nicht aus dem Weg geschafft hätte.«

Für einen Moment verschlug es Anja die Sprache und sie musste zuerst schlucken, bevor sie die Frage formulieren konnte, deren Antwort sie bereits wusste. »Du hast Özgan ermordet?«

»Ich habe ihn liquidiert, ebenso wie diesen anderen Kameltreiber, der dich auch vergewaltigen wollte.«

Anja zog die Stirn in Falten und sah Kastner zweifelnd an. »Von wem sprichst du?«

»Dieser Hurensohn in deiner Wohnung. Wenn ich mich nicht um alles gekümmert hätte, dann hätte er dich in die Finger gekriegt.« Kastner stand langsam auf. Sein Gewehr hielt er locker in der rechten Hand, den Finger immer noch in der Nähe des Abzugs. »Ich habe dir doch gezeigt, dass du vor ihm keine Angst mehr haben musst.«

Mit beiden Beinen fest auf dem Boden stehend und Kastner mit dem Gewehr in Schach haltend hatte Anja dennoch das Gefühl, als würde sie im luftleeren Raum schweben. Kastner schien von Carlo zu sprechen, doch er konnte unmöglich wissen, dass Carlo versucht hatte, sie zu erpressen. »Wen meinst du mit dem Hurensohn in meiner Wohnung?«

»Aber das weiß du doch. Er war nicht einmal eine Kugel wert. Ich habe ihm sein elendes Leben aus dem Leib geprügelt und damit du keine Angst mehr haben musst, habe ich dir seine Halskette gebracht. Du hast geschlafen und ich wollte dich nicht wecken.«

Die Gewissheit, dass sie sich geirrt hatte, jagte Anja einen Schauer über den Rücken. In seiner Eigenschaft als Vermieter hatte Özgan einen Schlüssel zu ihrer Wohnung besessen. Kastner hatte Özgan ermordet und sich den Schlüssel angeeignet. Nicht Carlo, sondern Kastner hatte die Kette mit dem Haifischzahn in ihrem Badezimmer deponiert, während sie eine Tür weiter geschlafen hatte. Wie er aber in den Besitz der Kette gelangt war, wollte sie noch nicht glauben. »Carlo ist tot?«

»Ich habe dich vor ihm beschützt. Ich habe dich vor beiden beschützt.« Langsam kam Kastner auf sie zu. »Sie waren gefährlich, deshalb habe ich sie liquidiert. Du brauchst keine Angst mehr zu haben.«

»Ich ...«

»Sie können dir nichts mehr tun. Ich habe sie zur Hölle geschickt, wo sie hingehören.« Langsam, aber beständig setzte Kastner einen Fuß vor den anderen. »Du bist jetzt in Sicherheit.«

»Halt! Bleib stehen, Jens! Keinen Schritt weiter!«
Anja hielt das Gewehr fest und zielte auf Kastners Brust. Ihre Gedanken rasten. Sie wusste nicht, ob Carlo tatsächlich tot war. Auch wenn sie ihn nicht leiden konnte, wollte sie doch nicht, dass er ermordet wurde oder ermordet worden war. Die Frage, ob Bussard bereits von Carlos Tod wusste, blitzte am Rand ihres Bewusstseins auf, doch sie musste sich auf ihre Situation konzentrieren. Die Sicherheit, die ihr das Gewehr verlieh, war trügerisch, denn sie richtete die Waffe auf den gefährlichsten Mann, der ihr jemals begegnet war.

»Warum willst du auf mich schießen, Leyla?«

»Bleib stehen!«

Zu Anjas Verblüffung blieb Kastner tatsächlich stehen. Die Überraschung war längst aus seinem Blick gewichen, doch das, was sie nun sah, konnte sie nicht deuten.

»Wir wollen doch eine gemeinsame Zukunft.«

»Nein, Jens, es gibt keine gemeinsame Zukunft für uns.«

»Aber Leyla, was sagst du denn da?«

Die Kommissarin spürte, dass ihre Kräfte allmählich nachließen. Die enorme psychische Anspannung, unter der sie seit dem vergangenen Morgen stand, forderte ihren Tribut. Vor ihrem geistigen Auge jagten sich die Bilder des in seinem Unrat liegenden Özgan, des MEK-Einsatzwagens, der in die Luft gesprengt worden war, eines blutüberströmten Carlo, den sie nicht einmal gesehen hatte, und Kastner, der nachts vor ihrem Bett stand, während sie schlief. Ihre Arme wurden schwer und sie musste ihre letzten Reserven zusammennehmen, um die Mündung der Waffe nicht sinken zu lassen.

»Nimm das Gewehr weg, Leyla.«

»Nein, Jens!« Anjas Stimme war unvermittelt lauter geworden. Sie musste konsequent handeln, bevor sie zusammenbrach. »Es gibt keine Leyla mehr!«

»Aber Leyla ...«

»Anja! Mein Name ist Anja! Ich bin nicht Leyla! Leyla ist tot, Jens, sie ist tot!«

In Kastners Blick zeigten sich Zweifel. Seine Augen verengten sich und er sah Anja lauernd an. Sie spürte den Wechsel in seiner Stimmung und die Situation wurde plötzlich um ein Vielfaches gefährlicher. Sie hatte das Gefühl, als stünde sie unvermittelt einem Raubtier gegenüber.

»Du bist nicht Leyla.« Kastner sprach mit leiser Stimme. Sie klang unverhohlen drohend, doch es war sein Blick, der Anja fast das Blut in den Adern gefrieren ließ.

»Jens Kastner! Ich verhafte Sie wegen Mordes an Yavuz Özgan! Legen Sie Ihre Waffe auf den Boden!« Die Worte kamen mechanisch über Anjas Lippen, während sie gleichzeitig wusste, dass Kastner ihrer Aufforderung nicht folgen würde. Er würde die Sache auf seine Art beenden.

»Du bist nicht Leyla!« Das heisere Flüstern war das Fanal zum letzten Akt. Kastners Augen schienen Anja zu durchbohren, als er plötzlich seine Waffe hochriss.

In diesem Augenblick gab es nicht einmal mehr Raum für einen Gedanken. Anja zog den Abzug durch, dann versank die Welt in Dunkelheit.

23

»Da bist du ja wieder.«

Die Kommissarin schloss die Augen und die Stimme hallte in ihrem Kopf nach. Sie klang vertraut und beruhigend. Nach der konturlosen Schwärze war die Welt für einen kurzen Moment völlig weiß gewesen und die Helligkeit hatte Anja geblendet. Sie dachte, es wäre das Licht gewesen, in das man nach dem Tod eintauchte, doch die Stimme gehörte ins Diesseits. Das Jenseits musste warten.

»Wo ... was ist passiert?« Sie öffnete die Augen erneut und wieder war die Welt viel zu hell. Die Dunkelheit zuvor war gnädig gewesen und hatte alle Ängste verschluckt.

»Du bist in Sicherheit. Es ist vorbei.«

»Bussard!« Anja erkannte ihren Partner, doch eigentlich hatte sie ein anderes Gesicht erwartet. »Wo ist Jens?«

»Kastner ist tot.«

»Tot?«

»Ja. Zuerst dachte ich, ihr wärt beide tot. Du lagst leblos neben ihm, als ich dich fand.« Er lächelte und sie spürte, wie er ihre Hand ergriff. »Du hast mir vielleicht einen Schrecken eingejagt, Mädchen.«

Die Erinnerung kehrte nur langsam und zäh wie Klebstoff zurück. Bilder wurden klar und verschwammen wieder, doch nach und nach drängte die Angst aus den Tiefen ihrer Seele an die Oberfläche ihres Bewusstseins.

»Nein!« Ihre Muskeln verkrampften und Panik weitete ihre Augen, während sie dem Tod von Angesicht zu Angesicht gegenüberstand.

»Alles ist gut, Anja. Du bist in Sicherheit.« Bussard ließ ihre Hand los, packte ihre Schultern, zog ihren

Körper gegen seinen und hielt sie fest. »Alles ist gut. Es ist vorbei.«

Behutsam streichelte er über ihren Kopf und ganz langsam entspannten sich ihre Muskeln wieder. Ihr Körper erschlaffte und sie sank in sich zusammen. Als er sie vorsichtig auf die Trage niederließ, hatte sie die Augen bereits wieder geschlossen.

»Sie steht unter Schock, aber es gibt keinen Grund zur Besorgnis.« Der Notarzt kontrollierte den Tropf, den er Anja angelegt hatte und regulierte die Durchflussgeschwindigkeit der Lösung, die langsam in ihre Vene strömte. »Sie wird den Rest des Tages schlafen und sie hat keine körperlichen Verletzungen, die bleibende Schäden hinterlassen würden. Was allerdings ihre Psyche angeht ...«

Der Mediziner ließ den Satz unvollendet. Bussard wusste selbst, dass ein Notarzt keine Diagnose stellte und keine Prognose abgab, wenn es um die Frage ging, wie jemand auf ein traumatisches Erlebnis reagierte. Anja lag körperlich unverletzt im Rettungswagen. Sie war in Sicherheit und das war das Einzige, was in diesem Augenblick zählte. Alles andere würde sich zu gegebener Zeit finden.

<><><>

Nach den Maßstäben von richtig und falsch ließ sich eine Beziehung nicht beurteilen. Man konnte lediglich feststellen, dass sich eine Beziehung richtig anfühlte – oder eben falsch. Im Dämmerlicht des beginnenden Tages lag Bussard im Bett und betrachtete versonnen das Gesicht der schlafenden Frau neben ihm. Die Beziehung mit Isa war *easy*. Er lebte zwar noch nicht mit ihr zusammen, doch er hatte das untrügliche Gefühl, als sollte er ihr bald den Vorschlag unterbreiten, eine gemeinsame Wohnung zu suchen, obwohl er erst eine Woche mit ihr zusammen war. Ihre gerade begonnene Beziehung war unkompliziert und das Zusammensein mit Isa machte ihn glücklich. Seltsamerweise fühlte er sich freier als je zuvor.

»Oh, du bist schon wach?« Isa öffnete verschlafen die Augen, drehte sich zu Bussard um und kuschelte sich an ihn.

»Es ist noch früh. Du kannst noch eine Weile schlafen.«

Sie murmelte etwas Unverständliches und wenige Augenblicke später hörte er ihren ruhigen, gleichmäßigen Atem.

Bussard sah aus dem Fenster. Der Himmel wurde langsam heller und versprach einen schönen Tag, den sie gemeinsam genießen konnten. Das Wochenende stand vor der Tür und der Kommissar hoffte, dass nicht wieder ein neuer Fall seine Freizeit zur Dienstzeit degradieren würde. Am Sonntag zuvor hatte er sich einen freien Tag gegönnt, weil der Özgan-Fall sich festgefahren hatte. Sie hatten keinen konkreten Ermittlungsansatz gehabt, doch an den beiden folgenden Tagen hatten sich die Ereignisse überschlagen.

Was genau in Kastner vorgegangen war, konnte Bussard nur erahnen. Perlemann hatte von einem Flashback gesprochen, der den Soldaten aus der Bahn geworfen hatte. Der Polizeipsychologe vermutete, dass Kastner bei den Kriegseinsätzen in Afghanistan mehr traumatischen Erlebnissen ausgesetzt gewesen war, als seine Psyche hatte verkraften können. Nach dem Ausscheiden aus dem aktiven Dienst und seiner Entlassung aus der Bundeswehr hatte die Verdrängung des Erlebten noch eine Weile funktioniert, doch Anjas Anblick hatte den Major buchstäblich um den Verstand gebracht. Er hatte nicht die Kommissarin gesehen, sondern jene Frau, in die er sich in Afghanistan verliebt hatte. Das Hier und Jetzt hatte sich aufgelöst und Kastner war plötzlich wieder im Krieg gewesen, umgeben von Feinden, vor denen er seine Geliebte hatte schützen müssen. Er hatte Özgan und Manz ermordet, doch Anja war ebenfalls zu einem seiner Opfer geworden, denn die psychische Belastung während der Entführung war auch bei ihr nicht in den Kleidern stecken geblieben. Nach ihrem Schuss, der Kastner direkt ins Herz getroffen hatte, war sie zusammengebrochen. Vor dem *Steinhäusle* stehend hatte Bussard den Schuss gehört, doch seine anfängliche Befürchtung, Kastner habe Anja erschossen, hatte sich glücklicherweise als falsch herausgestellt. Einen Tag später hatte Bussard seine Kollegin im Krankenhaus besucht. Sie hatte ihren ersten Schock überwunden und ihm berichtet, was sich im Haus zugetragen hatte. Dass sie am Ende keine andere Wahl gehabt hatte, als die Waffe abzufeuern, stand völlig außer Frage. Ob Kastner in seinem letzten Augenblick Anja tatsächlich hatte angreifen oder ob er vielmehr durch ihre Hand hatte sterben wollen, würde sich nie mehr klären lassen. Die psychischen Folgen jedoch würde die Polizistin noch eine geraume Weile mit sich herumschleppen müssen.

Ein weiteres Opfer war zu beklagen, auch wenn Sanya den tödlichen Angriff überlebt hatte. Durch die Ermordung ihres Schwagers war eine Wahrheit ans Licht gezerrt worden, die ihr Mann für sich selbst ins Gegenteil verkehrt hatte. Seine Frau, die unzweifelhaft ein Opfer gewesen war, hatte Hamid Özgan zur Täterin erklärt, die mit dem Tod zu bestrafen gewesen war. Obwohl Bussard nur eine vage Vorstellung von Kastners aus den Fugen geratener Welt kurz vor dessen Tod hatte, konnte er zumindest Verständnis für dessen Verhältnis zu Leyla aufbringen. Die Beziehung, die Hamid Özgan zu seiner Frau Sanya gehabt hatte, bewegte sich jedoch weit außerhalb von Bussards Vorstellungskraft. Dass ein Mann durch die Heirat das Eigentumsrecht an seiner Frau und deren Leben erwarb, war in den Augen des Kommissars unerträglich.

»Worüber denkst du nach?«

»Ich dachte, du schläfst noch eine Weile.« Bussard drehte sich zur Seite und legte seinen Arm um Isas Schultern.

»Du hast doch nicht darüber nachgedacht, ob ich noch eine Weile schlafe, oder?«

»Nein.« Er schüttelte lächelnd den Kopf, obwohl Isa die Augen noch nicht geöffnet hatte. »Ich habe darüber nachgedacht, dass es gesunde Beziehungen gibt und ungesunde. Mir kommt es fast so vor, als wäre es zu einfach, um wahr zu sein.«

Isa öffnete die Augen, legte den Kopf in den Nacken und sah Bussard fragend an. »Was ist zu einfach?«

»In einer gesunden Beziehung ist man glücklich. Ich muss nur in den Spiegel schauen, um das zu sehen. Wenn man aber in einer ungesunden Beziehung lebt, ist und bleibt man unglücklich.«

»Stimmt, es ist zu einfach.« Sie rückte ein Stück von ihm ab und stützte sich auf einen Ellenbogen. »Was ist, wenn man gar keine Beziehung hat?«

Die Frage war naheliegend, doch für Bussard hatte sie keine Relevanz mehr und er zuckte gleichgültig mit den Achseln. »Wenn man keine Beziehung hat, muss man jeden Tag selbst entscheiden, ob man glücklich oder unglücklich sein will.«

Im Schatten der Wahrheit

von Ralf Kurz

320 Seiten, Euro 11,90

Der kauzige Freiburger Kommissar Bussard steht einmal mehr vor einem komplexen Fall. Ein Finanzberater wurde erschossen aufgefunden. Die Liste der Verdächtigen ist lang, der Mangel an Motiven scheint diesmal wenigstens nicht das Problem für den Ermittler zu sein.

Dafür raubt ihm der Anblick eines erfrorenen Mädchens den Schlaf. Bussard glaubt an ein Gewaltverbrechen und muss erkennen: Die tiefsten Abgründe lauern im Schatten der Wahrheit.

www.wellhoefer-verlag.de

Stumme Augen

von Renate Klöppel

288 Seiten, Euro 9,95

Ein schöner Lebensabschnitt soll beginnen, als Manuel Fechner mit Freundin, Tochter und Kater in Freiburgs beschaulichem Stadtteil Herdern ein altes Häuschen bezieht. Doch die Idylle trügt:
Die großen dunklen Flecken im Keller stammen von menschlichem Blut, ein Mann mit schaurigen Tätowierungen wird tot aufgefunden und ein schwerstbehinderter Rollstuhlfahrer stürzt unter rätselhaften Umständen in einen Bach.

Als Manuel Zusammenhänge zwischen den erschreckenden Ereignissen erkennt, gerät er selbst in tödliche Gefahr.

www.wellhoefer-verlag.de